한 맺힌 모성애

전우여 25중대

한 맺힌 모성애

1판 1쇄 발행 2021년 6월 30일
1판 2쇄 발행 2021년 10월 25일

지은이 이복만

펴낸곳 하움출판사
펴낸이 문현광

주소 전라북도 군산시 수송로 315 하움출판사
이메일 haum1000@naver.com   **홈페이지** haum.kr

ISBN 979-11-6440-794-1 (03810)

좋은 책을 만들겠습니다.
하움출판사는 독자 여러분의 의견에 항상 귀 기울이고 있습니다.

1부

2부

3부

1부

1.
금수저에서   나락으로

인생은 늘 한편의 시처럼 살아가며 삶은 길어야 1세기 안쪽일 것이다. 또한 인생의 여정(旅情)도 결코 짧지 않은 것도 사실이다. 나는 종교를 선호하는 편은 아니지만 맨 처음 부산에 영락교회를 누구의 전도로 교회를 다녔는지 기억은 없다. 아마 한 10여년 다니면서 종교의 의식이 아니고 설교에 뜻이 내 마음 속에 와 닿아 늘 밝은 길을 선택 해라는 그 담임 목사님의 설교? 성도들이 잘못이 보이면 가차 없이 나무라시고 종교 때문에 가정불화가 생기면 교회 나오지 말라는 그 말씀 가끔 설교의 구비마다 사람과 종교의 갈등의 기로에서 수위를 넘나 들때도 있었다. 인생을 살다 보면 좋은날만 있으리까 화창한 날이면 그늘이 그립고 비가 오면 햇살이 그리웁고 세월이 그렇게 흘러가는 거지요. 나이를 느낄 때 허무함에 못내 아쉬워.

언제부터인가 책을 한번 내려고 몇 번이고 생각을 해 봤지만 70대 중반이 넘어 과연 내가 이 글을 쓰고 마무리할 수 있을까 생각 중이었는데, 오늘 아침에 일면식도 없는 사람에게 문자를 받고 자신이 생겨 이렇게 펜을 들게 되었습니다. 그분은 여고 시절 펜팔을 많이 했다면서 몇십년 전 내가 블로그에 「전우여 25중대」란 제목으로 약 4~50쪽을 올린 글을 읽고 내용이 좋아 이렇게 연락을 한다며 책으로 한번 내 보라고 자꾸 권해서 용기를 갖고 시작하게 되었다. 사회에서 유명한 사람만 책을 내라는 법은 없을 것이고, 우리같이 평범한 사람노 한번 용기글 깆고 쓸 수 있을까 하는 마음도 싱겨 이름도 성도 모를 옛 어고생의 말 한마디에 깊

7

은 고민 끝에 나의 지저분한 지난 세월 내 인생의 치부가 드러나더라도 사실대로 어느 쪽이든 치우치지 않게 그 시대의 일기장의 기준으로 공평하게 글을 쓰기로 결심하게 되었다.

할 일 없이 하루가 지나 서산에 반쪽이나 남아 보이는 해를 보면 나의 삶이 저 지평선 끝에 가까워지는구나 싶지만, 나이가 들수록 세월의 무게가 두려워지기 마련일 것이다. 70대 중반에 그나마 건강도 여유롭지 못한 나는 집에서도 사회에서도 필요 없는 늙은이에 불과한 인생이며 집이나 사회에 필요할 때까지만 살아야 한다는 어느 철학자의 말을 빌리면 지금의 나는 아무 가치가 없구나. 그러나 生과 死는 내가 선택할 수 없는 일 아니겠어요.

몸이 아파 병원에 며칠 입원하면서 눈만 감으면 죽은 송장이나 다를 바 없는 노인들 어디 한둘인가. 산소 호흡기에 의지하고 살겠다고 아등바등 연명하는 노인네들, 바로 내 윗대인 부모님들은 발달된 의학의 빛을 못 보고 죽은 노인네들. 우선 나부터 의술이 발달되지 못했다면 나 역시 10여 년 전에 땅속 깊이 묻혀야 할 기구한 운명 아닌가요!! 뉴스에선 노인 인구 때문에 의료 보험이 적자 난다는 등 사실 나부터 병원에 입원하여 내역서를 유심히 보면 엄청나며 내가 평생 낸 보험료를 생각하면 상상을 초월할 정도로 적자투성일 것이다.

지금 노인의 인구가 15%라는 통계가 나와 있다. 우리나라 인구가 5천만이라면 약 1천만 가까이 노인에 속하고 그 노인이 의료 보험으로 치료를 받는데 병원에 가 보면 응급실 환자들이 약 90% 이상이 노인들입니다. 젊은이들은 병원에 틈틈이 있지만 금방 퇴원하고 대부분 노인이 입원실을 꽉 채우고 종합병원 2인실부터 의료 보험 혜택인데 하룻밤 입원비가 서울 일류 호텔보다 훨씬 비싼 가격이다. 왜 이런 내용을 쓰는지 궁금하신 분도 계시겠지만 내가 폐암 수술에 드는 비용을 생각하니 9년의 치료를 받았으니 의료 보험료를 한 번쯤 미래 세대에 생각해 보는 것도 당연한 일이지요. 언젠가 병원 치료를 받을 때 내가 의사한테 이놈의 나이는 노력 없이도 먹어 가니 병마에 시달려 의사 선생님들께 미안합니다 무심코 말을 꺼내 봤더니 우리 노인들이 사회에 필요 없는 존재니 빨리 죽어야 하지요 했더니 의사 양반 하는 말이 걸작이다. 어르신들이 우리 밥 먹여 살린다고 오래오래 살아야 우리 의사들이 살아남습니다, 알고 보면 그게 틀린 말은 아니지 싶다.

나는 1945년 해방둥이로 태어나 요즘 말하는 금수저 집안에서 태어났다. 우리 집은 인천의 어느 백화점을 운영하면서 상당한 재력가로 알고 있다. 원래 나는 인천 송림동에 태어나 아마 두 살 때쯤 인천 경동 애관극장 뒤편에 큰 주택을 사 입주했다고 한다. 그때 인천 경동이라면 인천에서 최고의 부촌이라 할 수 있는 곳이지요.

우리 집 앞에는 천주교가 있고 뒤쪽으로는 애관극장이고, 그 시절에 방이 몇 개인지는 몰라도 옆방에는 육십쯤 되는 할머님하고 그분의 아들 이름이 한기복 나를 잘 데리고 놀아 줘 지금도 수십 년이 지나도 삼촌처럼 잘 따라다녔던 생각이 나. 그때 우리는 전기로 된 지금 말하는 전기 버너를 사용할 정도 지금 생각하면 아무것도 아니지만 70여 년 전에 그런 생활을 했다니 모든 면에서 상당히 부유했던 집안은 틀림없다. 엄마가 백화점에서 벌어온 돈을 앞치마에 가득 채워 오고 그때는 지금처럼 카드탈 세 없이 모두 현금 거리일 것이고 아버지는 실 빼는 공장을 운영하고 엄마는 큰 백화점을 운영하면서 전국에 도매도 했다고 한다. 그때 내 나이 4살 아니면 5살이었을 것이고 지금도 머릿속에 그 집이 생각나서 인천에 가면 한 번씩 보기도 하지만 그 형태가 조금은 남아 있어 보이고 금방 우리 집이란 것이 머릿속에 쏙 들어온다!

우리 집 대문이 지금 생각해도 상당히 크고 견고했던 모양이다. 전쟁이 일어나고 밤이나 낮이나 대문을 차고 밀고 밖에서 굉장히 시끌벅적하여도 견고한 대문 덕에 잘 견디어 낸 것이다. 어느 날 밤 옆집에 큰불이 나고 우리 집 전체가 천주교 지하로 잠시 피신하고 알고 보니 6·25전쟁이 터진 것이다. 다음 날 엄마 아빠는 피난을 가기 위해 짐을 싸고 우리는 아무것도 모르고 그냥 즐겁게 뛰어노는 것 외에 알 수 없는 나이~~!!

그 시대에~~ 차가 있나 리어카로 이삿짐을 나르는데, 그때는 경제력이 있어 아버지께서 친구분들과 배를 통째로 구입했는데, 그 큰 배에 사람들이 얼마나 많이 탔는지 피난민들이 강제로 배를 타 말하자면 뒤죽박죽 되고 말았다. 내 기억으로 나는 리어카로 이사를 할 때 잠시 쉬어 가는 사이 바다 구경을 했던 모양이다. 멀리 보이는 바다만 구경하다가 뒤돌아보니 리어카가 없어 알고 보니 그 사람들이 나를 확인도 안 하고 그냥 가 버린 것이다. 한참 울다 그길로 엄마와 동생 하나는 걸리고 하나는 업고 오는 엄마를 발견하고 얼마나 울었는지 피난길에 나는 엄마 따라 부두로 가 먹을 것도 없이 준비도 못 하고 배가 급하게 그냥 출발한 모양! 돈이 있고 없고를 떠나서 배 안에서 제대로 먹지도 못하고 사람들이 다들 굶어 죽을 지경이다. 그래서 며칠을 가다 어느 부두에 도착해 먹을 것을 준비하고 아마 지금 생각하면 엄마가 아기를 낳은 지 얼마 안 되었지 싶은데 도착지를 남쪽 항구 목포로 정하고 몇 달을 가, 배 안에 있든 없든 그로 인해 못 먹고 고생해 할머님 집에 도착해서부터 엄마가 시름시름 아프기 시작했던 것이다. 몇 개월 동안 배를 타고 바다로 육로로 우리야 아무것도 모르지만 얼마나 힘들고 고생했을까 하는 마음이 드네요.

엄마는 시일이 갈수록 환후는 깊어지고 그때야 병원이라고 생각할 수 있나 아프면 죽음만 기다리는 시대 아니딘가. 6·25 다음 해에 무슨 병인지도 모르고 남의 말만 믿고 뭐가 좋다는 약은 다 드셔도 차도는 없고 내가 생각할 때 엄마가 5~6개월 아픈 것 같은데 그동안 막둥이 동생도 엄마가 아프니 젖을 제대로 못 먹어 아마 영양실조로 죽고 말았다. 내 기억으로는 그 아픈 엄마가 슬프게 우시면서 자신도 몸을 이기지 못하고 병은 점점 깊어 가도 도리가 없어 보인다.

아버지는 그래도 엄마를 살려 보려고 의사의 권유로 입원도 하였지만, 엄마는 무슨 병명도 없이 5월 중순쯤 결국 눈을 감고 말았습니다. 그때 병원이라야 얼마나 열악하겠어. 동네에서 하는 말들이 저 불쌍한 자식을 둘이나 낳아 두고 죽다니 하늘도 울고 땅도 울 일이 아닌가요. 그때 내 나이가 6·25 다음 해니 만 여섯 살 너무나 기억이 뚜렷하며 엄마 죽었다는 것은 그렇게 슬픔을 알고 내 동생은 알 듯 말 듯한 나이였다. 그때만 해도 시골에서 상여로 마지막 가는 길을 슬피 울며 어린 마음에도 관이 땅속으로 들어간 것을 세세히 기억을 하지요. 할머님 하신 말씀이 너는 나이는 어리지만 엄마 죽음을 알고 울기도 하고 그해 혼자 밥때만 되면 내가 엄마를 찾으며 그렇게 울었다고 합니다.

11

2.
견디기 힘든 상처

　어린 나이에 견디지 못할 상처를 가슴에 안고 살며 밤이면 아버지가 우리 두 형제를 껴안고 우시는 모습도 선명하고 그 세월이 몇 년 지속되었는지 아버지 나이 32세 내 나이는 7~8세 정도~~ 그렇게 큰 상처를 주고 가신 엄마가 원망스럽기도 하지만 엄마의 나이는 27세, 지금 같으면 아직 시집 갈 나이도 아니지 옛날 사람들은 보통 병명도 모르고 운명한다. 그때는 아프면 약 대신 점을 보고 굿을 하면서 몸속에 귀신이 있다고 귀신을 쫓는다는 핑계로 참 지금 생각하면 사람의 병을 더 키워 죽게 하는 것이 옛날 사람들의 생각 아니겠어요(의학이 지금 같이 발달하지 못해 사람을 살려 보려는 막연한 차선책이겠지요).

　그래도 엄마 돌아가시고 나서도 집안 할머님 할아버지 먹고살 만했던가, 나는 약간의 세월이 흘러가면서 엄마의 죽음을 조금씩 잊어 가며 동네 내 또래 친구들과 그런대로 어울려 놀기도 하고 일단 집에 들어오면 할머님이 우리의 뜻을 받아 주시며 그런대로 세월이 흘러~! 어느 날 갑자기 아버지께서 장가를 가신다고 한복 두루마기를 입고 목포라는 곳으로 가셨는데.

　어린 나는 들뜬 마음으로 새엄마가 기다려지고 지금 생각하면 새엄마가 어떻게 우리 집을 왔는지 기억은 없지만 그때만 해도 아버지께서 경제력이 있었나 싶기도 하고 새엄마 온 뒤로 광주에다 집을 사 살면서 그런대로 정이 들어 살았던 것이다. 그런데 그분은 일제강점기(日帝強占

12

期)에 여고를 나왔다고 하니, 집안도 꽤 괜찮은 집안이고 우리에게 교육의 열도 보이시고 나를 여탕에 데리고 가 목욕시킨 기억도 나고 새엄마와 정도 주고받았다. 그런데 왜 그런 여자가 자식이 둘이나 있는 집안으로 왔는지 그때의 여자의 신분으로 여고를 나왔다면 대단했지요. 지금 생각해 보면 아버지께서 인물도 있고 활동적이고 또한 어느 정도 재력도 가지고 있었던 같다.

그 새엄마가 신체적으로 결함이 있었다고 하는데 눈 한쪽이 약간 점이 있다고 어렴풋이 들었다. 그런데 그 어려운 시절에 고등 교육을 받았는지 나는 그분의 얼굴도 기억은 못 하지만 어쨌든 나에게는 관심을 가지시고 초등학교도 입학시키고 매일 학교에 오고 가고 하며 나를 지극히 보살핀 것은 기억이 있어 일학년 때 나를 지극정성으로 키워 줬던 생각이 들고 동생과 나는 그 새엄마를 따르며 한때는 돌아가신 엄마를 잠시 잊기도 했던 것이다. 아버지는 무엇을 했는지 그래도 생계 활동을 활발히 하시며~~! 시골에서 할머님도 자주 오시고 나 역시 새엄마 따라 학교도 별 탈 없이 다니고 있을 때, 어렴풋한 기억으로는 아버지께서 갑자기 무슨 병인지는 모르지만 많이 아프기 시작했다. 집안이 흔들릴 정도로 기울고 그렇게 건강하신 아버지께서 병고에 몸져눕고 말았다.

그때 집에서 점을 쳐 봤는데 여자가 잘못 들어왔다는 것이다. 지금 생각하면 점쟁이 말 한마디에 정들었던 새엄마도 내보냈다고 하는 말은 몇 년 후에 들었다. 점점 집안은 폭삭 망한 것이다. 아무 탈 없는 엄마를 그 점쟁이 말 한마디에 내보낸 우리 집안. 우리 형제와 생이별하게 되었으니 나는 전혀 그런 것을 모르고 있을 때 새엄마가 갑자기 내 이름을 부르면서 질 있으라고 하면서 나는 그때 생각에 잠시 어디 다녀오시겠지 생각하고 하루 이틀 기다려도 소식이 없어 할머님께 물어보니 아무 말씀도 없지요. 아버지께서도 엄마 언제 오느냐고 묻고 또 묻고 해도 아무 대답이 없어 참 이상하다. 나는 누구에게도 엄마가 떠난 이유를 듣지도 못하고 가실 때 대문 앞에서 내 이름을 부르며 잘 있으라고 하던 목소리가 지금도 마음속에 남아 있다. 엄마를 얼마나 기다리고 찾았는지 나는 잘 다니던 초등학교를 그만두고 시골 할머님 집으로 이사를 하고 학교도 안 가고 한 1년 정도 있어 할머님 밑에서 사랑을 받으며 나는 다시 시골 초등학교 일학년에 입학했다.

집에서 학교까지 여간 멀기도 하고 누가 나를 데려다주는 이도 없고 그저 고학년만 따라다녔다. 엄마도 없지 누구 하나 학교에 데려다줄 사람이 있나 점점 새엄마 생각이 어떻게 나는지 그럭저럭 3학년 때였던가, 아마 4학년 올라갈 무렵 늦은 가을에 갑자기 외할머님께서 어떤 젊은 아줌마를 데리고 오셨다. 내가 듣기에 외할머님 하신 말씀이 외가와 한 동네에 사는 사람이라고 난 그때부터 잠깐 행복 속에 감추어진 불행이 오는 것을 모르고 외할머님께서 나더러 할머니 다음에 올게 하시기에 나는 울며 치맛자락을 잡고 늘어지며.

할머님께 하룻밤만 나하고 자 달라고 사정을 했더니 발걸음을 돌리시고 그날 외할머님하고 자면서 내가 할머니 젖을 만지며 자는 습관이 있어 그날 밤 외할머님 젖을 만지니 너도 커 장가가면 젖을 만지고 잔다고 하시기에 무슨 말인지 이해도 안 되고 아침에 일어나 보니 외할머님은 안 보이고 어제 봤던 그 아줌마한테 엄마라고 하라는데 도저히 말이 나오나. 아버지도 나한테 엄마라 안 부른다고 때리기도 하고 엄마 돌아가시고 우리 두 형제를 끌어안고 우시던 정은 어디로 갔는지 참 기가 막힐

14

일 아닌가. 며칠이 지나고도 도저히 엄마 소리가 안 나와 새엄마라는 사람도 알게 모르게 세월이 흐를수록 구박하기 시작하지요.

밤이면 밤이슬을 맞아 가며 내 인생이 시작되기도 전에 엄마가 없으니 나 같은 운명도 있는지 운명도 나의 것이요 또한 내 운명은 내 앞에 매고 가야 하는 기구한 팔자 아니겠나 싶기도 하지만 내 앞날이 이렇게 될 줄이야. 아버지는 계속 강압적으로 엄마라고 안 하면 귀싸대기를 때리는 것은 보통이고 나는 어쩔 수 없이 엄마라고 부르기까지 오랜 세월이 걸린 것이다.

아마 내 동생도 초등학교 3학년 우리 두 형제는 저 사람이 엄마 노릇을 얼마나 됐다고 정떨어진 행동만 하고 점점 그 여자하고 불화가 자주 생기면 아버지는 무조건 우리만 꾸중하고 갈수록 제때 밥을 주나 엄마란 사람도 집에 아무도 없으면 자기한테 밉보였는지 손에 잡히는 대로 때리기 시작하고 그때마다 할머님이 눈치를 채시고 며느리인 계모한테 네 자식 아니라고 그렇게 구박하느냐고 참 우리가 왜 맞아 가며 누구한테 말 한마디 못하고 살다 보니 아버지도 계부가 되어 버리고.

이제는 아버지도 무섭고 우리 두 형제를 부둥켜안고 우는 모습하고는 확연히 달라 보였다. 가끔 내 동생하고 싸움이 나면 계모는 계속 동생 편을 들며 중간에서 싸움 부추기는 역할을 하고 갈수록 아버지는 무지막지하게 폭력을 휘두르고 정말 두 분 다 마음 씁씁이 생각할 때 할머님은 우리 때문에 얼마나 속상하신지 아무리 네 자식 아니라고 그렇게 주어 때리느냐고 목포에서 오신 엄마가 그때마다 얼마나 산설한시.

내가 6학년 때 목포 새엄마가 왜 갔는지 그제야 알게 되었다. 세상에 점쟁이 말 한마디에 그렇게 보내는 아버지도 한심하고 서글프고 모든 세상이 싫어지고 아버지가 아니라 폭력배처럼 보이고 아버지가 우리한테 구타가 심하니 목포 새엄마가 그렇게 보고 싶고 나는 방학 때만 되면 외가를 가요. 방학 내내 외가에서 생활하며 먹을 것 마음대로 먹고 방학이 끝나면 집에 오는 것이 형장에 끌려가는 기분으로 집 앞에 와 망설이면서 할머님이 계신지 아니면 못 들어가고 그렇게 두 사람이 무섭고 정이라고는 천 리, 만 리 떨어지는지.

심한 구박을 받아도 외할머님한테 말은 못 하고 외가 바로 뒷집에 살기 때문에 계모는 자기는 처녀로 우리 집으로 시집을 속아서 왔다고 자기 자식들 아니면 며느리들에게도 말하면서 부모로서 도덕적 가치를 느낄 수가 없어 보인다. 속아서 시집왔다는 거짓말을 하는지 나는 외할머님께 이야기를 듣고 다른 데로 시집가서 일 년 살다 이혼하고 돌아왔다고 왜 다 알고 있는 사실을 그렇게 하는지 차라리 말이나 안 하고 있으면 본인도 속이 편할 텐데~~~

3.
내 앞에 예견된 일들

아침에 일어나 꽁보리밥이라도 많이 주나 학교까지 7, 8km쯤 되는데 도착하고 나면 수업 시간이 되기 전에 배가 고파 학교 옆 샘물을 마시며 배고픔을 달래고 학교가 끝나 집에 오면서 남의 밭에서 가지, 오이, 고구마도 캐 먹다 주인한테 걸리면 죽어라 도망 다니기 일쑤였다. 아무리 배가 고파도 집에 오면 엄마가 있어 한 번이라도 따뜻하게 안아 주길 하나, 나는 그렇게 엄마와 제대로 된 정 한번 나눠 보지 못한 것이 한이 되었다. 사랑보다 더 깊은 것이 정이라고 했는데 보통 엄마들은 자식이 잘못이 있으면 숨겨 주고 감싸 주는 것이 엄마의 사랑인데 감히 이런 생각을 못 해 보고 살아온 우리 형제~~ 잘못이 있다면 부풀려 이르는 계모 우리 할머님 그런 꼴을 보시면 계모한테 너도 자식 기르는 부모로서니 네 배속 자식 아니라고 그렇게까지 하느냐고 나무라시며.

한번은 계모의 첫 번째 딸을 집 앞에서 업고 들어오다 앞으로 넘어졌다. 그렇게 넘어진 나는 이마를 다쳐 피가 나는데 할머님하고 옷을 다리미질하던 계모는 다짜고짜 내 등에서 애기를 빼내고 나를 얼마나 두들겨 패는지 할머님이 그걸 보시고 넘어진 저 애가 더 다쳤는데 그런 애를 그렇게 때리느냐고 소리를 지르시면서 사실 아이는 내 등에 있으니 다친 것은 나였지만 우리 때문에 할머님과 계모 사이에 다툼이 여간 심했으면 시어머니를 잡고 살려는 며느리라고 소문이 다 날 정도였다. 우리 동네에 보진 없이 사란 아이는 우리 포함해서 두 집이 있는데 특히 우리 계모는 유별나기로 유명했지요.

어머니는 자식의 피난처이고 안식처이기도 하며, 모성애는 무쇠도 녹인다는 말이 있지만 지금 이런 일들은 빙산의 일각일 뿐이다. 혼돈의 시간 속에 잠시 쉬어갈 수 있는 고요함이 삶에 꼭 필요하지만 우리 형제는 한순간, 한순간 보내는 것도 버겁고 저녁은 정신과 육체를 감싸주는 밤, 엄마의 품이라 할 수 있는 밤이 되면 잠자리 하나 제대로 있나.

잠

따스한 저녁은 육체를 감싸 주는 잠
잠은 자연이 주는 귀중한 선물이며 친구이다.
잠 나를 위로해 주는 따스한 자연의 생명과 육신을
편히 해 주는 것
잠은 잠을 이루지 못한 고통도 것도 잠일 것이다.
잠은 긴 잠이든 잠깐 잠이든 우리에게는
잠같이 소중한 것은 없을 것이다.

이렇게 성장해 노인이 되어도 아무리 이해하려고 노력해도 눈을 감고 생각해 봐도 지금 내 나이 70대 중반이 훌쩍 넘어가는데 지금쯤이면 이해할 때도 됐다고 생각하면서도 할머님을 그렇게 무시하고, 업신여겼던 모습을 생각해 보니 이 나이 되도록 계모를 이해할 수가 없고 할머님이 계모에게 하신 말씀이 있다. 너도 너와 같은 며느리 얻어 호되게 당할 것이다. 어찌 보면 할머님 말씀이 그렇게 똑 떨어지는지 성격상 맞지 않은 자기 같은 며느리를 얻어 호되게 당하면서 사는 꼴을 보니 제수씨가 고맙기도 하고 제수씨가 나름대로 시어머니께 한다지만 내 보기에는 성격상 서로 부딪치다 보니 요즘 어디 고분고분할 며느리들 있나요? 돌아가신 할머님 말씀이 그렇게 딱 맞는지 어미가 없는 자식은 일하면서도 구

18

박을 받고 어미가 있는 자식은 자기 할 일 안 하면서 사랑을 받는다고 합니다.

우리가 초등학교에 다닐 때는 한 달에 한 번 내는 사친 회비가 있었다. 100환을 내는데 이 돈을 못 내고 남아서 청소도 해야 되고 그래서 학교에서 돈을 내라고 하면 집에 가서 말을 못 했고, 말을 해도 공부도 못하는 것이 무슨 돈이냐며 오히려 구박만 돌아오지요. 나에게는 두 분의 작은 아버지가 계셨지만, 부모 없는 우리를 불쌍히 여기거나 우리에게 정을 베풀지 않았다. 그에 비해 외가의 삼촌들은 우리를 불쌍히 여겼고 외삼촌들의 사랑을 많이 받아서 외가만 가려고 한다. 나는 외가 복은 많은지 외할아버지 한 분에 외할머님 세 분이고 외삼촌들이 다섯에 이모가 두 분 맨 큰 삼촌하고 막내 삼촌은 돌아가시고 배가 다르지만, 그 삼촌들이 그렇게 나를 사랑해 주시고 이제는 연로하신 삼촌이나 이모님들 80대가 훨씬 지나시고 외할머님들께서도 사랑이 넘쳐흘렀다. 우리 외가 가정은 이 정도로만 설명해도 아시겠죠~~~

그러고 보면 동생에게 정을 주지 못하고 내 배가 고프니 동생 입에 들어가는 것도 뺏어 먹을 정도이었으니 아무리 눈물을 흘려도 숟가락은 올라간다는 말이 있듯이 할머님은 식사를 하시다가 그 적은 밥이라도 나와 동생에게 밥 한 숟가락씩 덜어주면 밥은 적어 보이지만 아닌 말로 할머니 입에 들어간 밥이라도 내 입으로 넣어야 할 생각이니 숭늉물 속에 밥 한 톨이라도 있으면 밥풀 하나 먹겠다고 그 물을 다 마시기도 한다. 솔직히 지금 세상은 어른이나 아이들이 배를 곯는 시간이 없을 것이다 지금 세상은 먹을 것이 넘쳐나기 때문에 너무 많이 먹어 병이 나는 세상 아닌가요. 옛날에는 있는 사람과 없는 사람의 식생활에 엄청난 차이가 있

19

지만 지금은 있든 없든 별 차이가 없을 것이다. 우리 때와 지금은 상상도 비교할 수 없는 그 시대~~~

　나 역시 얼마나 불효했는지 할머님께서는 하시는 말씀이 너희들이 우리 집에 와 좋은 농토를 다 팔아먹었다고 하신다. 아버지를 그렇게 원망하고 만약 할아버지가 계셨다면 장남이라고 논밭 팔아먹을 수 있나. 아버지나 계모가 할머님께 불효했던 일들이 내 눈에 흙이나 들어가면 잊을까 살아 있는 동안에는 잊을 수가 없다. 할머님은 내가 결혼한 후에도 1년을 더 살아 계셨는데 나도 어려운 것은 사실이지만 용돈 한번 못 드린 게 한으로 남아 지금도 묘에 찾아뵈면서 무릎 꿇고 빌어도 돌아가신 할머님이 어찌 아시겠나.

　이 나이 되도록 잊을 만도 한데 밤잠을 설칠 때는 두 분 할머님이 내 머릿속에 항상 맴돌고 지금은 아프면 병원도 갈 수 있지만, 옛날 할머님들께서는 병원에서 진찰 한번 받지 못하고 돌아가시지요. 지금은 먹을 것이 넘쳐나고 조금만 아파도 병원도 갈 수 있고 참 좋은 세상인데, 요즘은 친구들이나 주위에 가까운 사람들이 죽었다고 하면 내 죽음도 가까워지는구나 마음이 착잡해지네요. 지금은 좋은 세상이지만 친형제도 주고받는 문자 한번 보내지 않는 형제들 아마 지들도 똑같은 생각이겠지. 그래도 그 동생들하고는 잘 지내고 큰형 노릇을 못 했어도 나한테는 따뜻한 동생들, 셋째는 은행 지점장 퇴직하고, 넷째는 지금 시청 국장으로 재직 중이고 올해 정년이지 싶다. 어디다 내놓아도 훌륭한 동생들 지성과 인품을 겸한 그 동생들이 가뭄에 콩 나듯 통화 한 번씩 하면 형님 건강 물어보기도 하지요 죽을 차례가 내다 보니~~ 옛날에는 하는 말이 물보다 피가 더 진하다고 하지만 지금은 아니다. 피보다 이웃이나 인연을 훨씬 중요시하는 면이 있지요. 눈에서 멀어지면 마음도 멀어지는 것이 현실이다. 나의 밑에 동생들이 이 글을 혹시 보면 오해를 하겠지만 부모자식 간 혈연(血緣)을 분리하고 봤으면 한다. 다 지들 태어나기 전이나 아주 어린 시절 일일 것이다 이 형의 피 맺힌 恨을 단 한번이라도 생각 해 봤는지 너희들에게는 모성애가 넘치는 엄마겠지만 그와 정반대로 우리에게는 어떻게 했는지? 왜 집을 나가 두 형제가 그 처절한 어린 시절을 길거리에서 거지같은 생활을 했겠나, 한번쯤 생각도 해봐야지 않나! 그 어린 마음의 상처를 어찌 말로 다 할 수 있겠나 그 상처를 주어진 환경 탓으로 돌리기에는 너무 깊고 너무 커 생각하고 싶지 않은 어린 시절의 추억을 송두리채 무너뜨린 순간들을 어찌 잊을 수가 있겠나, 어느 가정에서나 그런 일들이 있어서도 안 되고 그런 일을 해서도 안 될 일들이 정난하게 내 머릿속에서 지워지지 않은 일들~~

육신의 상처는 약으로 치료 수 있겠지만 마음의 상처는 무엇으로 치료를 할 수 있을까 따뜻한 말 한마디의 상처를 치료받을 기회도 없이 가버린 이분들~~ 지금 동생들이 진심 어린 마음으로 우리 마음의 상처를 치유할 수 있겠나. 그래도 자기 엄마가 그런 일을 했겠나, 믿을 수가 없겠지 그러나 사실이다, 나는 이 글을 쓰면서 이런저런 생각을 그대로 적시하고 더도 덜도 아니고 사실대로 적시했던 것뿐이다.

이 정도는 빙산의 일각일 뿐이다. 차라리 이 책을 한번 봐서 잘~~ 판단하기 바랄 뿐이다.

4.
학교 다니는 고통

   공부를 얼마나 못했는지 초등학교 3학년쯤에 겨우 한글 읽고 쓰고 그때는 나뿐만 아니고 3학년 이상 되어야 한글을 읽었고 구구단은 4학년이 되어야 겨우 외운 것 같다. 솔직히 나는 공부에는 별 관심이 없었다. 그때는 선생님들이 자기 기분 상하면 학생들을 매로 교육을 하다시피 할 때다. 일제의 잔재가 남아 있던 때라 선생님들은 자신의 스트레스를 풀기 위해 학생들의 종아리나 뺨을 때리기도 하고 귀싸대기를 올려붙이는 것이 보통이지요. 선생님이 때리면 학생은 이유도 모르는 채 맞아야 했고, 나는 집에서도 계모에게 구타당하며 할머님 안 계시면 더 얻어맞고 매로 인해 온봄에 시퍼런 멍이 잘 날이 없었다.

   할머님 하신 말씀이 내 이름을 부르면서 내가 죽으면 내 가슴 한번 열어 봐라. 너희들 때문에 내 가슴이 새카맣게 타고 아무것도 없을 것이다. 그런 말씀을 자주 하시면서 죽은 너의 어미가 이걸 알면 죽은 귀신이라도 슬피 울 것이라고 신세 한탄을 하시는 생각이 지금도 머릿속에 감감 잡아 돌기도 합니다.

   어느 날 내가 무엇을 잘못했는지 아버지가 나를 거꾸로 들어 집어 던져 목에서 피가 넘어오는 것을 할머님이 보시고 세상에 어린 지 자식을 기절할 정도로 무지 막대하게 하는 부모가 어디 있느냐고 할머님께서 땅바닥에 앉자 펑펑 우시는 모습은 지금도 잊지 못하는 불행한 추억들~~ 계모와 아버지가 얼마나 무서운지 밤이면 오줌을 질질 저리고 또 오줌도 못 가린다고 저 눈밭에 옷 다 벗기고 내쫓아 버린 것도 한두 번이 아니다. 세상에 어찌 자식을 그렇게 할까. 우리 형제 얼어 죽지 않고 살아 있는 것이 이상할 정도이다. 우리 집 옆에는 조그마한 보가 있는데 언제 한번은 집에 있는 과자 하나 몰래 먹었다고 얼음을 깨서 나를 물속에 집어넣어 버리고는 했다.

참 내가 어떻게 살아났는지 바늘 도둑이 소도둑 된다고, 어린 것이 과자 하나 먹었다고 아무리 계부라도 이러지 않았을 것이다. 그 추운 얼음물 속에서~~~ 지금 누가 그 말을 믿겠습니까. 옛 속담에 집에서 천대받은 개도 나가서도 천대를 받는다는 말이 있듯이 우리 형제는 나가서도 친구들에게 노리갯감으로 전락하고 동네에서 우리를 불쌍히 여긴 아낙네들도 많이 있었지요. 지금 같으면 나의 부모는 법의 심판대 앞에서 몇 번의 벌을 받았을 것이다. 할머님께 불효하고 자기 자식을 그렇게 짐승 다루듯한 아버지 묘 앞에 가서 술 한 잔 따라 주기 싫은 내 마음. 특히 아버지는 언젠가 엄마 죽고 나서 밤이면 우리를 껴안고 울던 시절에서 저렇게 사람이 달라졌을까.

추석 명절에 빠지지 않고 성묘를 가지만 양부모 앞에는 고개도 숙이지 않으며 그래도 내 자식들에게는 술을 따라 놓고 절을 시키지만 나는 외면해 버리고 내 자식들도 약간은 이상하게 생각할 것이다. 살아 있을 때 얼마나 독하게 했으면 이 나이까지 외면할까. 사실 두 분은 할머님 묘가 없다면 여기에 올 일도 없을 것이고 내가 죽을 때까지 묘도 찾아가지 않을 것이다. 그래도 올 추석 성묘 때는 두 분께 술 한 잔씩 따라 드리고 슬며시 고개도 숙이며 옛날 일을 잊자 내 나이 70대 숭반이 넘어가는네 사꾸 옛날 부모에 대한 모진 한이 지금까지 풀리지 않을끼.

나는 그럭저럭 초등학교를 졸업하고 남들은 장남을 중학교를 보내야 한다는데 솔직히 아버지가 친구분들 체면 때문에 중학교에 보냈는데 공부를 못했으니 정원이 부족한 중학교에 입학을 시키고 등록금과 교복이 합쳐 7,350환이 지금 돈으로는 735원이 뚜렷이 기억하지요. 절대로 잊을 수 없다. 두 분이 등록금 때문에 절대로 학교 못 보낸다고 다툰 것을 옆방에서 들었다.

어렵사리 입학을 시키고 본격적으로 계모의 방해가 시작되었는데, 통학 열차를 타고 광주로 학교에 다니게 되자 열차를 못 타게 하기 위해 아침밥을 늦게 해 주는 일이 눈에 띄게 늘었고, 그 일로 통학 열차를 몇 번 놓쳤는지 모른다. 열차를 못 타면 학교에 못 가고 중간에 놀다 오고 말지요. 그러면 계모는 미리 알고 아버지께 결정적인 증거라고 들이밀면서 학교 등록금 낸 것이 아깝다고 고자질하니 아버지께서는 우리를 가만둘 수 있나. 나는 알고 있지만 아버지께 말할 수도 없고 말을 한다고 들을 아버지가 아니고 학교를 지능적으로 못 가게 하지만 알면서도 당했기 때문에 아버지는 내가 학교에 가기 싫어한다고 생각할 수밖에 없었을 것이다.

참 어이가 없지만 그렇다고 누구한테 하소연할 수 있나 덩달아 할머님께서도 공부하기 싫으면 학교 다니는 걸 그만두라고 말씀하셨다. 나는 1학기가 끝나고 2학기에 또 등록금 때문에 벌써부터 고민이다. 책도 2학기 구입을 해야 하는데 등록금과 2학기 교과서 이야기를 했더니 얼토당토않은 소리 도저히 이해할 수 없는 말~ 무슨 책을 한번 사면 일 년을 배우는데 사회생활깨나 했다는 분이 이렇게 억지를 부리는지 아무리 공부는 못했지만 학교는 다녀야 한다는 신념은 있었다.

아마 2학년 올라갈 무렵인가 크나큰 사고가 나고 말았다. 학교를 파하고 친구 하나가 극장 구경을 시켜 준다 하기에 극장의 극 자도 모르던 나는 친구 덕에 영화 한번 보나 하고 따라간 것이 크나큰 화근이 될 줄이야. 그땐 학생 입장 불가라는 팻말 때문에 호떡 몇 개 사 먹으면서 교복과 책가방, 모자를 그 호떡집에 맡겨놓고 셋이서 영화를 관람했었다. 근데 한 친구가 먼저 나갔는지 무심코 호떡집에 와 보니 가방을 다른 친구가 가져갔다는 것이다. 참 기가 막힐 일 아닌가.

어찌할꼬 그길로 아무리 찾아보려고 해도 사실 친한 친구도 아니고 그 친구가 몇 반인지도 모르고 학교에서 오가며 만나는 친구인데 아무리 1학년에 알아봐도 알 수가 있나 그때 1학년이 아마 7, 8반 정도인데 내 운명을 가르는 일이다. 한 세상 살다 보면 수많은 사람도 만날 것이고 그중 인과 관계도 맺는 것이지만, 어찌 이런 친구를 만나 이리되었나 결국 무서워서 집에도 못 들어가고 같이 있던 한 친구 집에서 하룻밤 지내고, 학교에 갈 수가 있나. 결국, 하루를 헤매다 올 데 갈 데 없어서 할 수 없이 집에 들어오니 공부하기 싫어 책가방을 팔아먹은 자식이라며 이유를 말할 틈도 없이 밀어붙이는데 어찌할꼬. 독자 여러분 한번 상상해 보십시오. 세상에 자식이 이틀이나 안 들어왔으면 좌우지간 일단 내 말을 들어봐야 옳지 않겠어요. 이틀을 굶고 왔으니 하늘이 노랗게 변하고 배고픔도 잊어버리고 무서워 벌벌 떨면서 내가 오늘 밤 살아남을 수 있을까. 자기 자식 같으면 이렇게까지 할 수 있을까. 속담에 아버지가 재가를 하면 아버지도 남의 아버지 된다는 말이 있듯이 내가 지금 왜 살아 있는지 그 자체가 원망스럽기도 합니다.

나는 그길로 영영 학교를 못 다니게 되고 말았다. 계보는 보내기 싫은 학교 속마음은 자기 뜻대로 잘된 일이지. 나는 그 길로 영 바보가 되고 동네에서 학교 가기 싫어 책가방까지 팔아먹은 애로 인식되고 말았다. 차라리 죽어 버릴까 생각도 해 봤다. 나는 그런 일로 집에는 도저히 살 수가 있나 결국 가출을 하려고 생각을 하고 기회만 보기 시작했다. 가출을 해도 당장 먹고 잘 데가 있나 나는 매일 그 기회를 보았지만 그리 쉽지는 않은 일이다. 그 뒤로는 계모가 낳은 동생들이나 봐주고 남의 집 머슴살이 생활을 할 수밖에 없다. 계모는 자식들 봐주다가 울기라도 하면 이유 없이 손에 잡히는 대로 나를 주어 패는 게 습관이지요. 겁에 질려 말도 못 하고 여기저기 도망 다니며 내가 뭘 잘못했기에 맞아야 하는지 누구한테 말 한마디 할 사람 있나. 그러다 할머님께서 마실 갔다 오시면 안 그런 척하고, 할머님은 항상 계모에게 네가 난 자식은 귀하고 저 자식들은 그렇게 천하게 하느냐고 집에서 기르는 개도 저렇게는 하지 않을 것이라고 호통을 치시기도 하지만 그때뿐이지요.

5.
살기 위해서

사람은 살기 위해서 먹는 건지 죽기 위해서 먹는 건지 나이가 들면 할 일 없어 고독 속에 빠져 그 고독은 인간을 부패시키고 폐인으로 만들 것이다. 차라리 집을 나와서 거리로 나가 남하고 대화를 해야지, 하지만 말할 사람이 있나요. 그래도 지금은 옛날 노인들보다 훨씬 나은 생활을 하는 것 같다. 나라에서 노인연금이라던가 국민연금 등 각종 연금을 받아가며 생활할 수도 있고, 의학이 발달되어 생명도 훨씬 더 연장되기도 하지만 수명이 길어진 대신 즐거움만 보는 것이 아니고 옛날보다 혹독히 겪어야 할 고독 속에 견디다 못해 노인 자살률도 훨씬 많아진 것 같다.

지금 노인들은 옛날 노인보다 자존심이 강해 밖에 나가서 대화를 해보면 옛날에 내가 뭐 했다는 등 자식 자랑, 자기 자랑 늘어놓으면 듣기도 싫다. 지금의 본인은 건강 문제에 몰두해야 할 때인데 아니 그런 자랑이라도 할 수 있어야지 노인이 될수록 경제력이 뒷받침된다면 돈 쓰는 재미로 살아야 할 텐데 그 나이에 돈 아까워 벌벌 떠는 노인들 많이 있어 보인다. 얼마나 더 살 거라고 각종 나온 연금으로 적금을 넣는 노인도 있어. 어느 정도 약간의 여유가 있으면 손주들에게 용돈도 넉넉히 주고 불시 초면이라도 대화가 되면 서로 밥도 한 번씩 사 주고 막걸리라도 주고받는 시간의 여유도 있어야 할 텐데. 물론 없어 못 한 노인도 있지만 자기에게 가진 돈이 있다면 쓸 줄도 알아야 하지 않나 싶기도 하다.

그렇게 아끼기만 하다가 죽는 노인들도 허다하지요. 약간 손해 보듯

사는 것이 마음도 편하고 자식이나 남들에게 노인이라고 눈총도 덜 받고 과거에 무엇을 했든, 좋았던 세월 속에 묻어 버리고 지금 현재 병고와 고독을 어떻게 극복하느냐에 신경 써야지 동에 번쩍 서에 번쩍하던 옛날 시절만 생각하면 무얼 하나. 나는 자랑할 만한 것도 없어 홀가분하기도 하지만 가끔 아내와 외식을 하거나 생활용품 살 때 돈 아까워 잔소리하는 아내~~ 아니 내 돈 가지고 내가 쓰는데 무슨 잔소리냐고 한마디 하면 당신 죽으면 그 돈이 전부 자기 돈이라고 하는데~~ 참 아무리 내 아내이지만 어이가 없고 내가 함께 사는 한 식구인지 의심이 들기도 하네요. 나는 항상 마음속으로 내가 살아오면서 자랑할것이 있다면 배우자를 참 잘 만났다고 하고 있었는데.

우리 나이에 한 방을 쓰는 노인도 흔치 않을 거고 사람 따라 다르겠지만 더러는 있겠지. 나이 먹으면 정력도 가지만 입만 살아 떠들어대고 입으로 먹고사는 사람인 것 같아. 요즘은 부인네한테 큰소리치고 사는 노인은 별로 없겠지만 가끔 다툼이라도 한번 하면 서로 며칠 말도 안 하고 그래도 여자들은 오손도손 나가 조잘거릴 데가 많지만, 남정네들은 어디 갈 데가 있나 이것은 나의 기준으로 이야기하는 것입니다.

옛날로 다시 돌아가 내가 가출하려고 기회를 보아도 다만 얼마라도 준비해야 하는데 준비할 길이 있나. 그러다 내가 15살쯤인지 계모하고 참다못해 크게 한번 싸웠다. 밖에 나와 생각하니 아버지 무서워 집에를 못 들어가고 결국 무일푼으로 서산으로 해 질 무렵에 집을 나오고 말았다. 막상 집을 나와 보니 어디로 가야 하나 고민하며 무작정 송정리역으로 얼마나 걸어갔는지 혹시 그렇게 목포로 가면 길거리에서 옛날 목포 새엄마를 만날 수 있을 것이란 꿈을 갖고 목포행 완행열차를 타기로 결심했

28

다. 물론 돈이 없으니 무임승차를 했고, 한참 가다 열차 승무원에게 걸리면 몇 대 주어 맞고 지체 없이 어느 역인지 내려서 또 다음 열차를 타고 그러기를 3일 동안 반복해 목포역에 도착해 내린 시간이 아마 오후 한두 시 정도인가.

3일 동안 아무것도 먹지 못하고 정신도 흐려져 어지럽고 눈빛이 아롱다롱 다리도 달달 떨리지 그때는 나뿐이 아니고 무임승차하는 양아치나 거지 생활하는 아이들이 많이 있었습니다. 배가 고파 역무원도 무섭지 않고 어떻게 철길을 돌아다니다 선로에서 쇳덩이를 하나 주웠다. 나는 밖으로 나와 마침 엿장수를 봐 쇳덩어리를 주니 엿을 한 가락 주어서 3일을 굶고 나서 엿 하나 먹고 물을 잔뜩 마시니 약간 정신이 들어 그때는 역전 근방에 우리 같은 거지 떼들이 오고 갈 때 없어 역전 대합실에서 밤을 지내고 그러면 거지 왕초들이 쓸 만한 놈들을 잡아 지금 말한 똘마니로 기용한다.

잡혀가면 시키는 대로 하면 꿀꿀이 죽 한 그릇 얻어먹기 위해 나쁜 짓 시킬 게 뻔하지. 나는 무서워서 뛰쳐나와 밤 11시쯤인가 역전에서 혹 목포 새엄마가 어디 있을까 생각하지만 솔직히 말하면 내가 그 엄마 배 속에서 태어난 것도 아니고 그렇다고 몇 년을 같이 살았는데 과연 나를 자식이라고 해 줄지 막연하게 찾아보는 것뿐이다.

역 대합실에 잠깐 누워 잠이 들었는지 누가 나를 깨우기에 역무원이 쫓아내기 위해 깨운 줄 알았는데 눈을 떠 보니 나보다 서너 살쯤 더 돼 보이는 아가씨가 너 어디서 왔니 그래. 송정리에서 왔다고 했더니 대뜸 하는 말이 너 식당에서 일할 수 있어? 나는 얼마나 고맙고 감사한지, 그러더니 다짜고짜 따라오라고 해서 간 곳이 목포역 앞 큰 식당이다. 나는 우선 밥이나 먼저 줬으면 하는데 얼굴이랑 손발을 먼저 씻으라고 해서 주방에 가 대강 씻고 있으니 밥을 줄 생각은 안 하고 저 골방에 자라고 하기에 꼭 도둑질하다 잡혀 온 것처럼 골방으로 가 시간을 보니 12시가 훨씬 넘었다.

그때는 통행 금지 시간이 있어서 12시 이후에는 바깥 출입을 못 할 때였다. 어쨌든 나는 이런 식당에 일할 수 있다는 것도 정말 행운 중의 행운이었다. 그런데 배가 고파 견딜 수가 있나. 그래서 그 누나한테 사실 배고프다고 했더니 참 그래 하며 주방에서 식은 밥에다 김치 한 가지를 내주었는데 내 평생 살아오면서 그렇게 맛있는 밥을 아직 먹어 보지 못했다. 어떻게 먹었는지 기억도 없고 다음 날 아침부터 주인아줌마가 설거지를 시키는데 어린 나이에 힘에 너무 벅차 견딜 수가 있나.

아~~ 내가 이제 배가 불렀다는 것인지 숙련된 어른이 해야 할 일을 15살 짜리가 할 수 있는 일은 아니다. 아마 며칠을 일하다 식당 끝날 무렵 말하자면 그 식당 딸이 나더러 나오라는 것이다. 그러더니 나한테 이런저런 이야기를 하면서 밤늦게까지 목포 여기저기 구경시키며 과자도 사 주고 나의 집 이야기도 물어보고 그랬다. 그 누나는 나를 자기 심부름꾼으로 여겼지만 난 어쨌든 그 시기에 죽으라면 죽는 시늉이라도 해야 했고, 주인집의 딸이니 그때만 해도 나에게는 대단한 존재였지요. 눈곱만치라도 주인 딸이 인정을 베푸니 하늘과 같이 고맙고 다시없는 누나지. 그럭저럭 한 달을 보냈는지 목포에 와 본 적이 없는 나는 무작정 옛날 새엄마를 만나 보려는 생각으로 혹 오다가다 만날 수 있을까 기대를 했지만, 지금 생각하면 잠시 엄마라고 불렀을 뿐 그런 정으로 찾는다는 것은 그분으로서는 아무 의미가 없겠지.

혼자 생각에 어린 내 마음에는 만나면 엄마하고 붙들어 잡고 흐느끼고 울고 싶은 마음 나는 누나하고 제법 잘 지내고 있는데 내가 하는 일이 너무 힘에 벅차 도저히 견딜 수가 없었다. 그런데 어느 날 그 누나가 바람이 났는지 무슨 이유인지 가출해 버렸다. 나보다 서너 살 위니 성숙한 처녀의 태가 나고 그나마 나를 배려해 준 그 누나가 소식도 없이 나갔으니 무슨 이유인지 알 수 없지만, 평소에 그의 부모님하고 자주 불화를 겪었던 것 같다. 옛날 부모님들은 자식들에게 억압적인 면이 있었으니 말이다. 혹 밤에 그 누나를 만날 수 있을까 하고 일이 끝나면 역전 근방을 돌아다니기도 했지만 결국 소식은 영 없었다. 나는 그 집에서 얼마나 일을 했는지 주인아줌마가 야 너 우리 언니 집에서 일하라고 한다.

날아다니는 새도 쉬어갈 나무를 고르는 법 어떻게 나무가 새를 고를 수 있겠나. 나야 마음대로 할 수 없으니 가라면 가야 하고 주인이 마음대로 할 형편 아니겠는가. 나는 그 집에서 한두 달 일을 했는지 물론 급여는 일 전도 없다. 그래 나는 주인아줌마의 언니 집으로 가게 되어 그 식당은 아주 쪼그마한 집이고 식당이 술도 팔고 밥도 팔고 하는데 그 집 딸이 어느 초등학교 선생님이다. 그 집은 규모가 아주 작아 식당 청소나 하면 할 일도 없다. 그런데 가게에 방이 하나밖에 없어 한 방에서 주인, 할머니, 딸 셋이서 잠을 잔다. 그 할머니는 성격이 괴팍한지 담배도 술도 한 잔씩 하면서 교편 잡는 딸을 덜덜 볶아 대는 성격이 있었다. 조금만 늦게 들어오면 볶아대기 때문에 아주 힘들어하기도 하고 언젠가 그 선생님을 좋아하는 남자가 찾아와 주인 할머니하고 이런저런 이야기를 하다 농금 시간이 넘어 오도 가도 못할 형편이 되고 밀있다. 어쩔 수 없이 나까지 넷이서 한

방에서 자는데 내가 선생님 옆에 자고 다음 할머니 그 남자 자는데 요즘 같으면 여관방이나 잘 수도 있을 것 같지만 그건 지금 생각이지.

나는 그 집에서 일을 하면서 바로 앞 자그마한 구멍가게가 있어 그 집 아저씨하고 자주 만나 이야기도 하고 시간만 나면 그 구멍가게로 놀러 가기도 하고 주인 할머님도 내가 없으면 구멍가게로 찾아오기도 하고 그 구멍가게 아저씨가 나더러 월급 얼마나 받느냐 묻기에 뭐 우리한테 월급 주는 집이 있습니까, 했더니 그럼 내가 월급 주는 데 말해 줄까 해서 며칠 생각하다 급여가 얼마인지는 생각은 없지만, 좌우지간 월급 준다는 식당을 소개받았다. 거기는 시장 안에 있었는데 2층에는 합숙소(하숙집) 가 있고 아래층은 국밥집인 곳이었다. 그렇게 구멍가게 아저씨의 소개로 새로운 곳에서 일하게 되었다.

6.
참 딱해 보이는 아저씨

그 식당에서 얼마나 있었는지 기억은 없지만, 이 층에서 하숙하는 사람들하고 친해지기도 하고 하숙하는 사람들이 가끔 하숙비도 밀리고 밥도 외상으로 먹기도 하는데 친하게 지내는 사람 중 밥값은 물론 자기 집에 갈 차비도 없어서 천장만 쳐다보는 아저씨가 한 분 있었다. 그 아저씨가 어느 날 나에게 자기는 장성에 사는데 차비며 밥값도 하숙비도 없다는 것을 이야기하는데 사정을 들어 보니 딱해 보였다. 평상시 아무리 어려워도 공부는 해야 한다고 말하는 것을 보아 아마 그분은 젊은 분인데도 학식과 인간성도 있어 보이기도 하고 또한, 평상시에도 책에 대한 열의가 남다르신 분인 것 같이 보였다. 나의 가정 사정을 자세히 말해 주기도 하고 하숙하는 동안 서로 거리낌 없이 친해지기도 했다. 어쨌든 그때 아저씨의 사정 이야기를 듣고 그냥 넘어갈 수가 있나 생각이 들어서 여비를 얼마 정도 쥐어 준 것으로 기억하는데 나 역시 한 달에 얼마의 월급을 받았는지 기억은 없고 그때 돈으로 몇백 환일 것이다. 그런 사정을 듣고 모른 척한다는 것은 지금까지 나 자신이 인간으로 냉정하게 그냥 넘어갈 일은 아니다.

그리고 그 아저씨는 장성으로 갔는데 며칠이 지나 갑자기 아버지가 찾아오셨다. 어떻게 된 영문도 모르고, 참 난감한 일이구나 내용을 들어 보니 저번에 장성으로 간 아저씨가 나의 가정사도 알고 주소도 주고받았으니 아마 집으로 알려 공부를 시기라는 뜻으로 우리 아버지에게 사세안 편지를 썼던 모양이다.

시골 멀리 송정리에서 오셨으니 먼 길을 오신 것은 알겠지만 도저히 집에 갈 생각이 없다. 그래도 뭐 집에 가자고 하니 안 갈 수도 없고 그분이 편지를 보낸 이유는 공부를 시켜야지 그런 생활을 하면 되겠냐는 뜻이겠지. 솔직히 말해서 나를 학교로 보낼 아버지는 아니다. 나는 어쩔 수 없이 식당 주인한테 간다고 하니 당장 내일부터 물을 누가 길어 오느냐고 사람도 없는데 어떻게 하느냐는 식으로 말하는데 그때만 해도 아침이면 그날 사용할 물을 사 장사를 해야 하기 때문이었다. 그러나 아버지가 집에 데리고 가 학교를 보낸다니 주인이라도 할 말은 없지.

그 계모 밑에서 학교에 다닐 수 있을까 집에 가 봐야 어떻게 될지 뻔히 알고 있었지만 나는 어쩔 수 없이 아버지를 따라 집으로 돌아왔다. 혹시 학교를 보내줄 마음이 있나 기대했으나 하루, 이틀 몇 달이 지나도 학교 이야기는 꿈에도 생각 못 할 일이었다. 객지에 있을 땐 동생 생각이나 할머님 생각을 했지만, 집에 와 풀이나 뜯고 농사나 짓고 계모가 낳은 아이나 봐주고, 시도 때도 없이 잔소리나 하는 계모는 전이나 지금이나 변한 게 하나도 안 보였다. 가끔 학교 가기 싫으니 책가방을 팔았느니 했던 것을 말하며 내가 백번 생각해도 계모는 나에게 엄마다운 언행을 단 한 번도 보인 적이 없었다. 아니, 아무리 계모라도 자기도 자식을 기르면서 어찌 인간성이 저럴까 내 인생을 살아오면서 모든 마음의 상처는 부모로부터 받았는데 이 나이 되도록 그 상처가 눈이나 감으면 잊힐까.

내 동생 하는 말이 동생도 몇 번이고 가출을 하려고 했지만 아무리 생각해 봐도 어디서 먹고 자고 할 데가 없어서 어쩔 수 없이 집에 붙어 농사나 짓고 풀이나 뜯어 거름 만드는 일만 한다는데 뭐, 농사할 것이나 많이 있나 아버지 다 팔아서 사업한다고 없애고 뭐가 있나 그렇다고 집에서 배불리 먹고 사는 것도 아니고 나는 얼마큼 세월이 지나 갑자기 광주 학동 시장에다 쌀 가게를 시작한다기에 어떻게 시작했는지 별 기억은 없지만.

　돈이 없어 나를 학교도 못 보낸다면서 도저히 알 수가 없다. 동생과 나는 배달을 하고 현금 주고 쌀을 사 와 외상 상사를 하니 버빌 수가 있나. 여기저기 준 외상 쌀값도 많이 떼이고, 밍해 가는 것이 눈에 훤히 보인다. 아버지는 살살 바람이나 피우고 무슨 일이 되겠어. 한참 뒤에 알고 보니 시골에 있던 외할머님이 논밭 팔아서 광주로 오신 것이다. 땅마지기나 팔아 오셨으면 집이나 사실 일이지 셋방 얻어 외삼촌하고 사시면서 남은 돈은 우리 아버지에게 다달이 이자나 주라고 몽땅 맡기셨다.

　참, 외할머님도 자기 딸 죽고 없는데 무엇 때문에 그렇게 무모한 일을 하셨는지 나중에 안 일이지만 아버지가 쌀장사나 하니 돈푼이나 번다고 알고 계신 모양이다. 아무리 그렇다 하더라도 어린 우리에게 물어나 보지, 그 돈으로 장사한답시고 바람피워 가며 여자들이 아버지에게 쌀값 지불했다고 쌀 가지러 오고 뻔히 아는 일인데. 결국, 외할머님은 돈을 다 떼이고 평생 작은딸 집에서 사시면서 아버지 망한 꼴을 보고 그때 후회하시니 무슨 소용이 있겠어. 외할머님께서는 이모 집에서 생활하시면서 고생 많이 하셨다. 참~~ 우리 아버지 그런 죄를 짓고도 고개 뻔히 들고 다니는 꼴 보면 저분이 우리 아버지인가 싶기도 하고.

　결국, 쌀장사는 몽땅 망하고 집으로 들어가게 되었다. 빚은 여기저기 감나무에 감 열려 있듯이 많았으니 참 난감한 일이다. 우리는 죽었으면 죽었지 집에는 도저히 못 들어가고 결국, 내가 배달하는 데 사용하던 자전거 하나 가지고 부산으로 가고 말았다. 부산에 연고가 있는 것도 아니고 막상 부산에 와 보니 뭘 해야 할지 난감하지만 그래도 몇 입 주머니에 있어, 부평동에 합숙소를 얻어 놓고 뭘 해야 하나 싶어 자전거로 할 수 있는 장사를 이것저것 찾아봤다. 알고 보니 그때가 여름이라 아이스케이크 장사를 할 수 있다는 것을 알고 고심 끝에 아이스케이크 장사를 시작했다.

그냥 먹고 사는 정도인데 우리 합숙소가 전부 도둑놈 소굴이었다. 우리만 한 아이들 전과자들도 많았고 소매치기들 아니면 시골 같은 데 가서 사기를 치는 가짜 점술쟁이 등 별의별 사기꾼들, 도둑놈들이 천지였다. 비 오는 날이면 도둑놈들하고 생활해야 하고 그래도 의리는 지키고 인간성도 있어 보이고 시내 극장 구경도 함께 다니기도 하며 같이 도둑질을 해 보자는 제의도 받아 봤지만 나는 죽었으면 죽었지 절대로 그런 짓은 못 한다고 거절했다. 아무리 세상이 각박하다고 하지만 도둑질을 할 수 있나.

나는 주로 국제 시장이나 부두에서 아이스케이크 장사를 하면서 먹고는 살지만 좀처럼 앞이 보이지 않는다. 어느 날 밤에 한방에 합숙하는 사람들과 그런대로 친하게 지냈는데 또렷이 기억은 없지만, 시골로 고추를 따러 가자고 누구인지 제의를 했던 것 같다. 말하자면 남의 고추밭에서 몰래 고추를 따다 팔자는 것이다. 밤에 시골로 고추를 따러 간다기에 그때 내 자전거를 빌려준 것이다. 그런데 고추를 따 오다 검문소에 검문을 당하고 아마 내 자전거까지 압수당하고 둘 다 잡혀간 것이다. 내 자전거까지 빌려주었으니 알고 보면 나 역시 공범이나 다를 바 없지. 그 뒤로 한 번도 보지도 못하고 자전거도 그걸로 끝나고 말았다.

7.
실패는 일부분이다

　인생을 살다 보면 성공보다 실패할 확률이 더 훨씬 많다. 그 실패가 내 인생의 일부분이지 전부는 아니지 않나 싶기도 하고 나는 그렇게 마음을 깨끗이 정리를 하고 방을 다른 데로 옮겼지만 내가 생활하는 전 합숙소 이야기를 안 할 수가 없다. 도둑놈들 남의 호주머니에 돈 빼는 기술자들 스님 행세를 하면서 승복을 입고 시골 같은 데 찾아다니며 어떤 수단을 하는지 밤에 돌아오면 상당한 수입이 되는 모양이다. 역시 말도 잘하고 제법 아는 것도 의외로 그럴 듯하고 시골 아낙네들이 딱 넘어가게 생겼다. 돌아다니면서 중 행세를 하며 적당히 말로 사기 행각을 하는 모양이다. 말을 들어 보면 본인은 정상적으로 손금이나 그 사람의 운명도 봐 준다고 하는데 그러나 아무리 정상적이라도 본인이 불자가 아닌데 승복을 입은 그 자체가 사기 행세가 아니냐고 했더니 야 이 방에 나같이 깨끗한 놈 있나 말을 듣고 보니 맞는 말인 것 같기도 하다.

　그때는 밥 먹고 살기가 여간 힘든 세상이다 보니 이글을 젊은 사람들이 보면 이해를 할지 의문이다. 지금 1년이면 몇천 톤이라는 음식물이 썩어 버리고 우리 집 역시 언제 사놓은 식품인지 유통 기한이 몇 개월 아니면 일 년도 넘는 식품을 언제 샀는지 각 집 냉장고에 썩어 버리는 음식들이 어느 집이고 없는 집이 없을 것이다. 나는 지금껏 살아오면서 수첩 일기를 쓰는 습관이 있어 그 일기 덕분에 도둑 누명도 뒤집어쓸 뻔한 걸 모면한 세 한두 번이 아니나.

일기장 이야기는 뒤로 미루고 지금은 세상이 변해도 너무 많이 변했기 때문에 내가 쓴 글은 1950년 후반이나 60년 초·중반, 70년대 글이다. 우리나라가 전 세계를 통해 이렇게 발전한 나라는 찾아보기 어려운 선진국이란 말이 의심의 여지는 없다. 우리 나이 아니면 윗대의 피나는 고생으로 나라가 이렇게 발전되었는데 이제는 노인이 의료 보험을 거덜 낸다는 등 노인 인구를 거추장스럽게 여기는 것 같다. 우리같이 피와 땀으로 월남 파병이나 중동 해외 근로, 파독 광부, 간호사들의 희생이 없었다면 이런 세상을 젊은이들이 누릴 수 있겠나 싶네요.

지금의 노인들 병마에 시달리고 고독에 시달리고 노인이 되면 4고에 시달리고 있을 것이다.
 1. 수입이 감소해서 오는 빈고,
 2. 육체적 늙음에서 오는 병고,
 3. 할 일이 없어진 데에서 오는 무고,
 4. 이러한 것이 겹쳐서 나타나는 고독 고.

내가 아무리 도둑놈 소굴에 살았지만 도둑과 함께한 일은 한 번도 생각해 보지 못했다. 그러나 남의 호주머니에서 돈 빼내는 것은 몇 번 봤지만 가슴이 써늘함을 느끼고 저렇게 간 크게 할까 아무래도 저 도둑은 저래 라는 운명인가 싶기도 하다. 나는 자전거를 잃어버리고 나서 한참을 실의에 빠졌지만, 그냥 그렇게 있을 수 없어 약간의 돈도 거덜 나고 옛날에는 한두 푼 생겨도 은행에다 저축이나 저금은 생각도 못 했지만 그저 그날 장사해서 몇 입 생기면 팬티나 옷깃, 단추 구멍 같은 곳에 구겨놓고는 했다.

그러나 돈을 한두 번 잃어버린 적도 더러 있었다. 한번은 며칠 모은 돈을 밤에 자면서 통째로 잃어버린 적도 있고 돈을 어디에다 저금할 데가 없고 안 먹고 아끼고 한푼 두푼 모은 돈을 일기장 속에 많이 숨기기도 하는데 공책 노트 뒷장을 이중으로 만들어 그 뒤에 돈을 조금 가지고 다니기도 하고 참 어두운 세상이었지 그때는 은행 자체를 모르고 은행은 돈이 많은 사람만 다니는 곳으로 여겼기 때문이다. 참 암울했던 그 시절, 이 글을 쓰면서 지난 세월을 되새기니 밤잠을 설치기도 하고 떠올리기 싫은 지저분한 과거라는 나의 치부(恥部)를 그대로 드러내는 생각이다.

솔직한 나의 치부를 드러내고 싶지 않지만, 옛 속담에 노래에는 거짓이 없어도 이야기나 책 쓰는 것에는 거짓이 있다고 한다. 그러나 난 너무 솔직하게 써서 혹 우리 아내가 보면 어쩌나, 내 자식이 보면 어쩌나 싶기도 하고 은근히 걱정되기도 하지요. 내가 머리도 나쁘고 공부도 못했지만, 틈틈이 배우고 싶은 욕망은 있지만. 내가 목포에서 식당일을 할 때 아침이면 물동이를 어깨에 메지만 내 또래는 책가방을 들고 등교하는 그 모습을 볼 때마다 내가 태어나고 싶어서 태어난 것도 아니고, 왜 나만 흔한 엄마 손 한번 못 잡아 보고 이렇게 살아야 하는지 세상을 한탄하며. 이렇게 떠날 거면 왜 나를 낳았느냐며 엄마를 원망해 본 일도 한두 번이 아니다. 지금까지 살아온 기적 같은 세월을 살아야 할 더 힘든 세월이 오면 인생은 한 번은 죽어야 하지 않나 싶기도 하지만.

8.
이 책은 아내에게도 비밀

홀로 걷다가 지난 세월 뒤돌아보니 인생길 굽이마다 서글픔만 고이더라.

외롭고 고달픈 인생길이지만 괴로움과 아픔 속에서도 산새는 지저귀고

추운 겨울 눈밭 속에서도 동백꽃은 피어나더라.

슬픔 속에서도 내가 살아 있는 이유를 모르고

아픔 속에서도 내가 살아갈 이유를 모르겠더라.

　보통 유명인들의 책을 보면 솔직하지 못한 책들을 많이 보게 되고 자세히 보면 모두 자화자찬하는 면이 주류를 이루지만 내가 지금 쓰는 글은 나 자신의 치부를 드러내고, 읽어 보면 내 모습이 인간쓰레기에 지나지 않는다는 생각이 들 수도 있다. 내 아내도 이 지저분한 과거를 읽는다면 아무리 부부간이라도 나를 이해할 수 있을까 하는 의심도 들기 마련이다. 나이 들어 이런저런 생각을 하다 보면 지난 세월 후회스럽지 않은 사람이 어디 있겠나. 그때 혼자 마음을 고요히 정리하면 숨소리도 고요해지더라.

　이제껏 책 속에서 보았던 것과는 동떨어진 곳인지도 모른다! 진리보다는 허위가 선(善)보다는 악이, 정의보다는 불의가 더 큰 목소리를 내고 이리저리 줄 바꿔 헤매는 한탕주의자들 내 자신이 하루하루 삶은 버겁지만 맞닥뜨리는 모든 고통과 역경을 맞설 수 있는 삶의 가치일 것이다. 늙고 병들고 불구가 된 것이 허물은 아니다. 결코, 삶은 낭비가 아니지 싶다. 내 살아온 뒤를 돌아볼 기회도 없이 살아온 나의 운명.

우리 부부는 교회를 여기저기 십몇 년을 다녔지만, 교회 성경책보다 교회의 서적을 더러 많이 보았다. 나에게 불행이 닥치면 하나님도 찾아 기도도 해 보기도 하고 물론 믿음이 부족할 수도 있지만, 인간이 악을 선택할 때 하나님이 왜 악을 막지 못했을까 인간이 교활하고 간교하고 잔인한 인간에게 죄로부터 멀리하지 못했는지 거기서부터 신에 대한 믿음이 멀어지고 신을 의심하게 된다.

나는 하숙집을 다른 데로 옮겨 갔는데 거기도 전과 같이 사기꾼 아니면 남의 주머니에서 돈 소매치기하는 놈 아주 하숙집에서 연습하고 어느 하숙집을 가나 집에 가출하는 우리 또래 학생들도 있고 자기 의지만 있으면 나쁜 길에 들어가지 않는다. 자신의 생각이 문제이지 그때는 가출하는 아이들이 참 많았다. 똘마니로 잡아다가 나쁜 짓 시키면 하는 놈도 있지만 절대로 못 했던 놈도 있다.

그때는 부평동 일대가 판자촌이고 대부분 합숙하는 집들이 대부분이고 열심히 살아 보려는 아이들도 있지만 우리 또래 하숙집에 도둑질하는 놈들이 훨씬 많았다. 그래도 의리도 있고 한 사람, 한 사람 서로 말을 해 보면 나쁜 짓 할 것 같지가 않아 보이는데 나는 열심히 장사하면서 한두 푼씩 모아 하숙집 주인한테 맡겨 가면서 돈을 모았다. 비가 오는 날이면 아이스케이크 장사를 할 수 없어 비닐 우산 장사를 했고 장마가 지면 우산 장사도 안되고 우산 장사를 하려면 낮에 비가 갑자기 우수수 와야 잘 되지 아침부터나 장마철에는 집에서 우산을 준비하기 때문에 이것도 저것도 안 된다. 그래도 틈틈이 모은 돈으로 생활하기는 걱정 없지만, 같이 있는 도둑놈들과 한 방에 같이 있으면 나 혼자만 밥을 먹을 수 있나 안쓰러운 아이늘이 한둘이 아니다. 혼자 가만히 나가 밥을 먹고 올 수도 있지만 내 마음이 허락지 않는다. 그렇게 같이 밥을 사 먹기도 하고 때로는 극장 구경도 하지만 그럴 때일수록 여러 아이를 만나 보면 나름대로 의리도 인간성도 갖추고 있다.

내 또래 아이들 6·25 전쟁 때문에 나같이 부모 중 한 분이 없는 아이들이 한둘이 아니었다. 빗나간 아이들에게 나쁜 짓 하지 말고 나처럼 이렇게 장사라도 하면서 생활해 보자고 하면 한편으로 따라오기도 한다. 근데 쉽게 도둑질하는 놈은 며칠 못 버티고 다시 그길로 빠지는 경우가 대부분이다. 나쁜 짓 하는 놈들 중 이마에 나는 도둑놈이요 써 붙이고 다니는 놈들 없을 것이고 나는 이런 생활을 하면서 할머님과 동생이 보고 싶어서 동생한테 편지를 한번 보내기도 했다.

그런데 우리 동네에서 내가 나쁜 짓 하고 돌아다닌다는 소문이 자자하단 말을 들었다. 그 말을 어떻게 들었는지 설령 내가 그런 짓을 한다 해도 부모가 맞장구를 치지 않나 싶다. 자기 자식이 나쁜 짓 하면 창피하기도 할 텐데 내가 그 소문 때문인지 그 일로 집에 들어간 것 같기도 하다. 내가 집에 갈 때는 나하고 중학교에 같이 다니던 친구들은 고등학교 일학년이고 참, 그 친구가 학교에 다니는 동안 나는 가출해서 하루 벌어 하루 먹고 사는 생활을 했다.

내가 이 글을 쓰면서 왜 집을 들어갔는지 명확한 기억이 없다. 일단 동생과 할머님이 그렇게 보고 싶고 그래도 객지 생활 속에서도 몇 낲은 집으로 가지고 왔지 싶다. 또한, 세월이 지나 집에 머슴살이나 하고 중학교 다니던 친구들은 의젓이 고등학교 배지를 달고, 교복을 입고, 멋진 가방까지 들고 다니는데 나는 그 친구들 보면 슬슬 피하는 것이 내가 그 친구들한테 열등감 같은 것을 느끼는데 자존심 때문에 그랬겠지. 아마 그때 내 나이가 16, 7살 정도 되지 싶다. 집에만 있으면 하루가 조용할 날이 없었다. 옛날같이 우리가 맞고 살지는 않지만 그쪽 계모가 아이를 낳아서 벌써 배다른 형제들이 아들, 딸 합쳐 6명이다. 내가 객지 생활을 하다 보니 나를 형이나 오빠로 생각하지도 못하고 영문도 모를 동생들이 성장해서 나를 어떻게 생각할까 걱정도 되고 그래도 피를 나눈 형제들인데~~

지금의 현실도 다툼 때문에 단 하루가 조용할 날이 없다. 나는 생각다 못해 우리 동네에 사는 이태원이란 친구하고 가출을 약속하고 몇 날 며칠을 기회 봐 가며 목적지는 인천 옛날 나의 고향으로 내가 태어난 곳으로 둘이서 약속을 하고 날짜를 잡고 나는 집에서 쌀을 몰래 보자기에 담아 태원이랑 다음 날 가출을 다시 했다. 뒷동네에 있는 초등학교에 다니는 친구네 집이 쪼그마한 구멍가게를 해서 몰래 챙겨 온 그 쌀을 가지고 가서 쌀이 있는데 좀 사 달라고 했더니 되로 대니 세 되가 나온다. 그렇게 한 되에 100환씩 받아 300환을 가지고 둘이서 임곡 쪽으로 갔다.

임곡에서 열차를 타고 서울로 해서 인천으로 가기 위해 우리는 임곡에서 서울 가는 완행열차를 탔다. 물론 무임으로 우리는 무사히 이리역까지 갔지만 거기서 역무원에게 걸리고 말았다. 역에 내려 도망치는데 서로 반대쪽으로 난 다시 그 열차를 탔지만 역시 무임승차다. 그런데 같이 가야 할 태원이는 보이지 않는다. 그 친구는 돈도 한 푼도 없는데 어찌할꼬. 당장 밥 한 그릇 사 먹을 돈도 없을 것이고, 그나마 나는 열차를 타고 대전까지 왔지만 혹시 태원이가 어디라도 탔는지 알아보기 위해 아무리 찾아봐도 아마 이 열차를 못 탄 것이 확실하다. 어찌할꼬 논도 한 푼 없을 것이고 나는 대전에서 다른 열자를 살아나고 또 가다 같이탔디. 그때는 역무원이 처음부터 열차표를 심하게 조사했기 때문에 쉬었다가 다음 열차를 탄다.

아무튼 무작정 서울까지 왔지만 태원이는 영영 찾지 못하고 소식도 없다. 나는 서울역 대합실에서 하룻밤을 자고 아침에 인천 가는 열차를 타고 동인천역에 내려 무심코 대합실에 앉아 있었다. 옛날 살던 우리 집도 한번 가 봐야겠다 싶어 솔직히 옛날 살던 집을 가 봐야 무슨 소용 있겠어. 대합실에서 통행 금지 시간이 되어도 갈 데도 없고 어느 하숙집에서 하룻밤을 보냈던가. 다음 날 역 쪽으로 나와 혹 무슨 장사라도 하물며 아이스케이크 장사라도 할 수 있는지 생각하며 밤이 늦도록 있는데 나보다 훨씬 큰 청년이 와서 나더러 어디서 왔냐고 그래서 사실대로 말을 했지. 옛날에 인천 경동에서 살았다는 것과 아는 대로 말을 했더니 응 그래, 너 인천 본토박이구나 하면서 밤에 나를 데리고 가 동인천역 시장에 가서 백반 한 그릇 사 주고 역전 파출소 뒤편에 널찍한 굴이 있었는데 그때가 늦가을 철이었다. 그 굴에 들어가니 어느 호텔보다 넓고 아마 일제강점기 방공 굴인 걸로 알고 있다. 그날 하룻밤을 지내고 아침에 그 형을 따라갔더니 어젯밤과 같이 백반 한 그릇 얻어먹고 나에게 구두 닦는 연습을 시키는데 그 또한 잘 안 돼서 이삼일 생활을 하다 구두통을 받아 역전에서 구두닦이가 되었다. 나는 시간 나면 인천 경동 애관극장 바로 뒤편에 가서 옛날 살던 집을 찾아보니 약간은 변했지만 그래도 옛 모습은 그대로였다. 옆에 천주교도 그대로 있고 혹 그 집에 누가 사는지 어린 시절에 나를 아는 사람이 있는지 알고 싶었다.

그래도 옛날에 이게 우리 집인데 지금은 구두닦이 신세로 돌아왔으니 만감이 교차되면서 한순간 울컥거리고 한때는 엄마, 아빠, 내 동생, 막냇 동생, 옆방에 사시는 한기복 어머니까지 참 단란하게 살았던 시절이 엊그제인데 지금은 엄마 돌아가시고, 아버지도 남의 아버지가 되고 지금 내 꼴이 거지 아닌가. 한참 그 집 앞에서 서성거리다가 그 집 주인인지 한두 번 왔다 갔다 하고 혹시나 나를 알아볼 수 있는 사람인가 하루 종일 서성거려도 아는 사람이 없었다. 내가 5, 6살인지 피난길로 떠난 지 10여 년이 되는데 나를 알아볼 사람이 있겠어. 나는 고개를 숙이고 눈물을 미금고 다시 인천역으로 오고는 한다.

9.
인천에서

나는 동인천역에서 구두 닦기를 시작했다. 주로 역전 대합실 그리고 역 앞 별 다방 또는 건너편 인현극장 근방 아마 이게 동인천 근방 구역이었다. 무슨 특별한 구역이 정해진 것은 아니고 그저 암묵적으로 각자 구역을 침범하는 일은 없다. 개중에 잡상인들도 구역이 주로 역 근방 양담배, 라이터, 껌, 기타 미군에서 흘러나온 나이프나 등 다양한 물건을 파는 잡상인들이다. 그렇다고 나쁜 짓이나 옛날 부산 부평동처럼 그런 일은 아니다. 내 기억으로 구두 한 켤레 20환 아니면 30환인가 했었고, 그때는 지금같이 음식이 다양하지 않아 백반이라면 하얀 쌀밥을 살짝 고봉으로 담아온 것에 밥반찬은 두서너 가지, 국은 주로 시래기 국이 나왔다. 반찬 하나 남김없이 다 먹고 운이 좋으면 누룽지 한 그릇을 얻어먹을 수 있었다. 그때는 먹을 것이 많지 않아 길거리에서 파는 것이 군고구마, 풀빵 가끔 옥수수 아니면 감자 정도였고, 과자는 형편이 좀 나은 학생들이나 먹을 수 있었다. 나는 하루하루 구두를 닦아서 말하자면 그 형한테 모두 바치고 하루 세 끼 굶지 않고 먹는 하얀 쌀밥 그 외엔 아무것도 없었다. 그저 그날 수입은 하나도 남김없이 주고 우리는 구두 닦는 똘마니다.

주먹 좀 쓰는 청년들은 똘마니들을 몇 명씩 데리고 있으니 수입도 짭짤하고 나름대로 규칙도 있어 우두머리들끼리 큰 싸움도 나고 밤이면 왕초들은 술 한 잔씩 걸치고 그때 말하자면 건달 비스무리한 행세하면서 한 왕초가 많이는 6, 7명씩 아니면 두서너 명 그날 수입은 한 푼도 남기지 않고 왕초 주머니로 들어간다. 주로 구두약과 구둣솔 등 비품은 왕초가 구해다 주기도 하고 기분 좋으면 한두 푼 용돈도 주기도 하는데 극히 드문 일이다. 주로 잠자는 데는 역전 옆 땅굴인데 가끔 똘마니들이 벌어들인 돈을 약간씩 삥(숨기는 것) 치기도 한다. 말하자면 몰래 왕초에게 속이고 돈을 감추기도 하고 그걸로 군입도 하고 그런 똘마니들은 좀 세월이 지나야 말하자면 경력이 있는 애들이다. 나는 돈을 삥 치기나 말하자면 속이거나 전혀 그런 생각을 못 했다. 뭐 배고픈 시절을 생각해 보면 하루 밥 세 끼면 더 바랄 것도 없고 배만 부르면 되지만 배가 부르면 집에 할머님과 동생 생각이 나기도 했지만 지금 내 처지가 하루 밥 세 끼 잘 먹고 그 땅굴에서 생활하는 것 외에는 다른 생각은 없다.

땅굴 친구들 다 잠들면 호롱불 하나에 나 혼자만의 시간을 가지며 잠시 눈을 감고 짧은 인생이지만 앞으로 살아갈 계획도, 헤쳐 나가야 할 험한 세월도 한 번쯤 생각하며 일기장을 꺼내 짧은 시간에 며칠 밀린 일기장도 정리하고 내가 일기를 쓴다는 것은 그 시기에 상상도 못 했지만, 그저 습관처럼 쓰던 일기장~~ 그 일기장 속으로 들어가 내 살아온 세월이 아슬아슬하기만 했던 기적 같은 세월~~~ 또래 똘마니들하고 이런저런 이야기를 하면 집 나온 사정은 가지각색이기도 하지만 집안이 먹고살 만한 아이들도 있었다. 특히 부모 중 엄마가 없는 나 같은 아이들이 주로 많았다. 아침에 일어나면 시장으로 가 단골집에서 밥을 먹고 나면 대강 얼굴도 씻고 역전 대합실에서 구두를 닦는다. 그런데 구두를 닦을 때 사람 봐 가면서 바가지를 옴팍 씌우기도 한다.

손님 불맥기 좀 할까요 하면 무심코 하라는 손님도 있고 그러면 구두 위에 구두약 잔뜩 발라 놓고 불을 지르면 구두약이 불에 타면서 팡을 내고 다 그게 그거지만 30환 하던 것을 10배로 300환씩 바가지를 씌운다.

그때는 300환이 상당히 큰돈이지만 싸우다 열차 시간은 다가오고 그냥 귀찮으니 주고 가는 사람이 대부분이지만 가끔 한 번씩 큰 싸움이 벌어지기도 한다. 어떤 사람은 무슨 구두 한 켤레 닦는 데 이렇게 비싸냐고 그럼 200환도 받기도 하고 그런 일이 하루에 대여섯 건씩 일어나기도 한다. 그런 바가지를 씌울 정도는 왕초들이 한다. 우리는 엄두도 못 내고 열 번 닦아야 300환인데 한 번에 바가지를 씌워 하루 일당을 챙기는 경우가 허다하다. 그것도 손님 잘 봐 가면서 해야지 아무나 할 수는 없다. 그때 백반 한 그릇에 2, 30환 할 때인데 300환이면 큰돈이지 나 역시 똘마니 중에서도 아마 중간 정도는 되어 가는 모양이다. 제법 세월이 흘러 돈벌이도 괜찮고 몇 입씩 삥 치기도 하고 그때부터 집에 할머님 동생 생각도 나고 집에도 가고 싶지만, 솔직히 내가 집에를 간들 무슨 소용이 있겠어. 지금 내게 주어진 환경은 선택할 수 없지만 내 마음과 자세는 나의 선택이라고 생각할 수 있지요.

사람이 배가 고프면 잡생각이고 잡념도 없이 오직 먹을 것밖에 다른 생각 없는 그 시절. 내가 인천에 살았다면 동인천역 옆에 축현초등학교를 다닐 것이고 지금쯤 버젓이 중학교 고등학교를 다닐 텐데. 가끔 지금도 시간 되면 왜 우리 살던 집을 자주 다녔는지 내가 6·25가 없다면 지금쯤 경동에서 살 것이고 가족과 함께 행복을 누리면서 엄마하고 같이 사는 꿈이라도~! 나는 틈만 나면 내가 살던 집 앞에 한동안 앉아 행복에 젖어 있다가 그 집 사람이 대문을 열고 나오면 순간 꿈을 깨고 뒷걸음질 치며 삶의 터전인 역전 쪽으로 무거운 발걸음을 옮긴다.

때로는 나와 비슷한 친구들도 더러 있기도 하고 집안 형편이 좋아서 혹여나 집에서 공부하기 싫어서 나온 아이들도 있지만 그런 아이들은 얼마 생활을 못 하고 집으로 돌아가기도 한다. 나와 비슷한 아이들 엄마 죽고 계모 밑에서 견디다 못해 나오는 아이들도 의외로 많아 보이고 또한, 고아원에서 나온 나와 똑같은 아이들도 더러 있고 나는 세월이 흘러 인천역에서 제법 중간은 갔지만, 잡상인 친구들이나 구두 닦는 친구들하고도 잘 지내고 특히 우리는 서로 환경이 비슷한 처지이기 때문에 서로의 의지로 살아갔지만 가끔 왕초끼리 큰 싸움도 벌어진다.

똘마니 하나 가지고 서로 차지하려고 싸움이 벌어지기도 하고 아니면 서로 구역 때문에 같은 파벌이라도 다투다가 싸움이 일어나기도 하고 요즘처럼 칼이나 무기를 사용하지 않은 것이 특이하다. 구역 때문에 또한 똘마니 때문에 감정이 생기면 동인천 옆 공터에서 맨주먹으로 싸우는데 태권도 하는 사람하고 권투 하는 사람하고 붙으면 대부분 권투 하는 사람이 많이 유리하더군. 무기는 일절 사용하지 않고 지면 승복하고 누가 어떤 법을 정했는지 역전 옆에 파출소가 있지만 일대일로 싸우면 경찰들도 구경하고 옛날 김두한과 구마적처럼 싸움이 끝나면 소리 없이 양보하고 무기를 쓰거나 비굴한 짓은 절대로 안 한다.

나도 세월이 흘러 어찌 왕초 시대가 바뀌었다. 아마 우리 왕초가 가족까지 다른 데로 이사를 했는지 우연찮게 왕초가 없어진 다음부터 해방이 된 셈이다. 나 또한 왕초 밑에서 몇 명인지 몰라도 아마 오륙 명쯤 되지 싶은데 나는 별 다방에 터전을 잡고 두세 명은 다른 데로 떠나기도 했다. 자연히 구역 형성이 되어 별 다방의 주의 또는 인현극장까지 우리 두세 명이서 구역 주인이 되었다.

10.
밑바닥의 인간성

비록 내 생활이 서민층 중에서도 가장 밑바닥이지만 사람의 목표는 지능개발이 아니라 바람직한 인품의 형성이라고 생각한다. 우리는 주로 다방의 손님들 구두를 닦고 있지만, 꼭 인품이 학식에서만 나오는 것은 아니다. 돈과 명예도 인품과는 다른 면이 있다. 아무리 명예와 돈을 가지고 있더라도 인품이 뒤따르지 못하면 우리 밑바닥 생활한 사람만도 못하지요. 가끔 우리가 쓰는 말들이 어찌 사람이 양심에 가책도 없이 명예와 돈을 가지고 있는 사람이 저렇게 할까. 어느 사회에서나 도덕적 가치가 뒷받침되어야 하지만 그 뒷받침이 없다면 직장이나 사업이나 실패할 수밖에 없는 것이 사람 사는 사회일 것이다.

우리 셋은 인간성이 형성되고, 다투는 일도 없이 그런대로 잘 생활하는 편이다. 그때부터는 잠자는 땅굴도 졸업하고 셋이서 동인천 어디인지 하숙집을 얻어 생활하며 경동 그 집 앞을 지날 때 야 이게 우리 집이었다고 하면 나를 부러워한다. 부러워하면 뭐 하나 너나 나나 저울에 달면 똑같은데. 우리는 서로 가정 이야기도 하고 더 친하게 지내면서 그런데 그 중 글을 모르는 친구도 있다. 참, 초등학교도 못 나왔나 싶지만 지금 생활이 글을 아는 놈이나 모른 놈이나 똑같은 신세인데.

우리라고 아프지 말라는 법은 없지. 가끔 추운 겨울에 감기도 걸리고 아파 눕기도 하고 그때는 아프다고 지금 같이 약 한번 먹어 본 일도 없고 객지에서 밥 굶는 것도 슬프지만 아파서 하숙집에 누워 있는 것도 슬픔

중에 가장 슬픈 일이다. 누가 아프다고 위로해 주는 이가 있나 따뜻한 물이라도 주는 이가 있나 아무리 감기가 심해도 약 먹을 생각은 꿈에도 생각을 못 한 그 시대. 나는 감기인지 며칠 아파 누워 있는데 밥도 먹지 못하고 어지럽고 죽을 지경까지 왔지만, 친구들이 끼니는 해결해 주지만 누워 있는데 누구 물 한 모금 갖다준 이가 있나. 나하고 같이 일하는 친구들도 다 돈벌이하러 나가는데 나는 정말 죽도록 아파서 견딜 수가 없다. 온몸에서 불덩이같이 열은 나지요, 그렇다고 약을 먹어야겠다는 생각은 못 한다. 나는 며칠을 아파 누웠는지 아무튼 감기인 것 같은데 아무리 아파도 약국에 가야겠다는 생각을 해 본 적은 없다.

참 지금 생각하면 어두운 그 시대 친구들이 벌어 준 하숙비는 걱정 없지만 내 몸이 아프니 먹지도 못하고 객지 생활에 밥을 못 먹을 정도로 설령 죽을병이 걸려도 병원 생각은 꿈도 꾸지 못한다. 얼마나 몸살을 앓았는지 하늘이 노래 보이기도 하고, 사실 우리 엄마도 알고 보면 병명도 모르고 돌아가셨는데 내가 그쪽 나는 것 아닌가 싶기도 하다. 며칠을 아파 견디어 살아났지만 참 그때 아픔은 잊을 수가 없을 정도로 고생을 많이 했다. 지금 같으면 감기쯤이야 하지만 옛날에는 조금만 아파도 병명도 모르고 죽는 사람이 얼마나 많은데.

나는 며칠을 아프다 어떻게든 일어나 생업을 시작할 수 있었다. 별 다방 앞에서 생활하고 하루 세 끼 먹고 하숙비 충당하면 그걸로 만족해야만 하고. 낮에 갑자기 소나기라도 내리면 송림동 시장에서 우산 갖다 팔아 재미를 보는 일도 더러 있었다. 친구들하고 극장도 들어가고 그땐 동시 상영한 영화가 엄청 많았다. 장마나 지면 며칠씩 노는 날도 있지만 그땐 주로 극장에 영화를 많이 보는 셈이다. 혼자 엄마가 보고 싶고 할 땐 밤늦게 옛날에 살던 집 앞에 앉아 있다 오기도 하고 내가 인간이 되기도 전에 세상에 낳아 놓고 가 버린 엄마가 원망스럽기도 하고 엄마가 불쌍하기도 하고 별의별 생각이 다 들었다. 아침에 구두통을 메고 생업의 현장을 찾아오면 내 또래 학생들이 등교하는 것을 보면서 나는 구두통을 메고 있는데 한 시대에 태어나 어찌 팔자가 하늘과 땅 차이일까 하는 서글픈 생각이 들었다. 밤에 친구들이 잠들면 혼자 일기 쓰는 습관 때문에 이 생각, 저 생각을 했고, 일기장을 보면 주로 내용이 엄마를 보고 싶다는 이야기가 상당 부분을 차지하고 동생 이야기나 할머님, 외할머님 생각하는 이야기도 많았다.

한편으로 나와 같은 운명을 가진 구두닦이 친구들 너 일기 쓰면 누가 알아주나 핀잔을 주기도 하지만, 누가 알아 주어서 일기 쓰나. 지난 세월을 잠시라도 보면 이런 일도 있었구나, 정말 추잡하고 더러운 일들 그렇게 어려운 시기에도 어떻게 버티어 왔는지 아슬아슬하게 보낸 꿈만 같은 지난 세월, 나는 한 1년 정도 별 다방 앞에서 구두를 닦았는데 원래 엄마 친구분이 인천에 사신다는 말은 들었지만 어디서 살고 있는지는 전혀 몰랐다.

근데 갑자기 어느 아줌마가 너 아무개 아들 아니야, 내 이름까지 부르면서 나는 엄마 친구의 얼굴은 내가 시골 있을 때 더러 몇 번 봤지만 인천에서 나를 만날 줄이야 알 수 있나 꿈에도 생각을 못 했다. 그 집은 6·25 때 딸만 둘 남편이 사별하고 우리와 반대다. 그 집 딸하고는 내가 두 살 더 위지 광주에서 학교도 같이 다니고 그 딸 이름이 영화와 연순이라고 그래도 엄마 친구는 재혼해서 딸까지 인천으로 이사 와 학교 다니고 행복하게 사는 집안이다. 알고 보니 영화가 학교 갔다 오면서 나를 봤던 모양이다. 그래서 제 엄마하고 나를 찾아온 것이다. 할 수 없이 따라 갔지 참 그 딸들을 보니 교복 차림에 내 처지를 생각하기엔 비교가 안 될 정도이다. 죽은 영화 아빠도 우리 아버지와 친구고 아주 잘 아는 사이지. 어찌나 딸들 보기에 창피하고 구두닦이를 하느라 입고 있는 옷은 거지 신세이지 정말 그래도 나 자신이 자존심이라고 도저히 안 되겠다 싶어 그냥 뛰쳐나오고 말았다.

피난 올 때도 같이 오고 영화나 연순이는 우리더러 오빠라 하고 초등 학교 다닐 때 같이 다니고 그러나 영화 엄마는 인천에서 재혼해 두 딸을 인천으로 데려갔다. 그런데 인천에서 이렇게 만날 수가 지금의 나의 신 세는 영화와 연순이하고는 하늘과 땅 차이 아니겠어. 자식한테는 아빠보 다 엄마가 있어야 한다는 것을 뼈저리게 느낄 수밖에~~~

영화 엄마는 친정이 우리 동네였는데, 남편과 사별하고 혼자 보따리장 사를 할 때 딸들을 친정에 맡겨 두고 장사를 하면서 남자를 잘 만난 것이 다. 그 집도 여자가 사별하고 이쪽은 남자가 사별하고 아무튼 조건이 잘 맞아 그렇게 재혼을 해서 참 부럽기도 하고 그러나 현실은 현실이다. 그 래도 그 집 남자를 보니 돈도 있어 보이고 집도 그런대로 참~~ 우리도 차라리 아빠가 죽고 엄마가 살아계셨다면 이런 신세가 되었겠나 싶다. 영화와 연순이는 새아빠와 같이 살면서 성도 바꾸고 남부럽지 않게 사 는 것이다. 영화와 연순이네 집에서 뛰쳐나온 뒤 세 친구가 있는 별 다방 으로 왔더니 걔들은 우리 엄마가 나를 데리고 간 줄 알고 구두통 도구를 둘이서 나눠 가지려고 한 모양인 것 같았는데, 내가 돌아오자 너의 엄마 가 데리러 온 것 아니었냐고 묻는 것이다. 참, 고개를 숙이고 끄덕거리고 말문이 흐려지더군. 옛 속담에 홀어미 품속에서 훌륭한 자녀는 나온다는 말은 들어 봤지만 홀아비 밑에서 훌륭한 자녀 나온다는 말은 들어 보지 못했다.

　엄마 친구가 버젓이 살아 자식들 잘 기르는 모습을 보니 한동안 일할 맛도 안 나고 참 어찌해야 하는지 나는 그날부터 별 다방을 떠나기로 했다. 이제 어디로 가야 하나 막막하고 어찌 내 팔자가 이러나 나는 그날 밤 밤새도록 일기 쓴다는 핑계로 앉아 지난 세월 힘들었던 일기장을 꺼내어 봤지만, 남이 볼 때 정말 이런 생활도 있을 수 있나 싶을 정도로 지저분한 내용이 담긴 일기장을 차라리 없애 버릴까도 생각도 했다. 그때 처음 아버지도 같이 엄마하고 죽었으면 새엄마도 없었을 것이라고 생각을 했고 이럴 바에 부모가 없는 편이 훨씬 낫다고 생각하지.

11.
하루 밥 세 끼

　지금쯤은 영화 엄마도 나이로 봐서는 세상에는 안 계실 것이고 어딘가 계신다면 한번 뵙고 싶은 생각은? 다시 구두 닦는 것도 싫증 나고 아무리 엎어놓고 뒤집어 놓고 생각해 봐도 먹고살 길이 없어 다시 구두통을 들었다. 며칠을 별 다방 앞에 터를 잡고 시작했지만 옛날같이 손님도 없고 어느 날, 누군가가 별 다방 앞에서 내 등을 툭툭 치기에 뒤돌아보니 원 세상에 이런 일이 있나 아버지였다. 체면 때문에 왔는지 알 수 없지만, 아마도 영화 엄마가 알려 줘서 왔을 것이다. 그러나 아버지도 나더러 집에 가자고 하지는 않는다. 아버지는 옛날에 사업깨나 하신 친구분 실 공장에 나를 부탁해서 취직을 시키고 그때는 먹고 살기 힘드니 월급도 없이 밥이나 먹고 생활하는 것이다. 거기서 몇 달 동안 일을 하는데 가끔 아버지 친구분이 용돈이라고 한 번씩 주는 일이 전부이다. 그 실 공장이 아버지 친구분만 혼자 하는 게 아니고 다른 분하고 동업을 하는데 그분이 나를 영 싫어하고 항상 언짢게 생각한다. 공장도 어렵게 돌아가고 일손이 남아도니 같이 그 친구분이 나를 내보내려고 별 수작을 다 떨고 있다. 어찌할꼬 그때 내가 공장에서 숙식을 하는데 실이 자꾸 없어진다는 것이다.

　재고를 조사해 보면 몇 개씩 없어진 것 같기도 하고 아무리 생각해도 공장에서 숙식하는 나를 의심하기 시작할 수밖에 참 기가 막힐 일 아닌가. 결국, 내가 실을 다른 데로 팔아먹는다고 하는데 며칠을 생각하고 또 생각해 봐도 없어진 실이 이해가 안 돼 참 어찌할꼬. 나는 죄도 없이 그 공장을 나오게 되었는데 나오는 것은 문제가 아니지만 도둑 누명까지 쓰니 참 억울할 수밖에 나를 보내기 위해서 쇼를 하는 건지 그 실 공장에 들어가는 것은 영화 엄마도 알고 있을 텐데 아버지 친구분도 중간에 난처할 것이다.

하지만 누구한테 하소연도 한번 못 하고 나오고 말았다. 나는 다시 동인천 대합실로 왔지만 아무것도 할 수 없다. 하룻밤을 역 대합실에서 보내고 다음 날 낮에 소나기가 와서 우산 도매상에 가~~ 그런데 다른 사람은 돈을 먼저 선불하지만 나는 우산 집 주인이 인정을 해 주어 외상으로 가지고 와 팔고 남은 우산은 반납한다. 제법 돈을 벌어 나는 하숙집에 갈까 해서 날씨도 덥고 옛 친구 둘이서 대합실에서 잤다. 아침에 일어나 보니 호주머니에 돈이 하나도 없어 깜짝 놀라 이리저리 뛰고 난리 났다. 알고 보니 넝마주이 하는 놈이 돈을 훔쳐 갔다는 말을 듣고 파출소에 신고를 하고 그놈을 잡았다. 그러나 그놈 하는 말이 이미 돈은 밤에 써 버리고 없다는 것이다. 아니 그럼 초저녁에 가지고 갔단 말인가. 금방 가지고 갔다면 호주머니에 남아 있어야 하는데, 훔쳐 갔다는 돈이 한 푼도 남아 있질 않으니 파출소 순경은 그 넝마주이 놈한테 다음에 벌어 갚으라고만 하고 금방 말아 버린다. 벼룩의 간을 내먹지 이럴 수 있을까 단념할 수밖에. 나는 항상 쪼그마한 가방에 일기장을 가지고 다녔는데 말하자면 수첩 일기처럼 여유가 될 때는 자세히 쓰고 피곤할 때는 그저 대강대강 넘어가기도 하지만 그래도 지난 실 공장에서 도둑 누명을 쓰고 쫓겨난 일도 기록이 되어 있었다.

마음에 상처를 받았을 때 마음의 상처를 치료받지 못한 사람은 아파도 말하지 못하는 벙어리가 되어 버린다. 사람을 통해 그 상처를 치유 받은 경험이 없다는 뜻이다. 그리하여 지독한 외로움과 고독감만이 가슴 속 깊이 자리 잡게 되면 나는 그 고독 속에 항상 헤맬 수밖에. 솔직히 인천이나 부산에 있을 때 도둑 누명을 가끔 쓰기도 했지만 입는 옷이나 딱 불량배같이 보이기 때문에 아무 이유 없이 파출소에 끌려가기도 한다. 경찰들은 그때마다 내 소지품을 조사한다. 그러다가 내 일기장을 보고 이렇게 생활하면서 일기를 쓰느냐고 칭찬도 해 주고 불쌍하다고 밥도 사 준 경찰도 있다. 세상은 삭막하지만 그래도 좋은 사람들이 더 훨씬 많아 보이기도? 인간은 고통 속에 살아 보아야 그 고통이 무엇인지, 핍박받고 통제 속에 살아야 자유가 무엇인지, 나이 들어 병고에 시달려야 건강이 무엇인지 알 것이다.

12.
따뜻한 그 아이의 얼굴

선풍기 하나 때문에 결혼이 무산된 사건 결혼 날짜를 잡고 집안, 학벌, 외모, 어디 흠잡을 데 없는 남자와 식사를 하려고 식당을 들어갔는데 여러 사람이 있는 곳에 좌우로 돌아가는 선풍기를 자기 앞으로 고정해 버린 남자 여자는 그것을 보고 결혼을 파기해 버렸다. 이 사람 완전 이기주의이구나 하고 단념해 버린 여자, 하나를 보면 열을 알 수 있다는 말 사람들이 보통 학력이나 집안이나 외모에 속지 말란 것이다. 학력 집안 외모가 좋다고 한들 인간 됨됨이 인품이 있어야지~~!!

이 글을 쓰면서 자꾸 옛날 속으로 파고 들어가는지 밤잠을 설치고 아무리 잠을 이루려고 해도 다시 일어나 컴퓨터 앞에 앉아 글 쓰는 것은 고독에서 이루어지고 성격은 사교에서 이루어진다는 말이 있듯이 가끔 글을 쓰는 데 시간을 보내니 혼자 생각에 고독 속에 파묻혀 슬픔을 주는 원천이기도 한 것 같아. 이제는 고독을 일종의 미덕이라 하지만 위대한 사람은 고독 속에서 성장한다는 말이 있듯이 나 역시 평생을 고독과 슬픈 속에서 허덕이며 누구에게 참다운 교육 한번 제대로 받아 보지 못하고 이 나이까지 살아왔다.

나는 다시 먹고살기 위해서 배운 게 구두 닦는 것 외엔 아무것도 없다. 옛날에 땅굴 생활할 때 나를 따르는 동생뻘 아이를 만났는데 저녁에 자는 데가 있다기에 같이 가 보니 어느 고물상 고장 난 리어카에서 잔다고 하던데 더러운 곳이고 도저히 잠을 잘 수 있을까 그래도 내가 어디 따로 잠을 잘 데도 없고 그래서 그 아이하고 리어카 안에서 잠을 자는데 내 몸이 갑자기 열이 나고 또 옛날같이 몸살이거니 여기에서 죽는 거 아닌가 싶기도 하고 그 아이가 아프다는 것을 알고 어찌할 바를 모른다. 아파 죽어도 별 뾰족한 수가 있나 그렇게 아프다 아침이 되었는데 그 아이는 어디서 그릇에다 밥과 반찬을 얻어 왔는지 형 이거라도 먹어야 살지 그때가 늦은 가을이라 춥기도 하고 뜨신 물이라도 한 모금 생각나지만 물 한 모금 먹을 수 있나 나를 살리기 위해서 구걸한 밥~~!! 그래도 내가 아프니 정성을 다해 주는 밥 내가 태어난 고향이라고 찾아온 이곳에서 먹을 밥이 없어 동생뻘 되는 아이가 얻어온 밥을 먹다니 그러나 그 아이의 정성 고마운 마음 지금쯤 어디 살아 있을까.

객지에서 죽기 아니면 살기로 세상을 살아왔지만 이렇게 따뜻하고 정성 어린 보살핌은 처음이었다. 그 아이의~~ 총명하고 구김살 하나 없는 얼굴을 보니 나를 참 안쓰럽게 보고 형 이런 데서 아프면 죽는다며 나를 생각하는 마음이 고마웠다. 나 역시 그 반대가 되어도 그랬을 것이다. 목구멍이 포도청이라 그 밥이 목구멍으로 넘어가더라고. 눈물 반, 밥 반 눈물이 어떻게 나오는지 어디서인지 물도 가지고 왔지만 추운 날씨에 찬물이라도 마시라고 정성을 다해 대해 주는 그는 항상 평상시에도 나더러 형, 형하고 따르던 그 아이.

야 너도 먹으라고 했더니 형이나 많이 먹고 빨리 아픈 몸 나으라고 나는 그 동생 되는 아이 이름도 성도 까마득하고 얼굴만 생각이 난다. 사회 생활 할 때 가끔 그 아이의 생각이 눈에는 안 보이지만 항상 마음에는 보이네요. 사람이 힘들고 어려울 땐 숙명론 즉, 팔자려니 하면 그 사람 평생 발전이 없을 것이다. 아침 햇살이 뽀얗게 떠오를 무렵 정신을 차리고 옛날 자던 하숙집을 찾아 외상으로 하룻밤을 자고 주인께 내일 벌어서 주겠다고 하고 경인선 열차에서 구두 닦기를 시작했다. 그때는 열차에서도 구두를 닦는 손님도 상당히 많았다. 승무원은 우리를 봐도 별로 터치도 안 하고 우리하고 무임승차 이야기하면 골치만 아프기 때문이다. 그러나 승무원이라고 다 봐주는 것은 아니었다. 그때가 3.15 부정선거 때문에 4.19 혁명이 일어나 전국이 학생 대모에 휘말려 온 나라가 혼돈의 시국이었던 것이다.

그때 막내 삼촌을 만나 서울로 가자고 해서 모자 공장에서 일하게 되었다. 삼촌이 종로3가에서 광신모자점의 공장장으로 있어 잘나갈 때이다. 내 직책은 공장장 조카란 이름뿐이지 특별히 할 일도 없이 급여도 몇천 환 되었는지 모자 공장은 충무로2가인데 주로 공장에서 허드렛일을 했다. 모자를 수입해서 공장에서 제조를 하고 재봉틀로 일하는 여자 기술자가 한 달 몇만 환 된 것 같아. 그때 돈으로 상당한 금액이다. 남자들이 약 20명 정도 사람마다 자기들 하는 일들이 따로따로 있었다. 다이얼식 전화 한 대가 있었고, 그때 그 공장 땅값이 평당 50만 환이었다. 재봉틀 기술자가 받는 월급이 2, 3만 환인데 땅 한 평이 50만 환이라니 정말 대단한 집안이다. 안집은 관수동 또 공장이 하나 더 있는데 마장동에 전국 규모의 모자점을 장악하고 있던 광신 모자점.

13.
희망을 포기하는 것도 죄악이라는데

　미움 속에서도 용서할 줄 알고 비판 속에서도 이해할 줄 알아야 하지 않나 싶다. 모든 해결책은 사랑이다. 사랑은 기적을 이룰 수 있다고 했다. 나는 이 나이 되도록 잊지 못한 옛날 일들? 가장 불행한 사람은 남의 잘못만 보인다는 말도 있듯이 난 불행한 사람일까~~

　공장은 남산이 바로 코앞에 있으니 공원도 구경하고 누구한테 얽매이거나 내 할 일만 하면 먹고사는 게 나도 급여를 받기 때문에 그렇게 용돈도 궁하지 않고 지금까지 생활 중에 가장 괜찮은 생활인 것 같다. 자기 생활에 만족을 느끼는 사람이 얼마나 있겠어. 말하자면 욕심이 사람 잡는다는데 나는 앞과 같이 먹고 자는 문제가 최우선적으로 해결되었다는 데 만족감을 느낀다. 다만 한참 배워야 할 나이에 공장 생활한다는 게 불만이지만 돈이 있고 없고 우선 숙식 걱정 없는 것만 봐도 나는 행복하다. 그런데 문제는 겨울에는 공장을 운영하지 않는다는 것이다. 또한, 공장이 점점 마장동으로 옮겨 간다는 것이고 그 공장은 이미 완비되어 있기 때문에 이쪽 사람은 다 잘린다는 것이다.

　우리 삼촌도 그렇게 사장한테 신임이 좋았다면서도 속을 보면 별 실속이 없어 보인다. 첫째는 돈을 물 쓰듯 쓴다는 것이다. 결혼할 나이도 되었지만 모아둔 돈이 없는 것 같다. 내가 생각할 때는 10대 후반에 모자점에 들어와 돈을 모았다면 상당한 돈이 있을 텐데 수중에 돈이 선혀 없는 것 보니 어린 내 생각에도 저렇게 친구들하고 돈을 잘 쓰는지 자연히 친구들이 따를 수밖에 없지. 저런 생활을 하여 장래가 없어 보이지만 감히 삼촌한테 말할 수도 없고 솔직히 십 분의 일만 아껴도 나 학원이라도 보낼 수 있지만 뭐 삼촌이 조카를 가르치겠어. 언젠가 내가 넌지시 공부 좀 했으면 한다는 말을 띄웠더니 들은 체 만 체 하던데, 사실 삼촌이 나에게 무슨 관심이 있겠어. 아닌 말로 삼촌은 내가 볼 때도 싹수가 노랬다. 조카인 나에게 전혀 관심도 없고 저 생활의 말로가 들여다보인다. 알고 보면 내가 점쟁이는 아니지만, 말로를 보니 처참하고 안쓰럽게 인생을 끝맺음이 보인다.

삼촌 인생은 삼촌이 살고 내 인생은 내가 살지만 그의 말로가 뻔하다. 당시에 5·16 군사쿠데타가 일어나고, 잘 돌아가던 충무로 거리가 마비되고, KBS 방송국이 점령되고 온 거리가 군인들이고, 그때는 TV가 없기 때문에 라디오에 귀를 기울이며 온 나라가 전쟁터나 다름없이 밤이면 총소리~~ 그러나 얼마간 있다가 나라가 조용해지고 그다음 해인가, 화폐 개혁이 시행되어 화폐 단위가 십 분의 일로 줄어들어 천 환이 백 원으로 바뀌었을 때다. 그때 은행에서 한 사람이 한 번에 최대로 교환할 수 있는 돈이 오만 환이었고 나머지는 은행에 저금해야 한다.

다음 해인가 공장 전체가 마장동으로 옮겨 가고 자연스럽게 여기 종업원들은 잘리고 말았다. 우리는 빈 공장에서 빈둥빈둥 놀면서 몇 개월을 놀았는지. 버는 돈은 없고 다시 옛날처럼 돌아가는 느낌이다. 삼촌은 어디 온데간데없어지고 참 기가 막힐 일이다~~ 그래도 당장 갈 데도 없고 공장 사람들은 뿔뿔이 가 버리고 말았다. 밥이야 대강 국수로 끼니를 때우는 나날의 연속이었는데 어느 날 나는 동대문 점원으로 가게 되었다. 어떻게 갔는지 알 수는 없지만, 우리 삼촌 이름을 부르면서 네가 용수 조카니 하고 묻는데 우리 삼촌하고 그리 좋은 관계는 아닌 것 같아. 그래도 모자점에서 20여 년 있어 마지막 그만두면서 안 좋은 감정이 있는 것은 사실이다.

동대문 모자점에 삼촌 후배인 서문 씨라고 있다. 내가 점원 생활을 하고 있을 때 급여는 기억은 없고, 어느 날 밤 상점 문을 닫을 무렵에 가게 앞에 알 듯 말 듯한 사람이 어슬렁거리고 있어 자세히 보니 어디서 많이 본 듯하다. 고개를 갸우뚱거리고 생각을 하니 부산에서 생활했던 친구들이다. 나는 얼마나 반가운지, 야 나야 했더니 그 친구들도 반가운지 하나는 도둑질하는 애고 하나는 남의 호주머니 돈 터는 놈이고 그러니 둘 다 도둑놈이지. 야, 너희들 서울에 도둑질하려고 원정 왔니 했더니 막 웃더라고. 그래서 나는 그 친구들하고 저녁을 먹고 그날 밤 대한극장에서 벤허를 같이 봤다. 그 친구도 어디서 술이라도 한잔하자기에 나야 소주 한 잔만 하면 끝인데 우리는 술집에 들어가 한 잔씩 했지. 그런데 돈을 그놈들이 내려고 해. 그래서 내가 낸다고 했더니 네가 저녁 사고 극장에서까지 돈을 썼지 않느냐며 여기는 자기가 낸다기에 아니 만약에 네 돈 쓰면 나 도둑놈 왕초가 된다, 장물아비도 될 수도 있고 절대로 네 돈 안 쓴다고 했더니 이놈들이 얼마나 껄껄대고 웃는지.

야, 알고 보면 너희들 돈은 도둑질한 돈 아닌가. 야 그렇다고 너 우리 가게 털지 말아라 그 친구들 내가 같이 있을 때 정말 인간성 좋고 물론 도둑질하지만 나는 도둑질은 못 하겠더라. 먼저 무서워서 그놈들 하는 말이 야, 넌 절대로 나쁜 짓 못 할 놈이야 그러더니 넌 배짱이 전혀 없어 나쁜 짓 할 것 같으면 진작 도둑질 연습시켰지 할 놈 있고 못 할 놈 있다 하는 것이다. 내가 하는 말이 어디서든 죄를 지으면 피하고 도망칠 데가 있지만, 하늘에 죄를 지으면 피할 데가 없다. 그러니 이제는 너희들도 손을 털어라, 하고 아쉬움을 남기고 이별을 했다~

나는 나름대로 가게에서 열심히 일했지만, 옛날에 삼촌 밑에서 일한 서문 씨는 이상하게 나를 달달 볶아 댄다. 왜 그럴까 내 생각엔 자기보다 훨씬 선배인 삼촌 조카라는 것이 항상 껄끄러운 것 같다. 우리 삼촌하고 나이는 비슷하지만, 삼촌보다 훨씬 후배라서 삼촌을 우러러볼 정도였다. 근데 이상하게 나를 내보내려고 가진 수단 방법을 다 동원한다. 전무는 그래도 용수 조카라고 나를 잘 봐주는데 서문 씨가 나를 그렇게 싫어하고 전무가 하는 말이 내 이름을 부르면서 너는 서문 씨 등쌀에 못 견디겠다고 하며 결국 사장은 서문 씨를, 전무는 나를 선택했지만 가게에서 쫓겨난 것은 나였다. 참 더러운 개자식 한번 두고 보자 나를 자른 이유는 점원이 둘이나 필요 없다는 것이다. 사장하고 우리 삼촌하고 사이도 좋지 않았을뿐더러 그만두면서 내 기억으로 1,500원을 받았다. 그때 돈 1,500원이면 며칠 지낼 돈이다. 내가 중학교 들어갈 때 구권으로 7,350환이니 지금 신권으로 735원이지. 그러니 신권이 1,500원이면 객지라도 며칠은 먹고 살 수 있지. 그때 기억으로 대한극장 벤허 영화를 보는 데 4, 50원 했던가. 백반 한 그릇에 20원이니 참 옛날 이야기다. 전철 요금이 1원30전 정도였던 것 같다.

14.
힘겨운 설거지

　내가 잘못해서 잘렸다면 이해나 하겠지만 왜 이렇게 팔자가 기구할까 나보다도 팔자가 기구한 사람이 있을까. 나는 서울역 근방 하숙집에 며칠을 기거하면서 남영동 직업소개소가 있다고 해서 거기에 가 봤다. 무작정 찾아가 보니, 여자들도 우리 또래 많은 사람이 순서대로 이름을 기록하고 한참을 기다리고 있는데 더러 일자리를 찾아가기도 하고 그렇게 희망이 보이는 것이다. 내가 알아보니 일자리를 찾아도 얼마 견디지 못하고 나온 사람이 많아 보인다. 뭐 일자리가 쉬운 게 있겠어.

　시골에서 일손이 부족해 멀리서 사람을 구한 사람도 있고 식당 일 아니면 막노동 공사판에 구한 잡일들 모두 딱한 사람들이다. 보통 남녀를 막론하고 대부분 식당 일이 많다. 나는 하룻밤을 더 지내고 다음 날 제2 한강교 공사 막노동 판에 뽑혀 가게 되었다. 가 보니 현대건설 공사판이었다. 우리는 일당을 받으려고 간 것인데 새로 온 사람에게는 때 되면 식권 한 장씩만 주고 말았다. 그러니 밥만 먹고 일하란 이야기지. 그때는 밥 먹고 살기가 힘들 때니 그렇게라도 하는 사람들이 많이 있다. 지금 생각하면 건설 일이 한창일 때다. 식사 때 밥을 먹지 않은 사람들은 식권도 사고팔고 한다. 일은 우리가 하는데 일당은 소개 업소에서 받아 챙기니, 정작 일을 한 사람은 임금을 받지 못하고 하루에 세 장 주는 식권이 전부였다. 주로 콘크리트를 공사를 했기에 등에다 모래와 시멘트 섞인 것을 매고 2층, 3층을 올라다니면서 아주 말로 표현할 수가 있겠나. 하루 종일 일하면서 하늘 한번 쳐다보지 못하는 우리 같은 인생도 있겠나 싶기도 하고.

　옷이고 몸뚱이고 눈으로 볼 수가 없다. 세상에 돈은 전혀 없고 하루 밥 세 끼 먹으려고 이런 일을 하다니 나는 며칠 견디지 못하고 나오고 말았다. 나뿐만이 아니라 대부분 견디지 못하고 그만두게 된다. 나는 그곳을 떠나서 갈 데가 어디 있나 같이 있던 서너 명이 길거리를 헤매니 갑자기 사복 경찰이 우리를 불량배로 보아 아무 이유 없이 경찰서로 가자는 것이다. 우리가 무슨 죄가 있다고 무심코 강제로 잡혀갔다. 우리 소지품을 전부 뒤지더니 돈이 하나도 없고 몇 장의 식권만 있었다. 그 경찰들이 그게 식권인 것을 알 수가 있나 무전 취지라나 나쁜 짓 할 것을 미리 예방하는 차원에서 하나씩 조서를 꾸미는 것이었다.

　하도 기가 막혀서 그때만 해도 경찰이나 형사들이 무섭지만 아무 죄도 없는 우리를 불량배로 만들어 어디서 뭘 했냐고 무조건 억압적으로 때려가면서 협박을 했는데, 어떤 경찰이 내 가방에 있는 일기장을 한참 보더니 옆에 있는 경찰에게 무어라고 하더니 전부 내보내라고 하더군. 일기장에는 내 지금의 현실이 그대로 적힌 것을 본 경찰이 있었다. 이 아이들은 불쌍한 애들이라고 전부 내보내라고 한다. 그 일기장을 보고 나더러 너 참 대단하구나 하고 칭찬하면서~~~~~~

　공사판에서 입는 옷을 그대로 입고 거리를 활보했으니 불량배로 보는 것은 당연하지. 그때는 공사판에서 대부분 식권만 주고 군대 훈련소처럼 천막 쳐 놓고 그 시대에는 한강 다리가 하나뿐일 때 그러니 다리 공사가 한창이던 그 시절에~~!! 남은 식권을 팔아 왔지만 내 밑천은 메고 있는 가방 속의 일기장 하나뿐이다. 식권을 판 돈으로 밥을 사 먹고 하숙집에 갈 돈이 없어 길거리나 골목길에서 추위에 떨면서 노숙을 했다. 그때는 내 또래 중에 노숙하는 아이들이 많았다. 주로 서울역 대합실은 12시까지다. 역에서 쫓겨나면 역전 근방에서 잠을 잤는데, 지금 생각하면 어떻게 노숙을 했는지 운이 좋으면 역 안쪽으로 아니면 선로에 몰래 들어가 열차 빈칸에서 자기도 하고 아침이야 쫄쫄 굶는 것은 기본이다.

소문에 의하면 서대문 어느 병원에서 혈액을 사는 곳이 있다고 해서 물어물어 찾아 서대문 병원까지 가 보니 피 파는 사람들이 줄이 어디만치 서 있는 것을 보니 정말 피를 팔아 밥을 사 먹는 사람이 있었다~~~!! 지금은 헌혈을 하지만 그때만 해도 피를 사는 병원이 더러 있었지요. 그것도 일주일에 한두 번 하는데 뭐 거기 나온 사람이 못 먹고 제대로 얼마나 건강한 사람이 있겠어. 내 차례가 되어 간호사가 언제 피를 뺐느냐고 묻기에 처음입니다 내 팔에 주삿바늘이 꽂히고 주먹을 쥐었다 놨다 나의 피가 호스를 타고 팩으로 들어가는 모습을 보면서 내가 어쩌다 여기까지 와 있는지 이제 내 몸의 피까지 팔아 밥을 사 먹어야 하나 나의 처참한 내 인생을 생각하니 눈물이 왈칵 쏟아지면서 간호사 하는 말이 그런 사람을 많이 봐 왔던가 총각처럼 불쌍한 사람이 많이 옵니다, 알고 보니 전문으로 피 팔아서 사는 사람도 있었다.

그때는 피를 빼면 나올 때 우유 한 컵 하고 계란인지 빵인지 한쪽씩 주는데 눈이 번쩍 뜨이더라고. 그때는 피 한 번 빼는 데 돈이 제법 되기도 했다. 건강한 사람이 헌혈을 하면 별 지장이 없겠지만 며칠씩 굶은 사람들이 막 병원을 나오니 약간 어지럼증이 있어 길거리에 한참을 앉아 있었다. 피를 빼는 사람들은 나와 똑같은 팔자려니 하고 어디서든 밤에 일기를 쓸 때면 눈물이 나도 몰래 흘러내릴 때가 한두 번인가.

어쩌면 인생의 참맛을 알 것 같은 생각이 들면서도 어떤 사람은 내가 일기를 쓰는 것을 보고는 아직도 너는 여유가 있는 놈이구나 한다. 일기 쓸 여유가 있어서 쓰는 게 아니고 여유를 만들어서 쓰는 것이다. 목숨을 위하여 무엇을 먹을까, 무엇을 마실까, 몸을 위해서 무슨 옷을 입을까 하는 사람도 있지만, 오늘을 어떻게 살아내야 하나 걱정을 하는 사람도 있다. 그래도 일기를 쓰면 그날 하루 내가 무엇을 했는지 기억을 할 수 있고, 일기란 게 무엇을 남기기 위해서 쓰는 것은 아니고 먼 훗날 각박한 세상에 그날 하루를 어떻게 보냈는지 지난 일들을 기억하기 위해서가 아닌가 싶다. 하루를 보내면서 숨 가쁘게 살다 보면 날짜도 모르고 지나간다. 그때는 공사판에 토요일, 일요일이 없었다. 모자 공장에 있을 때도 요즘처럼 쉬는 날이라는 개념은 없었고, 할 일이 없어서 쉬면 그게 지금의 휴일이다.

　이리저리 돌아다니다 다시 남영동 소개소로 갔다. 이번에는 서울역 근방 식당 주방에서 그릇을 닦는 데로 갔는데 바로 밥 한 그릇 먹고 주방으로 갔지만 지옥에 허덕이는 것 같이 숨이 헉헉 막히고 하루 종일 허리 한 번 펼 시간이 없이 빈 그릇이 나오는데 하루가 끝나면 허드렛일을 그렇게 시키는지 이것저것 빨아 달라는 것이다. 내 몸뚱이도 감당하기 힘든 판에 하룻밤을 보내고 아침에 밥을 먹고 나면 서울역 식당이라 바로 설거지에 들어간다. 우리에게 식사 시간은 따로 없다. 밥 먹는 시간이 없으니 각자 자기가 알아서 먹어야 한다. 나는 배고픔을 견디기 힘들어 손님이 먹다 남은 음식을 먹으면서 설거지하고, 짐승도 식사 시간에는 일을 시키지 않는데 하물며 사람이 할 일인가. 조금만 늦으면 옆에서 그릇이 없다고 소리를 치니 내가 얼마나 더 버틸지 숨 쉴 시간도 없다.

알고 보니 이삼일 견디기 힘든 곳이라는 말을 듣고 나 역시 견뎌 내지 못할 것 같다. 나뿐 아니고 내가 3, 4일 했던가. 그래도 나더러 며칠 보냈다고 하더라고. 주방 아줌마한테 도저히 못 하겠다고 했더니 누룽지 한 봉지를 싸 주면서 고생했다며 주인 하는 말이 점심시간이나 일해 주고 나가라고 하지만 나는 못 할 것 같다고 거절했다. 더 일한다고 돈을 주는 것도 아니고 그때 내 나이가 열일고여덟 됐던가. 그렇게 식당 일을 그만두고 나오니 등에 멘 가방 속에는 일기장 한 권뿐이었다. 다시 하룻밤을 서울역에서 지내고, 소개소로 갈 때는 얼굴도 씻고 더러운 옷이라도 좀 깨끗하게 단장했다.

이런저런 생각 끝에 옛날에 내가 모자 공장에 일하면서 외가의 큰집이 구로동에 사신다는 말을 들었던 것이 생각났다. 옛날에 외가 다닐 때 그쪽 외삼촌들하고도 많이 놀기도 하고 외가 큰집도 자주 다녔다. 그쪽 할머님, 할아버지 그 집 딸이 해태 사장 사모님이고 나로는 큰집 이모이다. 그러니 그 집이 친정이 서울로 전부 이사 오고 말하자면 딸이 부자니 딸 집에서 집도 사 주고 했던 모양이다. 큰집 할머님, 할아버님께서도 나를 불쌍히 여기고 잘해 주신 분이기도 하다. 솔직히 외가 큰집이 나를 반겨 줄 입장은 아니지만 내가 주소를 어떻게 알았던가 한번 찾아가 보려고 해도 내가 친외손자도 아닌데 언뜻 찾아갈 용기가 안 난다.

나는 일단 접기로~~~~ 남영동 소개소로 다시 나갔다. 아침이라 별로 사람도 없고 사무실에서 일자리가 났다기에 어디냐고 했더니 삼각지 무슨 여관의 종업원으로 암튼 소개소에서 소개해 준 데로 오후 늦게 찾아갔더니 여관 종업원은 지금까지 일자리 중 가장 좋은 일자리였다. 근데 그 집이 내가 들어가던 날이 손님이 많았던 모양이다. 약간은 미신을 선호했던 사람들 같다. 숙박계 쓰는 방법도 주인아주머니가 교육도 시키고 손님 오면 방 안내하고 그때는 전부 방이 연탄아궁이였다. 나는 아침 일찍 일어나 연탄불도 갈아야 하고, 주인아줌마가 아주 친절하시더라고. 아들처럼 대하듯 아무렴 어제 왔는데 이렇게 친절하시다니 그날 오후에 안 일이지만 사람이 잘 들어와 손님이 갑자기 많아졌다고, 아무튼 없던 손님이 많이 들어온다니 나도 기분이 좋고 나는 일상적으로 손님이 있는 줄 알았지만 내가 들어오고 나서 손님이 많아졌다니 아무튼 기분은 좋지만 또 걱정도 된다.

주인아주머니는 나에게 의외로 잘해 주었다. 그 여관 이름이 화성여관 삼각지 로터리 골목길 여관인데 여관에서 여자를 불러 달라고 하면 관리실에 전화번호가 줄줄이 붙어 있다. 밤이면 손님이 여자를 요청하면 전화해 주면 여자가 오는데 그것도 될 수 있으면 서로 우리하고 거래하자고 나한테 잘 부탁한다며 일종의 단골로 해 달라는 것이다. 그것도 한 군데가 아니고 여러 군데서 제의가 들어오는지 일단 한번 불러 주면 일정한 사례금을 나한테 주는데 그 수입은 내 수입이고 가끔 손님들에게도 팁도 받기도 한다. 나에게는 황금 같은 직업이다. 주인도 나에게 덧없이 잘해 주고 내가 제법 인기도 있었고 그 근방에 미군 부대가 있는데 미군도 제법 많이 오고 내 수입도 짭짤하다. 주인아주머니가 재산이 꽤 많다고 한다. 수이리에 목욕탕도 경영하고, 남편이 어린 딸 하나 두고 사별했다고 하는데 또 재산도 엄청 많이 남기고 그때 여관하고 목욕탕까지 다른 재산도 상당하다는 말이다.

근데 한 오십쯤 되어 보이는 아저씨가 왔다 갔다 한다. 그 남자가 주인아주머니 남자 세컨드인 것 같다. 남자만 세컨드 두는 것이 아니고 여자도 있는 것이다. 그런데 그 남자가 가정이 버젓이 있고 자식도 몇 명 있다는데 주인아주머니 여동생도 언니한테 붙어사는 그 동생이 자세히 말하는데 원래 남편 있을 때 그 집에 일 보는 사람이었다고 한다. 그런데 그 남자가 나에게 큰 문제이다. 여관에 오면 하나부터 열까지 나에게 지시를 하고 잔소리를 너무 심하게 한다. 여자의 세컨드인데 여자도 그 남자를 인정하고 그래도 내가 여기서 밥 먹고 살려면 그 남자의 말에 복종해야 한다. 아니꼽지만 그냥 주인 남자라고 생각하는 수밖에 없었다. 일 하던 여관에는 일 층과 이 층이 있는데 이 층 손님도 받지만 좀처럼 이 층까지 차지는 않는다. 이 층 한쪽에는 주인아주머니 동생이 거처하고 그 사람도 사별인지 이별인지 알 수는 없지만 나하고 잘 통한다.

여자 동생분이 그 집안 내용을 내게 말해 주기도 하지만 나야 무슨 상관이겠어. 자주 주인 여동생하고 그 남자하고 서로 으르렁거리며 그러나 주인아주머니 남편 행세를 하지만 지금의 현실을 인정해야 한다. 지금의 남자하고 주인아주머니는 임신까지 되었는데 우리는 뭐 그러려니 하지만 주인아주머니도 딸 하나인데 뭐 더 낳아도 되지. 문제는 남자가 버젓이 가정이 있고 남자 집에도 주인아주머니가 생활비를 일체 대 주는 모양이다. 남자는 수이리 목욕탕도 여관도 왔다 갔다 하면서 기고만장하는 것이다. 아는 것도 탈이요, 모르는 것도 탈이요, 세상에 병 주고 약 주는 세상이지만 그 집 사정은 내가 더 알 필요도 없고 나는 시골에 있는 동생하고 편지 왕래도 하고 지냈는데, 동생은 자꾸 서울에 오고 싶다고 도저히 계모하고 생활을 더는 못 하겠다고 내가 오란 말도 안 했지만 무작정 내 주소를 알고 내가 있는 곳으로 오고 말았다. 오죽했겠어, 그래도 내 형편이 옛날보다는 나으니 먹고 자는 문제는 내가 해결해 주고 남영동에 있는 소개소 이야기를 해 주면서 거기에 가 보라고 했다.

71

내 핏줄이라고는 내 동생 하나뿐인데 안쓰럽기만 하다. 그래도 다행히 식당에 들어간 모양이다. 내 주소도 전화번호도 알고 있으니 일하다가 힘에 버거우니 나오고 말았던 모양이다. 형 생각나면 오고 가기도 한다. 내 경험으로 봐서 식당 일이란 게 보통 힘든 일은 아니지만 언제인가 서울역에 노숙한다고 내게 연락이 왔다. 나도 주인한테 미안하다고 양해를 얻어 동생이 역전에서 노숙한다고 그래서 몇 입의 돈을 가지고 역전에 와 보니 옛날 내 모습을 보는 것 같더라고. 부모 없는 것도 우리의 팔자 려니 하고 하숙비와 식사비가 있으니 그날 주인한테 동생 때문에 못 들어가겠다고 전화하고, 둘이서 하숙집에서 자면서 형제간에 이런저런 이야기하면서 우리는 항상 위기 속에서 두려움으로 생활하는 게 익숙해져 있었다. 밤새도록 동생과 그동안의 일들을 이야기하며 밤을 새웠던가! 동생은 잊을 수 있는지 몰라도 나는 잊을 수 없다.

아마 그날 같이 이야기하고 아침밥 사 먹이고 동생은 소개소로 나는 여관으로~~ 며칠 소식이 없더니 단성사 극장 옆에 만두집에서 일한다고 연락이 왔다. 그래 일은 할 만하다고 한다. 그래도 동생이 일자리를 잡고 일을 한다니 마음도 놓였다. 여관 안내원 생활하면서 그 남자 때문에 자주 다툼이 벌어지고 또 위층에 주인 동생하고도 그 남자 올 때마다 싸움이 벌어지고 주인아주머니 입장이 참 난처하고 나는 그곳에서 얼마나 있었는지 그 남자 하는 말이 여기는 영어 하는 사람을 구해야겠다고 나더러 그만두라는 식이다. 그래도 갈 데가 없으니 좀 버티다가 결국 그만두게 되었다.

그때는 약간의 돈도 있고 그런데 여관 안내원 일자리를 전문으로 취급하는 데가 있다는 소리를 들었다. 나는 그쪽 소개소에 몇 입을 주고 일자리를 기다리고 있는데 마치 을지로6가에 호수여관이란 곳에 일자리가 생겼다. 여기는 손님의 질도 먼저 있던 곳하고는 차원이 다르다. 주인은 저번처럼 혼자 사는 주인아주머니다. 내 밑에 아주머니도 따로 두고, 나한테 완전히 맡겼다. 남편도 사별하고 저번처럼 재력도 상당한 모양이다. 이 주인도 저번처럼 남자 세컨드가 있다. 어쩜 똑같은지 여기는 두 분 다 나한테는 별로 관여를 하지 않는다. 주인아줌마는 며칠에 한 번씩 수금만 해 가는데, 낮에 시간 손님도 많이 오는 편인데 내 밑에 있는 아주머니하고 적당히 나누기도 하고 너무 무리하게 하는 것은 아니고 3분의 2는 주인께 나머지는 둘이서 해 먹지. 주인도 대강 알고 우리에게 하는 말이 너무 많이 해 먹지 말아라 웃음이 나오지~~

15.
산전수전 다~~ 거쳐 살아왔다지만

이 글을 쓰면서 살아온 밑바닥 과거를 다시 들추면서 순간순간 즐거운 일이라도 있을 텐데 생각하기 싫은 과거들만 들춘다는 게 그리 좋은 일은 아니다. 산전수전 다 거쳐 살았지만, 사회에서 공정·정의를 찾지만, 인생은 늘 공정하고 정의롭지만은 않다. 늘 자신만이 상처받은 인생이라고 또한 나만큼 고생한 사람이 있나, 이런 생각을 갖기 때문에 인생은 고달픈 것이고 인생은 선한 것도 아니고 늘 즐겁지만은 않다. 행복의 지수는 자기 사는 생활 속에 찾아 살아야 한다고 생각하지만, 세상의 어려운 일들은 무조건 사랑만이 해결이란 말도 있다. 이런 기적 같은 세상을 지금 살아온 세월보다 나이로 봐서 훨씬 더 살아야 할 것이고 세상에 태어나는 것은 순서대로 태어나지만 죽는 것은 순서가 아니다.

사람은 지나온 과거는 기억할 수 있지만 다가오는 내일 아니, 한 치 앞을 보지 못하는 우리네 인간들, 하루하루 아슬아슬하게 사는 사람 어찌나 하나뿐일까. 보통 사람들은 나만큼 고생한 사람 있겠나 하지만 하루 끼니와 잠자리가 없어 사는 어려움 속에서 무엇인지도 모를 6·25 고아들, 나 역시 고아 생활은 아니지만 고아 생활보다 더 혹독했던 시련을 겪었다. 나 같은 아이들도 얼마든지 있을 것이고, 나보다 더 어려운 사람도 있을 것이라고 생각하면 마음이 조금이나마 그 속에서 위안이 된다. 성장기가 그 사람의 평생을 좌우한다는 말이 있지만, 어렸을 때 부모의 밑에서 사랑도 받지 못하고 반드시 받아야 할 교육도 받지 못한 채 자라온 나~!!

하늘의 신도 공평하지 못하구나, 세상은 삼대 신을 신봉하고 있지요. 예수, 부처, 공자 각기 다른 신을 모시고 있지만 세 분 다 공정하지 못하다고 생각한다. 성경책이 아닌 신학 서적, 공자, 불교의 서적을 조금 봤지만 삼대 성인군자의 삶을 그린 것이지 인간의 삶을 미리 알려 주는 성인군자는 없다. 사람도 위기에 허덕이면서 성장한다고 하지만 앞이 컴컴할 때는 무식 중에 하나님도 무심하시구나.

나는 다시 호수여관 종업원 생활을 하면서 먼저 있었던 화성여관보다 여건도 수입도 좋았다. 사람이 살아가면서 나의 위를 보는 것보다, 나보다 못한 사람도 있다고 생각하면 마음의 위안이 되기도 하고, 과도한 욕심 때문에 불행해지고, 사람은 항상 자기 가진 것을 모르고 자꾸 밖에서만 찾아보니 불행을 자초한 것 같다. 앞일은 모르지만 지금까지 남의 집 생활을 하면서 가장 안정되고 다른 누군가를 부러워하지 않고 욕심을 부리지 않으면 현재 나의 위치에서 만족한다.

나는 호수여관에서 근무한 지도 2년 정도 되었나. 신도 모르는 먹구름이 오는지 누가 알고 있나 앞에 말과 같이 한 치 앞을 모르고 사는 우리 인간들, 열 길 물속 깊이는 알 수 있지만 한 치 앞을 보지 못하고 살지 않나. 한번은 시간 손님을 받았는데, 갈 시간이 되어서도 아무 소식이 없어 문을 두들겨도 인기척이 없어 문을 열어 보니 남녀가 입에 거품을 물고 죽은 것 같았다. 그 모습을 보고 어찌나 놀랐는지, 마음을 추스르고 자세히 보니 연탄가스에 중독된 것 같았다. 이건 완전히 나의 잘못이다. 빨리 문을 열고, 찬물을 얼굴에 뿌려 두 사람을 깨우고 보니 한참 만에 정신이 드는지 나한테 한바탕 화를 내기에 손님에게 병원에 가자고 하니 둘은 바람 피운 사이라서 어디에 알려지면 곤란한지 화만 내고 그냥 돌아가겠다고 해서 겨우 위기를 모면했다. 그때는 보일러가 없고 대부분 온돌방 아궁이에 연탄을 넣기 때문에 가스 중독을 항상 조심해야 한다. 정말 큰 위기를 모면했지만 두 번째 먹구름이 올 줄이야. 항상 행복 뒤에 불행이 숨어 있다는 것을 모르는 나 아니, 나뿐 아니고 사람들은 나와 또 같이 행복 속에 숨어 있는 그 불행을 예상하지 못한다.

그 뒤로 몇 개월이 지났을까 또 큰일이 벌어지고 말았다. 이건 감당할 수 없는 일이다. 저녁 늦게 군 헌병이 숙박을 하겠다고 정복을 입고 혼자 들어왔다. 그때는 여관마다 들어오면 주소와 이름, 나이 등의 인적사항을 담은 숙박계를 쓴다. 내가 숙박계를 쓰자고 하니 군인이 피곤해서 좀 있다 쓰자고 해 무심코 나왔다. 아침이 되어 숙박계를 안 쓴 게 약간 찜찜해서 아침 9시경쯤 숙박 요금도 받기 위해서 문을 두들겨도 아무 소식이 없어 술을 많이 먹어 늦잠을 잤나 싶어 노크를 해도 아무 인기척이 없어 비상열쇠로 문을 열어 보니 이게 웬일일까 깜짝 놀라 입이 벌어지고 세상에 자기 허리띠에다 목을 매고 자살한 것이다. 옛날 집에는 중간에 기둥이 있는데 거기다 자기 허리띠로 목을 매 자살하다니 지금 글로 표현해 그렇지 얼마나 놀라고 겁이 나는지 바로 경찰에 신고하고 군 헌병들이 오고 온 동네가 쑥대밭이 되고 말았다. 앰뷸런스, 군 헌병 차, 경찰차가 합쳐서 몇 대나 왔는지 앰뷸런스에 사람을 실으려 할 때 비가 오는데 하얀 가운 같은 거로 사람을 싸서 옮기고 군 수사관들이 왔다 갔다 설치는데, 난 단순히 숙박계 안 쓴 게 걸려 경찰에 추궁도 받고 어찌 알았는지 신문사에서도 카메라가 여기저기 사람 죽은 게 신문에 날 일인가.

다음 날 신문에 보니 우리 여관 사진이 대문짝만하게 나왔다. 참 기가 막힐 일이지 주인한테도 당연히 이야기했지만 주인아줌마는 겁먹고 나한테만 그런 것도 모르고 손님을 받았냐고 하는데 아니 자살한 사람이 자살한다고 하는 사람이 어디 있어 무조건 나한테만 큰소리치니 사람 환장할 일 아닌가. 경찰에 가서 너는 본적이 어디니, 여기는 언제부터 근무했니, 내 족보까지 물어보는데 아무튼 며칠 영업도 못 하고 군 수사관들이 오고 가고, 주인은 며칠 동안 오지도 가지도 않고 며칠이 지나 자초지종 이야기를 했지만 찜찜한 생각을 하고 있을 때 군 영관급들이 와 자꾸 물어보고 또 물어보고 아마 세월이 해결하겠지.

세월이 흘러도 두 번의 사건 때문에 머릿속에 신경쇠약이 걸려 손님이 와도 이상하고 손님이 없어도 이상하고 주인은 그때부터 이상하게 트집을 잡는 것이다. 약간은 미신을 지키는 것 같기도 하고 내가 그만뒀으면 하는 것 같다. 결국, 주인이 싫으면 그만둬야 한다. 절이 싫으면 중이 떠나야 하지만 이것은 절이 중을 싫어하니 중이 떠날 수밖에 없다. 나는 아무 대책도 없이 그만두고 말았다. 앞으로 또 내 신세가 어떻게 될까 나는 내 동생에게 찾아가 보니 동생은 그런대로 잘 있었다. 그래 안심이 되었지만 문제는 나였다. 앞으로 어떻게 해야 할까 모아 둔 돈은 약간 있었지만, 약 한 달 정도 직업도 없이 밤에는 하숙집에서 빈둥거리고 낮에는 극장 구경을 나가며 시간만 보냈다. 원래 소개소는 아침 일찍부터 12시까지다. 12시가 지나면 사람 구하는 사람이 안 온다.

오후에는 주로 조선 호텔 앞 성남극장을 자주 갔다. 오후 늦게 영화 구경이 끝나면 버스를 타고 남산 쪽으로 가 케이블카를 타고 남산 꼭대기에서 서울을 바라보며 이 이 넓은 서울에 하룻밤 눈 붙이고 살 네가 있나, 밤에는 내 또래 학생들이 부모님들하고 같이 산책하는 모습을 보면 나는 평생 정을 주고받았던 부모가 없으니 하늘을 보고 땅을 보아도 어찌 한 시대에 태어나 똑같은 6·25를 겪었을 것인데 참~~!! 만감이 교차하는 순간들, 언젠가 남산에 오면 그래도 한때 모자 공장에 일하면서 자는 걱정, 먹는 걱정 없는 세월도 있었는데 잠시 망상에 젖어 들기도 한다. 아직 내 나이 19세 정도 되었던가. 가슴 조이는 생활의 연속이다~~~~~~

16.
모든 일은 나 혼자

사람이 낙심에 빠져 있을 때 위기에 처에 있을 때는 두 팔을 벌리고 '하나님' 하고 기도하는 연약한 인간이 되지 말자 하는 말이 있듯이 모든 일은 내가 해결해야 하고 누구에게 의논할 사람도 없이 나 혼자 해결해야 한다.

오늘 아침 일찍 출근하다시피 남영동 직업소개소로 향했다. 이름을 올리고 이제는 직업소개소도 나를 알아본다. 이번에는 어느 쪽 일을 택하느냐고 뭐 내가 마음대로 택할 수 있습니까 앞에 말했듯이 나무가 새를 고를 수 있습니까 새가 앉을 나무를 골라야지 주인이 나를 택하면 가는 거 아니겠어요. 주인이 소의 고삐를 잡고 가면 뒤만 따라가는 것이지요. 얼마간 기다리고 있는데, 내 이름을 불러서 갔더니 나더러 점원 경험이 있느냐는 사람이 있다. 원래 이름을 기입할 때 무슨 직업을 원한다는 것을 대충 적는데 그렇다고 원하는 대로 갈 수는 없다. 어느 중년쯤 되어 보이는 사람이 어디서 점원 생활을 했느냐고 하기에 모자점 점원 생활을 했다고 했다. 이곳은 그런 곳이 아니라 쪼그마한 구멍가게라고 한다. 지금으로 말하면 아주 소규모 체인점 비슷한 슈퍼 정도 된다기에 내 지금의 현실이 보리밥, 쌀밥 찾을 수 있나 무조건 따라갔더니 종로2가 종로학원 입구였다. 여관하고 같이 운영하는 곳이고 주로 종로학원 학생들이다. 선뜻 맘에 들어 특히 학원 앞이라 잘하면 학원도 다닐 수 있을까 생각도 했다. 주인은 여관을 경영하고 말씨가 이북 사람이나. 한 가지 문제는 보증을 서야 한다는 말을 듣고 서울에서 나를 보증 설 사람을 아무리 생각해도~~~?

　그래서 나를 믿고 써 달라고 사정해도 여기는 현금을 관리하기 때문에 안 된다고 한다. 내 입장을 바꿔 생각해도 요즘처럼 카드라는 것은 없고 전부 현금을 주고받고 하기 때문에 나도 충분히 이해가 가지만 아무리 생각해도 나를 보증 서 줄 사람은 서울에서는 없는 것 같다. 나를 믿어 달라고 애걸복걸해도 안 된다는 것이다. 나한테는 더없는 직업인데 이 넓은 서울 바닥에 나를 보증 설 사람은 없어 보인다. 포기를 해야 하나 혹~~ 구로동 큰 외가 생각이 선뜻 난다. 어렸을 때 봤던 큰 외삼촌 나를 알아나 볼 수 있을까 지금 주인은 도저히 보증 없이는 안 될 것 같고 사실 종로2가에서 구로동까지 가려면 그때의 교통 형편으로 생각하면 왔다 갔다 하루 걸릴 정도다. 그래 생각 끝에 주인한테 사실 이야기를 하고 나를 소개소에서 데려온 사람이 주인이 아니고 여관 접객원이다.

　어찌 보면 먹다 남은 쑥떡같이 무뚝뚝하게 보이고 사람이 중간쯤 생겨 보인다. 그래도 지금 내 현실은 그 사람 말 한마디가 만감이 교차되는 것이고 깊이 알고 보면 지나 나나 별 차이 없어 보이지만 얼굴에 인정머리라고는 조금도 안 보인다. 좋게 말하면 여관 지배인이고 좀 낮게 말하면 여관 종업원이다. 나는 그 사람하고 몇 번의 차를 갈아타고 한 번도 가보지 않은 큰 외가를 단순히 주소만 가지고 갔다. 여기 물어 저기 물어 같이 간 그 지배인도 고개를 갸우뚱하면서 좌우지간 나하고 같이 갈 때 서로 말 한마디 붙일 수 없는 아주 냉정한 사람. 말 한마디 붙이려고 해도 말이 통하지를 않는다.

　나는 가면서 별의별 생각을 다 해 봤다. 아무리 가까운 친척이고 좋은 관계를 가지고 있다 한들 눈에서 멀어지면 마음도 멀어진단 말이 있다. 아무튼, 주소를 찾아 앞에서 잠깐 머뭇거리다가 희미하게나마 문패를 자세히 보니 김씨라고 적혀 있다. 외가 성씨가 김씨이니 혹 맞을 수도 있겠지. 큰 외가 삼촌들의 이름은 기억하지만 할아버지 존함은 기억이 없고 막상 그 집 앞에 서서 약간 망설이고 솔직히 나를 알아나 볼 수 있을지 그것부터가 걱정이었다. 보증을 서고 안 서고는 다음 문제이고 만감이 교차된 그 시간, 사실 몇십 년 전에 시골에서 왔다 갔다 한 내가 친 외가도 아닌데 덜렁 주소만 가지고 찾아가니 일단 용기를 내 초인종을 누르니 어렸을 때 나보다 한두 살 적은 외삼촌이 나온다. 그쪽 삼촌이 셋인데 막내 삼촌이 나보다 두 살 적고 중간 삼촌은 몇 살 위고, 제일 큰삼촌은 우리 엄마 나이와 비슷하지만 우리 아버지께 항상 매형이라고 하니 한두 살 적겠지. 그래도 막둥이 삼촌이 나를 금방 알아보니 일단 위안이 되고 안으로 들어가 세 삼촌, 할아버지, 할머님 다 계시더라고. 그렇게 오래되었는데도 금방 알아보시니 천만다행이다.

제일 큰삼촌한테 자초지종을 이야기했더니 거침없이 보증서지요, 우리 조카인데 참 불쌍한 조카입니다 잘 부탁합니다 얼마나 고마운지 옛날부터 그 큰삼촌이 나를 부모 없다고 불쌍히 여기긴 했지만 객지에서 먹고살기 힘든 세상에 큰 위안이 되었다. 그렇게 세 삼촌이 밖까지 따라오면서 내 이름을 부르며 집에도 놀러 오라고 하셨다. 특히 큰삼촌이 내 손을 잡아 주며 그래 할아버지, 할머님께 인사드리고 큰삼촌이 잘하라고 격려까지 해 줘 올 때는 한결 마음이 가벼웠다.

요즘 이 글을 쓰면서 밤잠을 설치기 시작한다. 눈을 감고 잠자리에 누워도 피곤하고 잠이 와 자려고 노력해도 잠이 안 오는데 과거의 꿈속을 헤매며 견디다 못해 계속 수면제를 복용해도 몸과 마음이 무거워지고 글을 포기할까 하는 생각도 했지만 지금까지 고생을 하고 썼는데 포기하기에는 너무 깊이 들어 온 것이다. 내가 조석으로 먹어야 할 약들이 제 갈 길을 찾아가는지 아니면 갈 길을 잃고 헤맸는지 아프고 속이 쓰일 때는 삶을 연장하는 고통으로 치부하기도 한다.

쪼그마한 가게라도 물건값 알아야지 재고 파악도 해야지 며칠 동안 고생을 엄청 했다. 막일을 할 때나 식당 일을 할 때는 머리는 조용하지만 여기는 머리도 잘 써야지 육체적 고통도 심하지 지금처럼 전자계산기가 있나 가격이 일정하게 있는 것도 아니고 그때는 머릿속에 그 물건값을 다 외워야 한다. 원래 내 머리는 둔한 편인데 장부 보고 계산하는 것은 할 수 있지만 물건값 외우기가 여간 보통 일이 아니다. 몇 날 며칠을 물건값 외우기, 장부 정리하기를 하자 그런대로 약간은 감이 오는데 육체적 고통도 점점 익숙해지는 것 같기도 하고 장사도 잘 해냈다. 당시에는 지금처럼 물건값이 딱 정해진 것은 아니고 똑같은 물건이라도 일반인이 살 때와 학생들이 살 때 약간씩 차이가 났다. 그게 그렇게 어렵고 교육받은 대로 돈을 받으니 나는 학교를 상고계열 중학을 다녔기 때문에 주산 시간이 있든 없든 점심시간에 20분씩 주산을 다루는 시간을 가졌다. 또한, 일주일에 두 시간씩 주산 수업이 있었는데 그래도 중퇴한 학교에서 배운 주산이 제법이었다. 그때 내가 중학교 다닐 때 다른 공부는 다 뒤떨어져도 주산은 2, 3급 정도로 잘한 편이다. 지금이야 뭐 계산기가 있지만.

주인도 너 어린것이 주산을 어디서 배웠느냐고 내 주산 실력을 보고 깜짝 놀란다. 몇 년을 놀았는데 손이 굳기도 했지만 그래도 전혀 안 한 사람보다는 훨씬 나았다. 그냥 그럭저럭 배웠습니다. 주산에 나누기 곱

하기 빼기 더하기 능수능란했다. 지금도 어디서 수산을 보면 녹슬지 않은 실력 한번씩 해보기도 하지요. 어린 시절 교육이 얼마나 중요한지~~ 그때는 계산기가 없기 때문에 주로 사회에서나 은행에 주산이 통하는 시국, 내가 학벌이 있나 공부도 둔한 편인데 이상하게 주산만큼은 반에서 제일 계산속이 빨랐다. 굼벵이도 구르는 재주가 있다고 쪼매 다니던 학교에서 배운 주산 실력이 지금 와서 빛을 보는 것 같다. 객지 생활할 때 단 한 번도 주산을 써 본 일이 없는데도 그 지배인이 아침이면 여관비 계산 좀 해 달라고 나한테 부탁하지만 그것도 한두 번이어야지. 뭐, 자가 자청하는 것 같기도 하고 가끔 주인아저씨도 나한테 한 수 배우기도 한다. 나는 거기서 지배인보다 인정을 받아 괜찮은 편이다.

그런데 문제는 학생들이 외상을 하는 편이 많다. 지금 고3이 나하고 똑같은 또래이다. 나도 학교를 다녔다면 고3이었을 것이다. 서울에서 종로학원이라면 상당히 알아주는 학원이었는데, 우수한 강사들도 많고 그때는 재수하는 학생들이 엄청 많았다. 특히 서울대, 연대, 고대에 들어가려는 재수생들이 많았고 공부깨나 하는 우리 또래 학생들이 대부분 수강생이다. 보통 끝나는 시간이 밤 11시이고 새벽 수강도 많은 편이다. 밤이 되면 수강생들이 공부하느라 스트레스 쌓인 것을 술과 담배를 통해 달래기도 하고 일류 대학 시험 발표되는 날이면 학생들이 만감이 교차되는 순간들이다. 붙었다고 한잔, 떨어졌다고 낙심한 학생들이 한잔, 합격자 발표날은 학원 앞이 온통 아수라장이 되고 만다. 그때는 내가 알기는 수강증을 2, 3, 4개월로 과목별로 끊고 시간 맞춰 하루 종일 학원에서 수업하는 학생이 많았다. 이제는 재수생들이 전부 내 또래 정도이고 오래 있다 보니 재수생 친구들도 제법 많았다.

오후만 되면 새수생 아니면 내 또래 대학생들도 재수할 때 알았기 때문에 자주 놀러 오기도 하고 가끔 자기들끼리 술 먹다 대학 입학생들과 떨어진 재수생끼리 싸움도 벌어지고 친해진 재수생이나 입학생들이 인간적으로 많이 알기 때문에 외상거래가 많았다. 안 주자니 그렇고 주자니 그렇고 참 난감할 때가 한두 번이 아니다. 점점 외상값은 밀려 가고 보통 일이 아니다. 주인은 뭐 외상 안 준다고 장사를 못 하는 것은 아니지 않나 물론 맞는 말이지만 시간이 갈수록 외상이 눈덩이처럼 불어난다. 점점 감당할 수 없이 안면몰수할까 하지만 그러면 저번에 준 외상값도 떼일 것 같고, 날이 갈수록 주인으로부터 독촉을 받는데 주인도 내가 외상을 주는 줄 잘 알고 있다.

인간적으로 오래 있다 보니 할 수 없이 준다는 것은 익히 알고 있지만 주인이 한번 불러 너를 위해서 우리 가게에 너 당분간 그만두는 게 어떠냐는 식으로 말을 한다. 과연 그럴 만하기도 하지요. 참 난감하기도 하고 며칠을 생각하고 또 생각하고 주인 하는 말이 너를 보내고 싶지는 않지만 지금 상황은 너도 잘 알지만 네가 그만두면 외상값 다 포기하고서라도 너를 그만두게 한 주인 역시 손해도 보지만 네가 더 있을수록 외상이 늘어나면 나지 줄어들지는 않을 거다, 생각다 못해 주인 아주머님, 아저씨 지금까지 고맙습니다, 한 가지 부탁이 있는데 혹 다른 데 일자리가 있을 때 나는 보증 설 사람이 없지 않습니까 했더니 그런 걱정하지 말아라 지금까지 네가 여기서 외상 때문에 그런 거지 뭐 나쁜 일로 나가는 것은 아니지 않아. 나 하나 때문에 주인께서 손해를 많이 보는 입장이고, 그래 합법적으로 그만두게 되었다. 역시 먼저 준 외상은 떼일 수밖에 없는 형편이고, 알고 보면 그놈의 재수생들 때문에 결국 그만두게 되었다.

그러나 운이 좋게도 그때 마침 학원에서 기도를 구한다는 소식을 듣게 되었다. 원장님도 안면이 있고 그래서 원장님을 만나 이야기를 했더니, 흔쾌히 승낙을 하신다. 하늘이 내린 직업이구나. 이렇게 되면 학원도 다닐 수 있고 일거양득 아닌가. 물론 학원비는 무료이다. 내가 기도를 보니 점점 강사들도 나를 알아보고 원장 선생님도 잘 알고 그때만 해도 학원 수강증이 한 학생이 여러 개 가지고 다닐 때다. 과목별로 다니기 때문에 반드시 기도가 필요할 때였다. 아마 서울에서는 종로학원이 제일 큰 학원인 걸로 알고 있다.

맨 처음 학원 기도를 하니 중학생들은 말을 고분고분 잘 듣지만 고3이나 재수생들 강사들에게도 대드는 편인데 나하고 가끔 불편한 관계가 되기도 하고 물론 수강증 보여 주고 들어가면 그만이지만 아는 재수생들도 많았다. 어디나 기도를 보면 좀 깡도 있어야 하고 운동도 좀 하고 주먹도 쓸 줄 알아야 하는데 뭐, 나야 식당일이나 아니면 막노동 판이나 여관 종업원 생활 경력밖에 더 있나, 그래도 주둥이로 한몫해야. 즉, 말재주라도 있어야지 공갈도 치고 뭐 좀 어디서 노는 놈처럼 행동도 해야. 뭐 그러다 임자 한번 만나면 죽는 거지.

나는 그때 우미관에서 기도 보는 선배를 하나 알았는데 내가 슈퍼에서 일할 때 가끔 와 술도 한 잔씩 해 가면서 형님하고 잘 지낸, 말하자면 제법 노는 선배로 모셨다. 종로학원 기도를 보게 된 후에 우미관을 한번 찾아갔더니 야 너 여기 왜 왔어 반가워하기에 형님 사실 내가 종로학원 기도로 취직을 했는데 형님이 좀 잘 봐주세요. 했더니 너같이 순한 놈이 기도 보기 여간 어려울 텐데 형님 그래 찾아온 거 아닙니까. 가만히 생각하니 주위에 자기 후배들에게 야 이 동생 참 좋은 후배라고 종로학원 기도

인데 너희들이 잘 협조를 해 주어라 내가 슈퍼 할 때 인간적인 이야기도 많이 하고 나를 나름대로 나에 사정을 아는 형님이었다. 30대 중반쯤 나보다 열 몇 살 더 위였다. 그 형님 후배들에게 인사도 하고 다들 나보다 몇 살씩 위라고 생각한다.

운이 좋게 기도 일을 구해서 취직도 하고, 우미관 형님에게 도움도 받게 되었지만 자고 먹고 할 데가 아무리 생각해도 없다. 재수생 중에서 정말 인간적으로 사귄 친구들도 있지만 이름은 기억이 날 듯 말 듯하는데 자기네 집에는 혼자 쓰는 방이 따로 있으니 같이 가자는 친구 한둘이 있었다. 그 친구들도 내 사정을 잘 알고 같이 자기 집에 가자고 해서 한 친구 집에 갔더니 부모님이 반갑게 맞아 주셨다. 그 친구가 내 얘기를 많이 한 모양이다. 나더러 어느 대학을 다니느냐고 묻기도 하고 참 기가 마힐 일이지. 무슨 대학교 다니는지 나는 중학교도 제대로 못 다녔는데. 그 친구가 하는 말이 내 고향이 시골이기 때문에 여기서 약간 있어야 한다고, 그 친구 참 거짓말도 많이 했구나 싶다. 참, 집을 보니 공부방도 따로 있고 나하고는 비교도 안 되고 상대가 될 수 없다.

나는 며칠 기거를 했지만 미안해서 도저히 못 있겠어, 그래서 학원 내에 기거할 데를 찾아 보았다. 마침 잠만 잘 만한 빈 창고가 있어 원장 선생님께 말씀드렸더니 쉽게 승낙하더라고. 자는 것이 제일 큰 문제인데 밥이야 되는 대로 먹지만 강사들이 가끔 용돈이라고 주기도 하고, 급여는 얼마를 받았는지 기억은 없고 그런대로 생활해 왔다. 시간이 되면 중학교 강의를 제법 듣기도 하고 특별히 모르는 것은 수시로 강사에게 따로 물어보는 특권도 있었지만 머리가 뒤따르지 않는다. 내 또래 친구들은 대학생이고 재수생들이고 나를 보고 배우려는 의지가 아주 강하구나 한다. 기도가 끝나면 중학 과목마다 들어가서 강의를 듣지만 어린 중학생들 따라갈 수가 있나. 아마 수강생 중에 실력이 내가 제일 뒤떨어진다. 당연하지 중학생들에 비하면 난 늙은 중년으로 보는데, 그래도 중학 문틈이라도 넘어 다녔다고 쪼끔은 도움이 되더라고. 나는 때때로 우미관 형님의 도움도 많이 받고, 학원에서 못하는 공부도 하지만 내 머릿속은 빈 깡통이나 다름없다.

공부 중에서 내 나름대로 수학이 제일 나은 편이다. 중학교 검정고시도 합격하고 고등학교 수업도 들어 보기도 하고 내 머릿속에는 비어 있지만 열심히 해서 고등학교 검정고시도 준비 중이지만 그때 내 나이에 군대에 가야 할 나이인데 신체검사도 못 받고 난감하다. 그렇지만 육군은 고향에서 절차를 밟아야 하고 해병대는 아무 데서나 시험을 보면 들어갈 수 있었다. 나는 생각 끝에 해병대에 입대하려고 어떻게 해야 갈 수 있는지 며칠을 생각해서 그땐 해병대 들어가려면 필기시험도 봐야 하고 육군보다 훨씬 복무 기간이 짧다. 이것저것 알아보고 해병대에 지원 서류를 구비하고 한 달에 한 번 보는 시험인데 확실히 기억은 안 나지만 어느 해군병원 연병장에서 시험 날짜가 잡혀 시험 문제에 무엇이 나오는지 알 수가 있나 한 달을 기다리다가 연병장에서 시험 보고 나와 생각하니 꼭 옛날 조선 시대에 과거 시험처럼 필기도구를 준비하고 군 장교 시험 치는 것처럼 그때 해병대 장교들은 모두 실력깨나 있는 서울대, 연·고대생들이 해병대에 장교 시험이 있었다. 나도 실력이 있다면 해병 장교라도 한번 생각나지만 내 실력으로는 하사관도 안 될 것이다. 다음에 안일이지만 하사관 실력은 그냥 될 것인데 그렇다고 평생 군대 생활할 것도 아닌데 며칠 있다가 합격 통보를 받았다. 그것도 시험이라고 슬쓸기도 하고 해병대라 두렵기도 하고 나는 고등학교 검정고시를 눈앞에 두고 군대 지대 후로 미루고 해병대에 가기로 결정을 했다.

　학원에다 내가 군대 간다고 말씀도 드리고, 친구들도 입대 파티 날짜도 잡아 주고 우미관 형님도 너 벌써 군대에 가야 하느냐고 군대 가기 전에 그 형님이 후배들하고 한잔하자고 해서 대낮부터 한잔했는데 아니 너 여자하고 한 번이라도 자 봤느냐고 하기에 무슨 여자요 했더니 아니 너 아직 총각 때도 못 벗고 군대에 가느냐 나는 먹고살기 힘들었던 세월 속에 여자라는 생각은 꿈에도 못 해 봤다. 그 형님께서 억지로 나를 데리고 그 형님 후배들하고 단체로 어디로 가는지 대낮에 지금 말하는 종로3가 어디인지 큼직한 기와집으로 들어가는데 여자들이 한둘이 아니고 형님 후배들하고 배당을 하는데 여기 숫총각이 있으니 어느 년이 차지할래 하더라고. 난 얼굴이 부끄러워 눈을 똑바로 볼 수가 있나. 그러더니 아니 내가 뭐가 잘났다고 서로 날 택하나 참 형님 나는 도저히 안 됩니다 나가려고 했더니 야 너 나한테 혼 한번 나 볼래, 하며 멱살을 잡고 그냥 방에다 억지로 집어넣는데 내 평생에 여자하고 참~~

　어이도 없고 제일 문제가 얼굴 따가워 쳐다보지 못하겠어. 솔직히 대낮이라 전깃불이 없어도 방이 대낮이고 제발 얼굴이라도 안 보고 했으면 하지만 다들 여자들하고 놀던 형님들은 일 끝내고 밖에서 맥주 한 잔씩 하고 있던 모양이다. 그나 엉겁결에 어떻게 했는지 여자가 다 알아서 했는데 다음이 문제다 아 이놈의 가시나가 소리 소리치며 야 나 숫총각 따 먹었다~~~ 이 방 저 방 형님들 앞에서 자랑하고 여자 하는 말이 요즘 숫총각이 있을까 했더니 그놈의 가시나가 야 진짜로 숫총각이더라고 정말 창피해서 밖에를 나올 수 있나 어디 쥐구멍이라도 있으면 들어가고 싶고 한참을 머무르다 어떻게 창피한지 옷을 주섬주섬 집어 입고 도저히 얼굴을 못 들어 이놈의 가시나는 나더러 정말 숫총각이구나. 말만 숫총각인 줄 알았는데 진짜로 숫총각이네 하면서 더러 다음에 자기를 꼭 찾아 달라고 그날 일을 생각하면 그 생각 때문에 얼굴이 따끔따끔하는지. 그렇게 해서 성관계를 난생처음 해 봤다. 나보다 어린 친구들도 해 본 것이다.

필기시험을 보고 나서 다시 신체검사를 한다고 해군병원으로 오라는 연락을 받아 신체검사에도 많이 떨어진다고 하면서 나는 필기시험도 신체검사도 합격하고 언제 어디로 진해까지 가는 내용도 알고 입대하는 날짜만 기다리고 있었다. 우미관 형님께서 송별식을 멋지게 해 주고 다음은 학원에 재수생들도 송별식을 그런대로 멋지게 잘해 주는데 은근히 여자 집에 누가 한번 데리고 안 가나 싶기도 하지만 어느 사람 말도 없다. 한번 여자와 성관계를 해 봤더니 자꾸 그 생각이 나던데 그 집 한번 갔으면 하지만 나 혼자는 자신이 없었다. 결국, 나는 서울역까지 배웅해 주는 재수생들에게 여비도 쪼끔씩 받았다. 서울역에서 모두 악수를 하고 진해로 가는 군용열차에 몸을 싣고 창가를 내다보니 모두 우리와 같이 시험 봤던 젊은이들이다.

더러 안면도 있고 한참 있다가 열차 안에서 맥주도 팔고 여러 가지 먹고 싶은 것도 많이 있고 나는 옆에 같은 또래들과 맥주 몇 병을 들이키고 난 그때도 술을 많이 먹지 못했다. 슬며시 창가에 머리를 기대며 기다리자 증기 열차는 한참 동안 뜸을 들이듯이 기적 소리를 내며 서울역을 서서히 뒤로하고 움직이기 시작했다. 남들은 부모들이 눈물을 흘리며 손을 붙잡고 아니면 가족까지 군용 열차를 타고 진해까지 간 사람도 허다하다. 그때만 해도 증기 열차도 있고 디젤 열차도 있었다. 우리 열차는 증기 열차였다. 옛날에 증기 기관차는 언덕이 있으면 숨이 차는지 하얀 수증기를 뿜어내며 가쁜 숨을 내쉬며 달렸다. 힘이 찰 때는 우리가 뛰어가는 속도밖에 안 된다.

지금 바람처럼 달리는 KTX를 보면 참 세상 어떻게 빨리도 변했구나 싶기도 하고 밤새도록 달리는 열차 속에 몸을 싣고 내 지난 세월을 생각 해 봤더니 천지가 진동할 아슬아슬한 세상을 하늘에 있는 신이나 알지 누가 알겠어. 결코, 생각하고 싶지 않은 지난 세월 속의 추억들 내 소지품 이라야 가방 속에 일기장 몇 가지의 소지품이 전부였다. 아마 입대하면 일기장도 집으로 갈 것이고 밤새도록 기적 소리 내며 슬며시 잠이 든 사 이 열차는 진해역에 도착했다. 진해란 곳은 처음이라 해병은 멋있고 낭 만적으로 생각하고 왔지만 진해역에 도착과 동시에 삼엄한 냉기가 돌기 시작했다. 아마 새벽녘쯤인가 우리는 진해 훈련소 앞 그레도 한숨이라도 눈을 붙이려고 하숙집에 들어갔다. 그때 정문에 가야 할 시간이 어느 시 간인지는 기억은 없지만 아침 식사를 하고 정문 앞에 우리하고 거기까지 온 가족들도 엄청 인원이 있었다.

입소를 기다리는 사람들은 각자 소지품을 들고 어슬렁거리며 아직도 사회에서 놀던 버릇들이 남아 있어 보였다. 해병대 오는 놈들은 사회에 서 약간씩 놀던 놈들이나 나와 같이 올 데 갈 데 없는 놈들도 있었고 뭐 대부분 지원자는 수도권 근방에서 온 친구들이었겠지만 각자 사정이 다 양했다. 각 지방에서 온 친구들과 한참 있으니 교관이라고 팔각 모자에 빨간 명찰을 달고 나왔는데, 날씬하고 멋있어 보였다. 그러나 그러한 생 각도 잠시 갑자기 어슬렁어슬렁하는 몇 놈 잡고 본때를 보이는데 머리끝 이 아싹 서더라. 워커 신은 발로 주어 패고 주먹이 피스톤처럼 왔다 갔다 하는데 이제부터 너희들은 개돼지다 절대로 사람대접 받을 생각 말아라,

90

경고를 하며 뭐 멋지고 낭만적인 생각만 하다가 무섭기도 하고 첫날밤에 밤새도록 잠을 안 재우고 이놈 저놈 치고 박고 발길질을 하며 괴롭히는데 야 이게 해병대인가 싶기도 하고 생각보다 살벌하고 긴장이 머리끝이 오싹오싹해 지금 군 생활하는 사람은 이해를 못 하겠지. 다음 날 다시 신체검사를 하는데 여기서 떨어진 사람도 있었다. 그 친구들은 그냥 집으로 가는 모양이고 나도 겁이 나서 그냥 떨어져 갔으면 생각도 했지만 내가 집이 어디며 막상 군에 입대한다고 송별식도 하고 그런 걸 생각하면 죽어도 여기서 죽어야겠다 싶었다.

군복은 안 입었는데 민간복 입고 하루쯤 사회에서 뭘 했느냐고 물으면 별놈 다 있지. 그래도 사회 분위기가 있다고 쪼끔만 으스대면 그 자리에서 죽사발 정말 인정사정없다. 다음 날부터 제식 훈련에 들어가는데 군대 밥이라고 누구나 잘 안 먹는다. 아니나 다를까 이삼일 지나니 배가 고파 살 수가 있나 정말로 그렇게 힘든 훈련을 하면서 그저 안 죽을 만큼만 주는 밥, 낮이면 제식 훈련에 하루 종일 잠시 궁둥이 붙일 시간 없고 밤이면 순검이 끝나고 하나하나 불러 이유 없이 트집 잡아 주어 패는 게 교관들의 임무인 것 같다.

약 2주간 민간복 입고 훈련을 하는데 우리보다 한 달 빨리 입소하는 선임병들은 군복을 입고 훈련하고 빨간 명찰 달고 군인답게 보이기도 하고 우리는 거지 중에 상거지 꼴이었다. 그래도 사회에서 한 가닥씩 하는 놈들 여기서 눈 한번 크게 뜨지 못하고 고양이 앞에 쥐새끼다. 그렇게 세월은 흘러 2주가 갔는지 배고프고 힘들고 어떻게 구타가 심한지 아아~ 이게 해병이 만들어지는 과정이구나 하고 정말 말로는 표현할 수 없이 어기서는 일기 쓸 생각도 못 하고 아마 내 소지품은 우리 집으로 가겠지.

눈코 뜰 새, 없이 2주 훈련이 끝나고 여기서도 낙방할 수 있다.

군복 입기 전에 도저히 훈련을 못 받을 것 같으면 솔직히 손들면 너희들은 아직 군인이 아니기에 마음 내키지 않으면 집에 갈 수 있다고 한다. 근데 몸이 아파서 못 하겠다고 하는 두 사람이 있고 두말할 것 없이 보내 주고 군복 입고 나가면 그건 엄연히 탈영이라고 미리 말한다. 우리는 그날 저녁에 군복은 입었다. 빨간 명찰은 아직 한 달이 지나지 않아 달지 못하고 똑같은 군복을 입어도 빨간 명찰 단 사람과 안 단 사람하고 차이가 엄청나다. 빨간 명찰 달기가 그렇게 어려운지 빨간 명찰은 한 달 선임이고 우리도 좀 있어야 명찰을 달 수 있다.

확실히 언제쯤 빨간 명찰을 달았는지 기억은 없지만 아마 선임병들이 나가고 우리가 훈련소에서 빨간 명찰을 달았지 싶다. 우리 후임들을 보니 우리도 제법 선임자 태도 나고 얼마나 있으니 삼랑진 사격 훈련이 시작되었다. 지금부터는 실전을 방불케 하는 훈련이다. 여기고 저기고 우선 배가 고파 견딜 수가 있나. 그렇게 훈련이 심하면 밥이라도 마음껏 먹어야 할 텐데 그때만 해도 군에 부정이 그렇게 많았다고 쌀은 여기저기서 떼어 처먹고 결국엔 제일 밑에 있는 우리가 골병드니 그때는 쌀이 큰돈이다. 그러니 중간에 부정이 생긴 것 같다. 가끔 밥이 갑자기 많아질 때도 있지만 그때 아마 위에서 검열이나 아니면 중간 검열이 있으면 밥이 갑자기 많아지고 교관들도 중간에 약간의 부정이 눈에 보일 정도로 훈련병 집에서 몇 입씩 보내 준 것이 눈에 보이는 것 같다. 그들은 우리 눈에 띄게 봐주고 밤에는 따로 불러 사식도 주는 것을 몇 번 봤다.

그때는 여기나 저기나 부정이 심할 때, 교관들이 금품을 요구하기도 하고 솔직히 벼룩의 간을 빼 먹는 놈이나 다름이 없다. 어떻게 빽이 통하고 훈련소에서 금품이 통했는지 같은 훈련병을 보면 금방 눈치챌 수 있다. 엄중한 존엄과 가치, 배고픔보다 불공정한 것이 울화가 치밀어 옴이 마음에 상처로 남는다. 우리는 삼랑진 훈련을 마치고 이젠 도설산 훈련이 시작되고 그래도 중간중간 일요일 날이면 가족 면회도 되는데 면회 갔다 오는 놈들은 먹을 것도, 돈도 가지고 오는 놈들 나야 죽는다고 해야 올 사람도 없고 사실 몇 주 훈련을 받았는지 참 세월 정신없이 가는지 명찰을 단 사람들은 수병이고 명찰을 달지 못한 사람은 훈병이고 서로 배가 고프니 의리라고는 눈곱만치도 없다. 우리는 훈련을 마치는 듯했는데 순검 때 갑자기 한 수병이 안 보였다. 우리 소대인데 그놈 한 놈 때문에 전체가 비상이 걸리고 만약 탈영하다 걸리면 그 부대 소대장과 중대장까지도 문책이 전달된 것 같다. 한 이틀쯤 있다 잡혀 왔는데 그놈이 어떻게 미운지 저놈 한 놈 때문에 우리 전체가 죽을 고생을 다 하고 그놈은 결국 미기되어 다음 훈련을 한번 다시 받아야 한다.

우리는 어느덧 몇 주의 훈련을 받았는지 계급장에 작대기 하나가 더해졌다. 우리 수병들은 졸업식이 어디 사관학교 졸업처럼 대단했다. 친한 친구들과 사진도 찍고 각기 다른 병과를 받고 각기 다른 부대 배치가 시작되고 대부분 90% 이상이 포항으로 배속이 되고 거기서 각기 다른 중대로 배치되었다. 우리는 군 생활이 다 끝난 것처럼 째지는 기분으로 왔지만, 배치를 막상 받고 보니 우리보다 한 달이나 빨리 와서 소대에서 기다리고 있던 선임자가 정말 밤낮으로 괴롭히는데 우리는 그렇게 기분 좋게 왔건만 이건 훈련소는 아무것도 아니다. 군대 생활이 지금부터 시작이다. 이것은 훈련이 아니고 선임들이 시도 때도 없이 괴롭히는데 이놈이 아니면 저놈이 우리 밑에는 땅뿐이다.

속담에 해병대 순검은 산천초목도 떨린다고 순검 시간이 하루 일과가 끝나면 자기 전에 하는데 이 시간이 얼마나 무서운 순검인데 뭐 말로 표현할 수 있나. 중대 하사관이 순검을 하면 하얀 장갑 끼고 구석구석 돌아다니고 어디 하나 트집을 잡으려고 혈안인데 안 잡힐 수 있나. 그래서 매일 밤 걸리면 제일 밑에 있는 우리가 당하고 만다. 순검이 끝나면 따로 선임병들이 불러 이유 없이 치고 패고 우리는 심심풀이 샌드백이나 다름없다. 지금 생각하면 가끔 선임병에게 맞고 죽는 수병도 더러 있었다. 그때는 군에서 자연사로 보고하고 만다. 왜냐면 그런 사고가 벌어지면 소대 중대장 아니면 대대장까지 진급에 누락된다고 하니 지금은 군대도 민주화가 되었고 지금 젊은이들 그렇게 하면 군대 생활할 사람 하나도 없을걸. 군생할 할 때는 하사관들이 우리를 사람 취급을 하나.

훈련도 훈련이지만 자대에서 괴롭힘을 어떻게 견디어 냈는지 그 또한 좋은 추억 거리였다. 그래도 그땐 동작이 상급자들 말 한마디에 동에 번쩍 서에 번쩍 집에서 부모님한테 백 분의 일만 해도 효자상 받고도 남을 것이다. 이렇게 나이 들어 생각해 봐도 그때 그 시절 깊은 추억이 그리울 때가 지금이야 내 몸뚱이 맘대로 못하던 노인이 되어 평생 안 늙을 것처럼 그 세월이 다 지나간 꿈~~~~~

17.
늙음은 연륜을 말해 준다

필요 없는 시간 낭비도 죄악이란 말이 있다. 즐기는 시간을 보다 잘 이용하는 것도 필요할 것 같다. 젊은 청춘들에게는 세월이 약이겠지 노래도 있지만, 우리 늙은이들에게는 세월이 독이다. 나이 들어 축 늘어진 주름은 얼굴에 지혜를 말하고 진실을 고백함과 연륜을 말해 줄 것이다. 세월이 내 육신은 무너뜨릴 수 있겠지만 내 영혼은 죽지 않는다.

세월이 흘러 반 세기가 훨씬 넘었는데 그때의 군 생활이 쉽지 않아 보였다. 여기도 배고픔은 여전하다. 겨울철이라 포항에는 날씨는 춥기도 하지만 눈도 많이 내려 포항에서 감포까지 하루 종일 도보로 가면서 무슨 중간중간 훈련인지 감포 바닷가에 늦게 도착했다. 바닷바람에 눈보라를 맞아 가며 야전 텐트를 치고 장비를 풀어 놓고 저녁 식사를 준비하면 우리 졸병들은 잠시 숨 쉬는 틈도 주질 않는다. 식사는 부대별로 하는지 소대별인지 밥을 먹고 나면 고참병 식기까지 잔일은 우리 신병들이 정리하는데 솔직히 고참병들의 뒤치다꺼리가 훈련보다 더 힘들고 괴로웠다. 미 해병대와 합동 훈련도 하고 포항에서 이곳까지 도보로 왔으니 발이 불어 터지고 군화를 벗어 보면 상처투성이였다.

우리가 감포에 훈련을 오면 감포에서 사는 민간인들이 자기 집 문단속을 많이 한다고 한다. 아니나 다를까 여기 몇 번 온 고참병들은 밤에 민가에 들어가서 주로 닭을 훔쳐 와서 해 먹는 모양이다. 훈련을 받으니 동에 번쩍 서에 번쩍하는 해병들이 닭 몇 마리 훔치는 것은 식은 죽 먹기지. 이디고 훈련이 시작되면 주로 그쪽 민가에 있는 닭이나 토끼, 오리 뭐 닥치는 대로 잡아먹은 후 하룻밤 훈련을 하면 다음 날 훌쩍 떠나기 때문에 민가들은 대책 없이 당할 수밖에 없었다. 가끔 중대장이나 그 뒤 소대장에게 항의가 들어와도 알았다고 대답은 하지만 늘 반복되는 지휘관들이 민간인들 못 들어가게 통제는 하지만 밤에 닭이나 토끼 잡는 것을 아무리 통제하려고 해도 할 수 없다. 물론 지휘관들이 단속을 한다지만 도둑이 군대 용어로 긴바이라고 하지요. 배운 것이 적진지 몰래 포복하고 기고 뛰고 하는 훈련을 하는데 민가에 들어가는 닭이나 토끼를 잡는 것은 가장 쉬운 것 그냥 식은 죽 먹기다. 우리는 훈련을 옮기면서 하지만 도둑질 안 해 본 사람이라도 군대에서는 그저 죄의식이 없이 군대니까~

　훈련이 어느 정도 마무리되는데 얼마나 멀리 나왔는지 오는 대로 그냥 가는 것이 아니고 훈련하면서도 가고 온다. 생각이 각가지이겠지만 소대장이나 하사관이 새로 들어오면 군대에서 배운 대로 한다고 정말 사병을 괴롭히고 군에 있는 동안은 개인의 사생활은 할 수 없다는 것은 잘 알고 있지만 자유 시간이 되면 집으로 편지도 쓰기도 하지만 난 어디 편지 쓸 데가 있나 사회생활을 잘못했는지? 아침에 일어나면 오늘 하루만 생각하지 내일은 없다. 그때는 아무리 추워도 내무반에 보일러가 있나 연탄 난로가 있나 근무할 때 방한복 한 벌이 전부이다. 60년대 중반이라 군에 장비며 먹는 것도 아주 열악하고 사병 봉급이 있기는 하지만 내 기억으로 병장 급여가 270원, 하사관 급여는 이삼천 원 되는 걸로 알고 있다. 군 생활을 하다 보니 자연히 세월은 흘러가고 제대하는 사람이 있으면 후임병도 들어오고 신병들 육군은 36개월 해병은 28개월 알고 있지만 아직도 까마득한 세월 내가 해병에 들어온 이유도 여기에 있다. 해병은 타군보다 군 생활이 짧지만 그래서 사병도 시험을 보는 것이다.

나는 육군 신체검사 기간이 훨씬 지났기 때문에 어쩔 수 없이 해병에 지원할 수밖에~ 참 견디기 힘들어도 배고픔 때문에 해병에 지원한 친구들이 후회한 사람도 있지만 난 포항에서 4, 5개월쯤 지났나, 작대기 하나가 추가되어 일병으로 진급되어 말이 있지 일병 군대 생활이 최전성기라고 해병은 그때만 해도 병장이 드물다. 개월 수가 부족해서 보통 상병으로 제대를 하는 편이다. 우리는 어느 날 갑자기 울산에 출연한 간첩이 어린이를 살해한 사건이 터졌다고 하여 작전에 투입되었다. 군 내부도 어수선한 시기였기에 제대해야 할 선임병들도 제대가 조금씩 늦어지고 있었는데, 우리 중대는 울산으로 상당히 오래 파견 나가 작전을 했다. 울산 어느 산!! 눈밭에서 며칠의 진을 치고 실제로 간첩이 출몰했는지 고생을 엄청 많이 했다. 울산 작전만 끝나면 휴가를 갈 수 있다는 생각에 벌써 마음이 설레기도 하고, 서울에 동생도 한번 만날 수 있고, 외가에 할머님 집에 할머님도 뵐 수 있고, 솔직히 내가 집에서 군에 입대한 걸 알고나 있는지 아마 군에 입대하고 소지품이 갔으니 알고는 있겠지. 외가도 한번 가야지 생각하니 천국으로 가는 생각이다.

대부분 일병 달고 나면 많이 휴가를 간다고 해서 세월이 흘러 이젠 제법 중고참 정도 되었기에 곧 있으면 휴가를 가겠거니 생각하고 있었다. 그런데 어느 날 갑자기 연병장에 모이라는 명령이 떨어졌을 때 훈련을 가면 완전 무장을 대부분 하는데 무엇 때문에 비무장으로 모였는지 이유를 모르겠다. 중대 전 대원이 이유는 알 수가 있나. 뭐 이유야 불문이고 야간에 군 트럭을 타고 어디로 가는지 그리 멀지도 않고 어느 산 중턱에 내려 중대 병력인지 저기 모인 해병 인원은 우리 중대뿐이고 영문도 알수 있나. 야간에 정해진 막사에 들어가라는 것이다. 개개인에게 숙소가 배치되고 아침까지 무슨 일인지 전혀 알 수가 있나. 옛날에 제2차세계대전 때 군함을 출동시키면 목적지도 모르고 병력도 출동시키면 영문도 모르고 나가는 사병들 짐승으로 말하면 주인이 이끄는 대로 가는 짐승이나 다를 바 없지요.

그날 하룻밤을 보내고 다음 날에는 사격장으로 옛날 신병 훈련소처럼 장해물을 여러 가지 시설이 아주 세련된 훈련 장소다. 우리가 신병도 아니고 이게 뭐야 무슨 훈련 목적이라도 있어야 하는데 훈련장으로 가기 전에 우리한테 보급이 소총이 지급되는데 M16이 지급되는 것이다. 아~~ 월남 파병이구나. 파병을 위해 훈련이 시작되는 모양이다. 참, 갑자기 닥치는 파병이라 물론 해병대가 월남에 파병된다는 것은 익히 알고 있지만 이렇게 휴가 한 번 못 가고 파병을 하다니. 훈련은 많이 받았기 때문에 별 어려움은 없다. 우선 총이 플라스틱이라 가볍고 이런 훈련은 군 생활에 이정도야 가뿐하다는 생각이다. 그런데 이런저런 월남 이야기도 많이 들었지만 이렇게 갑자기 우리는 보병이기 때문에 전사한다는 말은 무진장 많이 들었지만. 이제 월남에 가면 죽을 수도 있고 마지막인가 싶기도 하고 두 분 할머님도 뵙지도 못하고 죽는 것 아닌가 그저 덤덤한 마음 ~~~!!

한참 훈련 중에 누가 면회 왔다기에 나한테 면회 올 사람은 꿈에도 없다. 혹 이름을 잘못 불렀겠지 싶었는데 아니, 아버지가 오셨다는 것이다. 월남에 가니 휴가 대신 부모라도 한번 보고 가라는 뜻인지 차라리 할머님이라면 반갑지만 별로 반갑지도 않은 아버지라 만나 보니 할 말도 없고 냉랭한 분위기만 흐르고 그러나 이게 마지막일 수도 있겠다 싶다.

18.
아버지를 보는 나의 시각

만감이 교차하는 시간이 흘러 아버지와는 마지막일지도 모를 일인데 서로 밥 한 끼 먹지 않고 헤어지기 일보 직전이다. 엄마 돌아가시고 우리 형제 껴안고 울던 아버지의 모습은 온데간데없고 차가운 냉기만 흐르다가 인사는 하는 둥 마는 둥 등 돌리고 가셨다. 나 혼자 쓸쓸히 오면서 연민의 정이라도 있어 멀리서 면회 오신 아버지께 내가 너무 냉정하게 했나 싶어 눈물이 나오지만 나를 두고 가신 아버지 마음의 생각은 어찌하겠어. 그러나 서로 등을 돌리고 말았다.

우리는 지금까지 훈련을 수없이 받았다. 해병에서는 훈련을 피교육이라고 하지만 대강 훈련이 끝나 가고 약간의 휴식 시간이 2, 3일 있었는데 월남으로 가기 위한 준비를 끝내고 다음 날인지 개인 소지품과 완전 무장을 하고 포항에서 부산 부두를 향해 출발하는데 나뿐이 아니고 전부 긴장된 마음으로 열차에 몸을 싣고 창가에서 조용히 적막이 흐르며 누가 말 한마디 없이 열차의 기적 소리에~~ 숨소리도 조용히~~ 이제는 이 중에 얼마나 전사자가 있을지 귀국한 선임병들에게 들어 익히 알고 있지만 고국이 아닌 타국에까지 가서 죽어야 하는지 아무리 전쟁터라 하지만 죽고 사는 것도 사주팔자에 맡기는 것이 편하지 않나 싶기도 하다. 삶이란 누구나 단 한 번 주어지는 것이기에 한 편의 시처럼~~!

인생은 태어나서 언제인지 죽기 마련이지만 누구나 죽는 선 확실하다. 운이 좋아 살아 돌아온다 해도 좀 빨리 죽고 조금 늦게 죽을 뿐 죽는 건

매한가지다. 우리는 어느덧 부산 부두에 도착하고 정해진 매뉴얼에 따라 해병답게 질서정연하게 부두로 가는데 육군은 우리보다 훨씬 인원이 많아 보인다. 부두에서 군 의장대들이 나와 대대적인 환영식 준비를 하고 우리를 싣고 갈 군함 이름은 업시오라고 한다. 약 오만 톤 정도라는데 배에 오르고 나서 타국 땅에서 살아 돌아올지 장담은 못 하고 배에 상륙이 끝나고 대대적인 송별식을 하는데 누구나 타국으로 죽으러 가는 것은 사실이다. 배 안에는 그 많은 인원이 따로 자는 침대가 있고 말하자면 조금 비좁기는 하지만 현대식 침대에 누워 보기는 난생처음이다. 배가 얼마나 큰 배인지 짐작건대 초현대식이고 배 안에는 모든 것이 우리가 보지 못한 것들 타국에 여행가는 기분~~! 나는 누워 있는 동안 깜박 잠이 들었는지 밖에 나와 보니 껌껌한 밤이 되었다.

멀어진 부산항 불빛이 보이고 우리가 출발했던 곳이 부산항 3부두이다. 어쩜 인생의 마지막일 고국 땅 솔직히 고국이니 뭐니 내가 살아온 일들을 생각하면 힘들었던 그 세월이 고국이라고 애착도 없고 어쩜 먹고 살기 바쁜 세월 고국을 위해서 민주주의를 위해서 그따위 소리는 솔직히 안중에도 없다. 만약 내가 죽는다 해도 나를 위에서 울어줄 사람이 있나. 19세, 20세, 많아야 21세 나이들 내 인생이 그리 순탄치 못한 세월을 생각하면 죽는다 해도 그리 무서울 것도 없다. 집에 대한 미련도 없고, 내가 군에 간다는 소식을 알겠지만 동생이나 외할머님을 한 번 뵙지 못하고 간다는 게 마음 한구석에 한이 되어 그렇게 보고도 싶지만 이게 마지막이라는 것 지금의 나에게 주어진 환경이구나 싶다.

솔직히 부모님에 대한 생각은 별로이지만 연민의 정도 생각하기도 싫다. 오히려 안 보는 것이 마음도 편하고 나를 낳은 부모는 이 세상에 없다고 생각한 지 오래다. 배 안은 군대에 들어와서 제일 자유롭고 화장실이고 식당이고 세상에서 가장 현대식이다. 밥 먹는 것도 개개인이 먹고 싶은 대로 지금 말한 뷔페식이다. 배식도 현대식이고 먹고 싶은 고기도 여러 종류이며 과일도 듣지도 보지도 못한 것들 그때 귤, 바나나도 머리털 나고 처음 보고 먹어 본 것이다. 밖에 나오니 웬만한 파도는 칼로 베듯이 꿈쩍도 흔들림 없이 가는 배, 그때 30노트라니 50킬로 정도 큰 파도에도 거뜬히 물살을 헤치며 바다 고기도 엄청 많이 보고 화장실이나 식당 청소는 육군이 하고 우리는 밥때 되면 밥이나 먹지 손 하나 까딱 안 하고 생활한다.

우리가 전쟁하러 가는 것도 잠시나마 모든 것을 잊어버리고 즐거운 여행에 빠져 있지만, 시도 때도 없이 훈련만 하다 이렇게 자유 시간이라 이루 말할 수 없이 즐겁고 행복하기도 하다. 세상에 태어나 이렇게 먹고 싶은 것 마음대로~~ 자유로운 시간, 잠자리, 또 목욕도 내키는 대로 할 수 있다는 것 자체가 더없는 만족감을 주고 후임병 괴롭히는 사람 없고 가끔 간단하게 자기 전 인원 파악하는 게 전부다 뭐 하나 불편한 것은 없다. 부대 내에서는 선임병, 후임병 얼굴 서로 맞대고 으르렁거리고 치고받고 하는 모습도 살아지고 참 군대 생활이 이렇게만 된다면야 정말 배 안에서만큼은 즐겁고 자유로운 세상이다. 해병들끼리 서로 다툼도 없이 잘 지내는 시간도 2, 3일쯤 남았나! 우리는 즐거운 여행이 끝나갈 무렵 머나먼 육지가 보이고 멀리서나마 포성도 약간씩 들리고 몇 시간만 있으면 도착지인 월남 다낭항에 도착할 것이다.

우리는 점점 긴장감이 돌며 배가 도착하기 전에 개인 장비를 서서히 준비하고 있으라는 것이다. 즐거웠던 일주일 정말 평생 잊지 못할 업시

오(배 이름) 잠시 다낭항에 멈춰 있다. 하선을 시작하는데 하늘에선 전투기가, 땅에서는 포성이 울리고 쉴 새 없이 총성도 멀리서나마 들리고 날씨는 찜통같이 덥지요. 그러나 앞으로 겪어야 할 일들을 생각하면 이것은 아무것도 아니겠지.

우리는 하선하자마자 바로 군 트럭을 타고 어디로 한참 우거진 숲속으로 아니면 모래 위로 가다 어느 바닷가 근처에 하차했다. 거기가 해병 2연대 하룻밤을 묵고 있는데 웬 모기가 기승을 부리고 세상에 그렇게 독한 모기한테 신고식을 한 것 같다. 몇 방 물리면 살결이 부어올라 가려워 견딜 수가 있나 밤새도록 잠 한숨 자지 못하고 각 중대에 죽어 나가거나 부상당한 중대 보충병으로 가게 된다. 오전에 대형 헬기가 와 아마 4월 중순이나 되었나? 날씨는 한국 날씨와 비교도 안 되고 덥기도 히고 흐느적거리고 우리 몇 명을 덩치 큰 헬기에 몸을 싣고 어디인지 몰라 한참 공중을 가로질러 어느 늪지대인데 철조망이 겹겹이 쳐진 모래 위에 살짝 내려앉는다. 헬기의 프로펠러 도는 바람에 모래가 어찌나 날리는지 우리를 거무죽죽한 장교 하나가 인솔하고 거기서 간단한 몇 가지 주의 사항만 듣고 다시 2소대로 2분대 여기도 生과 死를 다투는 전선에서도 우리보다 조금 빨리 온 선임병들이 그렇게 괴롭히기 시작하는데 그날은 신병이라 보초는 생략이다.

장영희의 시집 한 편

장영희 교수의 시집에 제자들이 좋은 책 한 권 선택해 주세요. 교수인 장영희는 한참을 생각하다 노인과 바다라는 책을 보라고 권한다. 노인과 바다(The Old Man And Sea) 헤밍웨이 1954년 노벨 문학 수상자 대표작 늙은 쿠바인 어부 산티아고의 고독과 싸움을 통해 인간의 존엄성을 그린 작품 노인의 불패의 정신은 근본적인 인간의 승리의 철학과 연결되어 있다. 그의 사투를 통해 인간이 살아가면서 겪는 수많은 좌절과 실패를 극복할 수 있는 용기를 전해 주는 노인과 바다. (나 자신이 이 시처럼 불패의 정신과 사투의 통해 좌절을 어부 산티아고처럼 이겨야 살아가지 않나 싶다.)

젊은이들이 몸과 마음이 아픈 만큼 그만큼 성숙할 것이다. 보잘것없는 불행 때문에 슬퍼하지 말아라. 조그마한 행운에 웃음을 터뜨리지 말아라. 성공과 실패도 영원할 수 없을 것이다.

2부
전우여 25중대

1.

　나는 대대 본부에서 난생처음 헬기를 타고 해 질 무렵 중대에 도착했다. 말하자면 전사자의 보충병인 셈이다. 생각해 보니 부중대장이 우리를 각 소대로 인솔하고 나는 2소대에 배치되어 그다음 날 아짐에 안무웅 소대장에게 전입 신고하고 분대장으로부터 간단한 교육을 받고 특별한 교육은 없었다. 월남에 오기 전에 대부분 훈련과 교육은 신물 나게 받았으니 그저 신병이라 첫날은 근무는 없고 한 2~3일 지났을까 대강 누가 누구인 줄 알았다. 어느 날 밤에 매복 준비라고 준비를 다 했더니 나는 신병이라고 열외되고 분대 전원이 매복을 나가는데 분대장 이름도 얼굴도 지금은 가물거린다.

　지금으로부터 약 55년 전이라 희미한 기억을 더듬어 사실 그대로 내가 실제 겪었던 일들 내가 실전에 참여했던 작전에 일들만 상세히 사실들만 얽어 볼까 합니다. 주로 수첩 일기 말하자면 작전 일기라고 할 수 있다. 전선에서 죽는 것도 팔자소관이다. 4월에 주간 매복이라고 나가는데 우리 중대 앞에 아마 소대 매복이기도 한 것 같다. 내가 처음 나가는 작전이라 전쟁터 같지도 않고 나가 보니 경치도 좋고 나무들이 그늘 밑에만 가면 시원하고 전선이라고 느낄 수도 없고, 가끔 멀리서 총소리며 포소리며 들리기는 하지만 우리하고는 먼 곳이라 별 위험도 못 느끼며 무사히 복귀했다. 우리 소대 들어와서 C레이션 까먹고 좀 느끼하지만 먹을 만했다. 커피도 담배 과자 국내에 있을 때보다 월등하지만 낮에는 벙커에서 교대 근무하며 별로 할 일은 없고 며칠이 지났을까.

중대장 이름은 알지만 얼굴은 알 수 없다. 갑자기 야~~ 찐빵 떴다 하기에 난 누가 찐빵 주나 갑자기 분주하더라고 안전모를 쓰고 그래 선임병에게 물었더니 야 중대장을 왜 찐빵이라고 하는지 물었더니 인마 찐빵같이 생겼지 않아 그래서 보통 중대장이라고 안 하고 그냥 찐빵 중대장이라고 다들 부르던데 그래서 그때부터는 찐빵 떴다 하면 중대장인 줄 알았지. 그래도 해병대 대위면 산천초목이 떤다는 해병 중대장 늠름하고 장엄하게 보였다. 우리 중대장하고 말이나 붙일 수 있나 사회에서 뭐 대위겠지. 그러나 중대 병력 그것도 해병대라 참 대단하지.

25중대원들 벙커 앞에서 1968년 4월 중순 경
경어는 생략함

2.

　5월 1일인가 작전이 있을 거라 장비 정리를 하라는 명령이 내려왔다. 안무중 소대장이 우리 분대장을 데리고 뭐라고 몇 마디 했는지 분대장이 내일부터 작전 준비하라는 지시를 받고 그날 밤 벙커 근무를 섰다. 그날따라 철조망 근방으로 나가 서라는 것이다. 그래서 나 혼자 철조망 근방까지 나가 한참 근무를 하다 살짝 잠이 들고 말았다. 벙커에서 이상 줄을 흔들어도 아무 소식이 없으니 내가 있는 쪽으로 우리 사병이 와 잠든 것을 보고 내 총을 가지고 가 버린 것이다. 원 세상에 선임병이지만 그렇게 무식한 선임병인가 만약 내가 적과 만났다고 치자 나는 총도 없이 어찌하라고.

　살살 기어들어 와 선임병이 보기에 잠을 자니 밉겠지만 그렇다고 총을 가지고 간 것이다. 그때야 신병이기도 하지만 그냥 죽이고 싶을 정도로 마구 소리치며 나는 대들고 물론 몇 대 쥐어 터지기도 하고 쥐어박기도 하고 한바탕 크게 싸웠다. 말이야 선임이지 알고 보면 적이나 다름없다. 해병대에서 선임한테 대드는 것은 참 극히 드문 일이다. 이것은 전우의 목숨을 뺏어 가는 것이나 다름없다. 지금 생각하니 그 싸움이 어떻게 끝이 났는지 하사관이 오고 난리가 난 걸로 알고 기억이 가물거리는구먼.

　다음날 5월 2일이다. 그날 밤 안무웅 소대장은 관망대에 올라가 월남어로 그 지역은 작전지역이라 민간인들은 철수를 하라는 방송을 했다. 그 관망대가 2소대 내에 있는 걸로 알고 있는데, 중대장이 그 관상내 밑에서 하는 말이 나한테 욕을 하는 건지 뭐라고 지껄이는지 알 수 있나 그

런 기억이~~

5월 3일 아침, 아마 AM 7~8시쯤인가 우리는 중대 기지를 떠나 Vien, Dien 일대 탐색전을 전개하는 미 해병대 지원 작전이라는 임무를 어렴풋이 알고 있었다. 그리하여 약 2시간 정도 갔을까, 우리 앞 전방에 11시 방향 약 200m 떨어진 곳에서 Quang Loc Dong에 진입하자마자 Tan My부터 수십 발에 달하는 적의 82mm 포격이 떨어지더니 우리는 여단의 105mm 포 지원을 받아 앞에 적의 포탄인지 아군의 포탄인지 구별도 못하고 속수무책이었다. 내가 알기로는 대밭이 우거지고 또한 공동묘지가 있는 주변에 잠복한 VC(Viet Cong: 베트남의 공산주의 군사조직)의 매복에 걸려든 것이다. 우리 2소대가 꼼짝 못 하고 걸려든 것이다. 나야 앞만 보고 얼마나 방아쇠를 당겼는지 우리 분대장이 동에 번쩍 시에 번쩍하며 뭐라고 짖어 대는지 바로 내 옆 몇 명 쓰러진 것을 보고 오들오들 떨면서 앞만 보고 사격을 얼마나 했는지 탄창을 몇 개를 갈아 끼우고 우리는 완전히 적의 매복에 걸려든 기분이다.

중대장 방기호는 당면의 적을 포위 섬멸키로 1소대장 송도남 중위를 3소대 안광호 소대장은 우회하면 포위망을 형성케 한 후 2소대장 안무웅으로 하여금 중앙에서 여단 포대의 엄호 지원을 받으면서 기동사격과 목표를 압박하게 한 다음 일제 공격을 단행토록 하려는 목적인 것 같다. 그러나 적의 화력도 결코 무시 못 할 화력이란 걸 알고 공격의 패턴이 바뀌지 않는가 싶다. 앞뒤 가리지 않고 AK자동소총이 쉬지 않고 우리를 향해 숨 쉴 틈도 없이 2소대가 고립되다시피 얼마나 교전을 했는데 내 옆에 둘이나 누워 떨어져 있고 피는 흘리지 그때 바로 앞에 몇 명 여자 VC들이 보이는 것을 보고 도망가는 줄 알고 우리 소대원 몇 명과 안무웅 소대장이 막 앞을 헤쳐갈 그 무렵 적의 총에 맞고 안무웅 소대장이 바로 우리 앞에 쓰러졌다. 겁이 나 나가지 못하고 선임병 김지록이 하고 끌어당겨 보니 앞면을 관통하고 바로 전사하고 참 기가 찰 일이다.

지금 생각하면 김지록 선임병하고 또 누구인지 세 사람을 호에 눕혀 보니 앞면이 피투성이며 우리는 압박 붕대로 감고 있으니 위생 하사 이진규가 와서 전사했다고 한다. 어젯밤 관망대에 월남어 방송을 했던 생각이 잠시 나~~ 우리는 쑥대밭이 다 되어 가는데 그때 제2소대 이치에서 전투를 지휘하던 중대장은 빗발치는 총알 밭에서도 아랑곳하지 않고 작전을 지휘하다 소화기와 수류탄의 공격으로 좌측 팔에 부상을 입고 전투 지휘가 곤란해지자 부중대장 황경상 대위가 급거 반격대를 지휘하려 목표에 돌입하게 되었다. 바로 앞에 아군 서너 명이 전사하고 그중에 안무웅 소대장도 포함~~ 어떻게 우리 2소대하고 아마 3소대도 상당한 타격이 있지 싶다. 포병 장교 고광호, 송도남, 3소대장 안광호, 2소대장 안무웅 참 용전분투했지만 무참히도~~ 작전이 다 끝나갈 무렵 27중대가 우리를 지원하려고 LVT 몇 대를 몰고 왔지만 교전이 마무리되는 중이다.

안무웅 소대장이 작전 지휘를 하면서 소대장으로서 빗발치는 적탄을 무릅쓰고 적과 목표물을 향해 고군분투하다 적의 총탄에 그리 갈 줄이야. 김지록의 말을 들어 보니 어디인지 소리치며 그 빗발치는 적탄 속에 정덕암이는 아랑곳하지 않고 꿋꿋이 통신 임무를 성실히 하던 지록 선배가 참 대단하구나. 지금도 그 기억을 잊지 않고 있다니.

희생자가 더러 생기고 27중대 지원을 받고 어떻게 중대로 철수했는시 기억도 없다. 우리 소대장도 전사하고 중대장도 부상이고 전 중대가 의

기소침이다. 중대에 들어와 보니 전사자 부상자가 의외로 많았다는 것을 알고 우리도 적 VC 잔당들을 섬멸하고 상당한 장비를 획득했지만 아군의 피해 또한 만만치 않아 보인다.

그때 전사자 안무웅 소위를 버릇하여 김○○ 하사, 강○○ 상병, 박○○ 일병, 이○○ 상병, 신○○ 상병 강○○ 상병 7명 정도를 내가 알지 실제 몇 명이 전사했는지 알 수 없다. 박기호 중대장을 비롯하여 17~8명의 부상자 대강 그 정도 알고 있다.

대전 현충원

3.

며칠 지나니 소대장이 부임해 왔다. 이름은 문강신 소위 해간 37기, 말씨나 행동으로 봐서 이미지는 별로 좋아 보이지는 않았다. 우리는 밤에 판초를 모래 위에 깔고 밤이슬을 받아 식수를 해결하며 월남에는 밤이슬이 엄청 많이 내린다. 판초 두 장 깔아 놓으면 제법 식수로도 사용하고 밥도 지어 먹고 한다. 우리 분대 식사 당번은 안이기였다. 안이기는 나보다 후임이지만 나보다 월남에 빨리 왔다고 좀 으스대고 선임을 무시하는 경향이 엿보인다. 국내 같으면 바로 손을 볼 수도 있지만?

어느 날 갑자기 소대 매복을 나가기로 소대장 처음 부임해서 첫 매복이다. 그날 밤 매복 준비를 하다 모기약을 잔뜩 바르고 얼굴에 검게 위장하고 소대장이 집합하는 소대 본부로 가는 도중 분대장이 나더러 모기약 냄새가 난다고 마구 나무란다. 왜냐하면, 그 냄새 때문에 적군에게 발각될 수 있다고 원칙으로는 밤에 모기약을 몸에 바를 수 없다는 것이다. 소대 본부에서 소대장이 좌표를 가지고 우리한테 대강 설명하는 걸로 봐선 거리가 멀어 보이는데 우리는 완전 무장 검열을 직접 소대장이 일일이 검사하고 야간 매복 나가면 소지하는 장비가 약 3~40kg 정도인 것이다. 그래도 그땐 한참이라 별 짐이 되지 않는다. 우리는 일렬종대로 중대를 빠져나가 나는 중간 후미 쪽쯤 되어 보인다. 초저녁이라 그림자가 선명하게 보이며 멀리서 VC가 우리를 발견하면 영락없이 당할 수밖에~

걸어가는 발소리 하나 들리지 않게 최대한 낮은 자세로 고요히 직막이 흐르고 이름 모를 벌레 소리만 간간이 흘러나오며 온 세상이 움직이는 초식이며 풀림도 조용히 잠들어 우리 전우들의 숨소리도 죽여 가며 어찌 금방 비 올 것 같이 날씨가 갑자기 어두워 시뿐사뿐 칠흑 같은 어두운 밤이라도 앞 전우의 발자국만 따라가며 온 천지가 숨을 죽이고 잠을 자는 세상 그 고요한 순간에 따따당하는 연발 총소리가 하늘을 찌를 듯 들려왔다. 전 대원들이 비호같이 은폐물을 등지며 바닥에 자라처럼 엎드려 전후방을 주시하며 약 10분 정도 앞뒤를 아무리 주시해도 아무 기척 소리 하나 없다. 참 기가 막힐 일이다. 그 산천초목이 잠든 허허벌판에?

가슴이 철렁 내려앉고 머리끝이 철모를 뚫을 정도로 솟구치는 판에 앞에 간 놈이 몇 방 맞았나 어느 놈 맞았으면 소리 지르고 난리 날 것인데 그래도 조용한 걸 보면 이상하지. 우리는 적의 총소리나 아군의 총소리를 금방 구별하고 적의 포탄인지 아군의 포탄인지 소리만 들어도 모든 장병이 알아차린다. 자라처럼 납작 엎드려 들은 그 총소리가 M16 총소리인 것이다. 아군의 총소리이다. 엎드려 아무리 생각해도 나쁜 아니고 다들 아군의 총소리인 것이 틀림없다고 전방을 주시하면서 다시 매복 지점으로 출발했다. 알고 보니 바로 내 앞 신병의 오발이었다. 앞에 가는 전우가 다치지 않았다는 것이 천만다행이구먼. 우리는 매복 지점으로 가 원형으로 매복하기 위해 호를 한참 파는데 비가 오기 시작한다.

그래도 판초 둘러메고 호를 파 앞에다 크레마 설치하고 한 호에 두 명씩 이상 줄 설치하고 있으니 비가 어떻게 많이 오는지 우리 목까지 물이 호 안에 꽉 차 있었다. 억수 같은 비를 맞으며 호 안에 비가 오니 모래로 몸 전체로 호를 메었으니 꼼짝할 수 있나 그 순간에도 잠이 와 교대로 잠을 잔다. 원칙은 잠을 잘 수 없지만 잠에는 내 목숨도 아랑곳하지 않고 목숨을 담보로 잠을 잔다. 또 서로 교대하면서 비상 줄로 확인하고 이상

없는지 누가 잠을 자는지 비상 줄을 한두 번씩 당기며 비상시에는 마구 당기고 한 전우는 잠을 자고 한 전우는 전방을 주시하고 이 생각 저 생각 비 맞아 가며 새벽녘에 철수 명령이 떨어져 제일 위험한 게 철수할 때다. 철수하려고 몸을 호 안에서 빼내려고 해도 도저히 말을 듣지 않아 어찌 된 일인지 나뿐만 아니고 다 움직이지 못하고 있다. 모래 반, 물 반이니 나올 수가 있나. 그래도 살아야지 전부 다 허우적대고 옷이며 장비이며 비에 젖어 몸뚱이도 모래에 겹쳐 붙어 터져 일어날 수가 있나. 물속에서 하룻밤을 그대로 있으니 몸이 불 대로 불어 그래도 온갖 힘 다해 크레마 철수하고 엉금엉금 기어 오다시피 그렇게 무거울 수가 있어야지.

  그래도 살기 위해선 해야 하는 일 꾸벅꾸벅 중대까지 들어와 아무리 힘이 들어도 인원 점검하고 나서 어젯밤 오발 사고를 누가 냈는지 후임병이 이실직고하면서 어쩌다 오발을 했는지 자기도 몰라 자기 그림자 보고 착각해 방아쇠를 당겼다고 하니 그래도 그날 밤 낙오자 없이 오는 것만도 천만다행이다. 설령 앞에 놈이 맞았다 하더라도 죽은 놈만 가는 거지 아군이 쏘았다 한들 작전 중이라 전사자 처리하면 끝이겠지.

4.

　누가 달밤에 편지 쓴다면 믿을 수가 있을까 그때만 해도 펜팔을 많이
하는 편인 나도 여자들하고 편지를 꽤 많이 주고받았다. 사랑이니 보고
싶니 월남에 달밤은 어떠니 좀 농담도 쳐 가며 작전 나가 베트콩을 몇 명
생포했니 한국의 아가씨들은 호기심을 당연히 가질 수밖에 없지 한 여인
이 아니고 너덧 명 되지 싶다. 거기다 사진 몇 장을 보내 주면 요것들이
기를 쓰고 침 삼켜 가며 밤새 답장 쓰느라 정신없겠지. 지금 생각하니 그
가시나 가슴속을 파고들어 가고 심혈을 다해 있는 거 없는 거 몽땅 편지
속에 빠져 있는데 갑자기 어디서인지 크레마 터지는 굉음이 다른 소대에
서 엄청 크게 났다. 편지고 뭐고 다 산통 깨지고 쓰던 편지도 집어던지고
비상이 걸려 완전히 무장하고 전방을 주시하다 알고 보니 누가 오발이라
고 했다. 쓴 편지는 어디 갔는지 아무리 찾아도 없고 월남에는 밤에 달이
유난히도 밝기 때문에 고향 생각도 나고 여자 생각도 나고 포항에 근무
할 땐 고향 생각날 여가도 없지.

　하도 훈련이 심하니 선임병들이 괴롭히지 하사관들 괴롭히지 거기다
신입 소대장 오면 배운 대로 한다고 죽을지 살지 몰라도 월남이 훨씬 낫
지요. 죽는 놈은 죽을 것이고 살아 돌아갈 놈들은 갈 것이고 우리는 6·25
전쟁보다 또한 제2차세계대전을 봐도 월등히 편하고 먹을 거 다 주지 월
급 많이 나오지요. 지금 생각하면 아무것도 아니지만, 그때 돈으로 37불
정도 한국 돈으로 2~3만원 정도 되었나.

　여기는 전쟁터니 그 돈이 목숨의 대가이지만, 죽을 놈은 죽고 살 놈은
살 것이다~!!

5.

오래 사는 것은 선택할 수 없지만 보람 있게 사는 것은 선택할 수 있을 것이다. 우리가 얼마나 더 살지는 선택할 수 없지만 단 하루라도 즐겁게 사는 것은 선택할 수 있습니다.

55년 전 피를 나눈 전우들 실로 지금은 늙어 노인이 돼 흰머리 일색이고 참 세월이 유수와 같구먼. 그때 중대장 방기호, 포병장교 고광호, 정충남 소대장 에피소드가 많으신 분, 안무웅 소대장(전사), 소대장 안광호(작고), 김공수(작고), 김지록(작고), 박병순(작고), 전국주, 이진규, 정덕암, 홍정환, 윤춘석, 조성권, 이석원, 오화경, 이복만, 안충환 유규종 이 두 분은 우리 모임에 책임감이 강한 분~~ 한때는 전선을 누비며 귀신 잡는 해병이면 삼천 초목도 떨고 월남 전선을 평정시킨 해병 그때 그 전우들 그때 중대장 지금도 술 한잔 걸치면 한 가닥씩 입은 살아서 근성이 있단 말이야. 우리 중대장은 정말 인간미 넘치고 자상한 큰형님처럼 생각해 보면 저런 온순한 분이 해병대 보병 중대장을 했을까 의심이 갈 정도로 해병, 보병 중대장이면 육군 대령하고 어깨를 나란히 할 정도 하기야 우리 찐빵 중대장님도 대령 예편했다.

나는 몸이 아파 술을 못 먹지만 1년 전만 해도 술도 먹고 잘들 어울리고 나도 술 한잔하면 남이 볼 때 구세가 만만치 않다고들 하던데 저는 오학경, 이석원 선배들보다 훨씬 점잖습니다. 이제는 1년이 우리 늙은이들한테는 결코 짧은 세월은 아니지요. 세월이 갈수록 하나둘씩 자연인이 되어 먼저 누워 있는 전우들 우리가 죽으면 현충일 날 누가 국화꽃 한 송이를 놓아 줄까. 우리도 얼마 남지 않은 삶에 언젠가는 당신들 옆에 돌아가리다.

    우리 중대장을 위시해서 저승에서라도 25중대 모임을 하자고 중대장께서 이미 몇 해 전에 약속했죠. 그때 당신들 만나 시원한 소맥 한 잔씩 하자고 앞으로 내가 겪었던 전선의 이야기를 마저 다 쓰고 갈게요. 당신들도 읽어 보구려.

2010년 6월 5일
파월청룡부대 제5대대 제25중대 출신 전우들이 제25중대 전사자 묘역 찾아 참배

6.

그때가 건기 시작인가 아마 5월 말이나 6월 초엔가 중대 작전이 시작되었다. 가만히 기억을 되살려 보니 호수 마을 지나 농가를 지나다 한참 목이 마를 때다. 호수의 물이 깨끗해서 수통에다 물을 채우고 양껏 먹고 나서 돌아 나오려고 할 때 한쪽 구덩이에 뭐가 보이기에 가 봤더니 사람이 죽어 떠 있더라고. 아~ 참 오래된 것 같다. 미칠 노릇이구먼. 전 대원들이 물도 많이 먹고 수통에 먹을 물도 다~ 담았는데 어떻게 기분이 상하는지 먹은 물을 다시 뱉을 수도 없고 항상 물을 먹을 때 좀 살피기도 하는데 정말 기분 잡친다. 나뿐 아니고 여러 대원이 전부 기분이 잡칠 대로 잡치고 C레이션을 까먹자니 정말 넘어가질 않는다~ 어찌할꼬.

중대 작전을 나가면 보통 2열 종대로 가는데 중간쯤 중대 본부가 있고 한참 가다 후미에서 부비트랩(지뢰)이 터진 것이다. 갑자기 위생병이 뛰어가고 발목이 잘렸는지 후송(매드 백)을 가고 우리는 PM 2시쯤 2소대가 잔류 매복을 하게 되었다(잔류 매복은 작전 중 소수 인원만 남기고 전 대원이 다 빠지는 것처럼 하는 것이다).

그때 PM 4시쯤 되었을까 우리 소대는 호를 파고 매복 준비를 한참 하다 내 주위에 위장하기 위해서 나무를 꺾으러 가 한참 나무를 꺾다 갑자기 AK자동소총이 따따따 내 옆 모래 먼지가 튀는데 VC가 나를 본 모양이다. 나를 보고 집중사격 한 것이다. 나도 겁이 나 냅다 튀는데 내가 어떻게 호에는 들어왔는지 기억도 없다. 한 호에 있는 전우가 나더러 어디 한 방 맞지 않았나 그래 몸은 아무리 여기저기 살펴봐도 이상은 없다. 잠시 정신을 차려보니 앗, 총을 그대로 두고 온 것이다.

참 앞이 캄캄하다. 바로 총을 가지러 갈까 했지만 그래도 목숨이 더 중요하지 우리 대원이 하는 말이 좀 캄캄할 때 가라고 한다. 정말 난감하고 어찌 이런 일이 있을까 군인이 총이 없다면 생각도 하기 싫지~~ 그렇게 약간 침침할 때까지 호에서 기다리다 우리 둘만 알고 나 혼자 살살 기어가 봤다. 그래도 그 총이 그대로 있더라고 이젠 올 때가 문제다. 내가 적이 되어 오다 나를 적으로 오인사격할 뻔하고 혼자 고민하고 있을 때 아마 그때가 소대장이 문강신이다. 거리가 약 15m나 될까 암튼 살기 위해서 소리를 쳤지 나 2소대 아무개라고 물론 같이 있는 대원은 알지만 다들 내가 거기 간 줄 아무도 모를걸. 야 손 들어 야 내 뒤에 베트콩이 있는데 내 앞에는 크레마가 수십 개 설치되어 있다. 어느 놈 하나만 눌러 버리면 내가 아무리 귀신 잡는 해병이라도 별수 있어 사지가 날아가 버리는 기로에 서 있다.

그래 어느 놈이 소대장 이름 암호 불러라고 하더라고 문강신이라고 그래 살살 기어들어 와 목숨은 건졌다. PM 8시 정도인가 이상 줄이 마구 당겨지는데 나는 총을 바로 옆에 놓고 장비 정리를 하는 동안 앗, VC 두 명이 나에게 총을 겨누고 깜짝 놀란 순간 나는 사지가 발발 떨리고 내 손이 총으로 슬그머니 가는데 내 옆에 대원은 그 VC를 못 보고 VC는 앞에 총하고 나하고 눈이 서로 마주쳤는데 나를 쏘지 않고 바로 뒷걸음으로 튀고 그놈이 바로 발사했으면 우리 둘은 떡가루가 되고 말았을 것이다.

나는 그놈 얼굴이나 봤지 같이 있는 대원은 이상 줄만 당긴 줄 알고 아마 17~8살 정도 보였다. 그놈도 나를 쏠 수가 없다. 그놈도 바로 거기서 죽게 되겠지. 적이나 아군이나 순간에 계산은 있겠지만 암튼 살 놈이 이렇게 사는지 싶다 이것도 팔자소관이지. 얼마나 있으니 PM 10시 정도 또 이상 줄이 사정없이 당겨진다. 바로 앞을 주시하니 월남의 달은 워낙 밝기 때문에 웬만한 거리는 잘 보인다. 두 놈인데 하나는 풀망을 메고 하나는 총을 들고 우리 앞으로 오고 있었다. 그놈들은 아무 의심 없이 우리 진지까지 꺼벅꺼벅 별생각 없이 우리 안에 참 어떻게 된 게 매복 진지 안에까지 들어왔는지 우리가 그놈들을 뻔히 보고 있으니 총 쏠 필요는 없었다. 그래도 생포할 욕심이겠지 그러니까 우리 매복 사이사이에 들어왔다. 그놈들이 알고 그때 튀는데 이미 늦었지 풀망 멘 놈은 그 자리에서 사살하고 한 놈은 우리 진지 밖으로 튀는 것이다. 참 이상하지 우리 일개 소대가 도망가는 놈을 사격하는데 그것도 우리 앞쪽에 집중사격을 하는데 거리는 바로 앞이라 정말 믿을 수가 없다. 갈 지(之) 자로 뛰는데 참 귀신 잡는 해병 그 한 놈에게 집중사격에도 안 맞고 도망가다니~~ 아무리 생각해도 이해가 안 간다. 암튼 살 놈은 그렇게 사는가 풀망 멘 놈을 보니 그 망에 돈이 그렇게 많이 들었는지 아마 월남 지폐인 것이다. 그런데 그 지폐를 몇몇이서 집어삼켰는지??

우리는 그날 AM 3시경 철수를 하는데 아 이놈들이 우리를 딱~~ 지키고 있었던 모양이다. 한참 새벽에 철수 준비를 하고 몇 발자국 앞 그놈들이 우리를 향한 매복을 하고 있었던 모양이다. 그놈들도 우리를 바짝 앞까지 오도록 기다리는 판이다. 근데 운 좋게 맨 앞 첨병이 발을 잘못 디뎌 물구덩이에 풍덩 하고 빠진 모양이다. 우리도 비호같이 모두 은폐물을 엉겁결에 모두 엎드렸는데 그놈들은 우리가 알고 그랬는가 싶어 바로 앞에 AK자동소총이 앞을 볼 수 없을 정도로 쏘아붙이는데 우리는 이미 은폐하고 있는 판이다.

우리는 쳐다보지도 못하고 대가리 처박고 한참 웅크려 꼼짝도 안 하고 시간만 기다렸지, 뭐. 적이나 아군이나 살 놈은 그래 산단 말이야. 말하자면 그놈들도 도망가고 우리는 웅덩이 속에 꾹 참고 있으니 언제 그랬냐 싶다. 아무리 적을 보고 집중사격을 해도 총알이 사람을 피해 가고 나도 나무로 위장하려고 할 때 나에게 집중사격을 해서 도망 왔지. 알고 보면 총알이 사람을 피해가 간 것이다. 원 세상에 그놈들도 우리를 대고 그렇게 집중사격을 해도 피해가 없이 참 천만다행으로 아무 피해 없이 무사히 귀대했다……

작전 중 생포한 베트콩, 종군기자가 나에게 제공

7.

 사람은 누구나 한 번은 가야 한다는 것은 아마 의무일 것이다. 힘들고 어려울 때면 왜 내가 태어났는지? 원망스러울 때도 있고, 살아 있는 우리도 노인이 되어 내 몸뚱이도 거추장스러울 때도 있지요. 살아 있는 전우들도 멀지 않아 여러분이 누워 있는 현충원 그 자리에 눕게 될 겁니다. 기다리세요, 안무웅 소대장님. 내가 당신 전사할 때 그날 그 시간에 당신의 시신을 김지록 그리고 나 또한 누구인지 겁이 나서 빗발치는 총알 밭 앞에서 호로 당기는 순간들이 바로 엊그제 같은데 벌써 50여 년이란 세월이 흘렀군요. 알고 보면 반 세기라 할 수 있지요. 그때 그 전투에 참전했던 전우들이 현충일은 잊지 않고 항상 중대장을 비롯해서 또한 전사한 전우들 앞에는 우리 대원들이 국화꽃 한 송이 올리고 있답니다.

 당신들 친인척도 이제는 안 오시더라고요. 당신들은 20대 초반에 전사했으니 이제는 당신네들 부모님도 세상을 떠나고 그나마 중대장님 우리 대원들이 잊지 않고 찾아뵙니다. 먼저 간 전우여 우리가 가 버리면 당신들은 찾는 이가 없을 겁니다. 우리야 자식이 있다고 하지만 먼저 간 전우여 청춘이 만 리 같은 시절에 머나먼 이역만리에서 목숨 바쳐 영원히 대한민국은 당신들을 잊지 않을 겁니다. 그래도 여러분들 덕분에 우리나라가 중진국을 넘어서 선진국 대열에 진입했답니다. 세상이 힘들고 병마에 시달릴 때는 누워 있는 당신들이 부러울 때가 있더라고요. 지금 우리 전우들은 대부분 칠순이 넘거나 아니면 가는 이들도 당신들 곁으로 간답니다.

전우여, 나도 2012년도에 폐암에 걸려 수술은 했지만 얼마나 더 살겠어요. 내가 수술대에 올라갈 때 나도 당신들 옆에 갈 줄 알았는데 그래도 당신들이 아직 국화꽃 한 송이 놓아 달라는 말씀인지 아니면 우리 대원들의 성원에 아직은 숨은 쉬고 있지요. 특히 우리 중대장님과 전우들이 금일봉까지 보내 주었지요.

나한테 전화 오면 먼저 건강하냐 물어보시고 건강하라 당부하신 중대장님의 말씀이 들리더라고요. 항상 이복만 너는 나보다 오래 살라 하신 말씀이 귓가에 선합니다. 모임이 있을 때마다 건강이 안 좋아 하나씩 빠지는 대원들이 있더라. 우리 나이에 약 안 먹고 버텨 내는 이들 있겠어. 암튼 내가 쓴 수기 꼭 완성하고 갈게요.

LVT에서 막 내려 작전 시작 중 25중대

8.

6월 중쯤인가 아침 작전이 시작되었는데 보통 사병이 의무적으로 장비를 준비하는 게 보병 기준으로 4~50kg 정도 되어 보인다. 이정도 장비를 메고도 날씨는 덥지, 힘들지만 어디서 누가 한 방 맞고 떨어지면 비호같이 동작이 빠르다. 날씨는 유난히도 더워 아무리 작전 중이라고 해도 10분간 쉬라고 하면 너무 무거우니 장비를 홀라당 벗어 버리는 습관이 있다. 아니면 은폐물을 등지고 눈을 약간 감고 있으면 그 순간에도 잠이 온다. 낮이라 잠깐 담배도 피우고 옆에 있는 전우하고 잡담도 하고 물론 전 후방 경계는 철저히 하고 그 10분 쉬는 시간이 얼마나 달콤한지 월남은 아무리 더워도 땅에서 훈김은 올라오지 않기 때문에 한국은 날씨가 아주 더울 때 땅에서 훈김이 올라오지만, 그쪽은 그늘 밑에만 가면 그렇게 시원할 수가~

목적지에 도착한 우리는 주간 매복을 하기 위해 전 소대가 원형으로 2인 1조로 호를 구축하고 있었다. 그런데 갑자기 문강신 소대장이 무슨 영문인지 몰라도 갑자기 모집해서 대원들을 구타를 하니 아무리 생각해도 죽으려고 환장한 소대장 아닌가. 전선에서 이런 일이 일어나다니 도저히 믿을 수가 없다. 그러다 지뢰나 밟아 터지면 어떻게 하려고 소대 본부는 중간쯤 매복 지점을 정하고 아마 그때가 소대장 전령이 안이기였던 것 같다. 소대장은 시원한 그늘 밑에 있으면서 안이기에게 물을 떠 오라고 하니 아마 물 뜨는 물웅덩이가 한 4~5m나 정도였나 안이기는 소곡(小谷) 웅덩이에 갈 때는 이상이 없었던 것이 올 때는 물의 무게가 있기 때문에 부비트랩을 밟아 버린 것이다. 뺑 하고 터지는데 안이기는 공중으로 떠 버리고 박살이 나고 말았다. 개중에 소대장도 얼굴에 부상당하고 나하고 지록이 선임병 박노근이하고 가 보니 사지가 갈기갈기 찢겨 볼 수가 있나.

우리가 압박 붕대를 감아 매고 있을 때 위생 하사가 와 보니 안이기가 입만 벌리고 다리고 몸뚱이가 갈기갈기 되고 헬기에 실릴 때 숨은 이미 멈추고 말았다. 참 아찔하지 전선에서 부비트랩 밟고 죽는 놈들 몇 놈 봤는데 하반신이 완전히 날아 가루가 되고 세계에서 부비트랩을 가장 잘 묻는 놈들이 베트콩이라고 정평이 나 있다. 그놈들은 옛날부터 프랑스군 일본군 각종 외세 침입에 그 부비트랩에 외세인들이 나가떨어져 많이들 당했던 것이다. 미군도 우리도 무수히 당한 걸 보면 차라리 적하고, 교전이나 하다 죽으면 원이나 없지 죽은 전우한테는 안됐지만, 이상하게 죽을 놈은 작전 가기 전에 꼭 이상한 짓을 한단 말이야. 소대장이 후송(매드 백)했으니 작전을 중단하고 그대로 철수하고 말았다. 소대에 들어오니 한 벙커에 있는 전우가 한 방에 가 버리니 박노근이 나하고 있을 때 안이기 하는 말이 훈장을 받으면 휴가 한번 간다기에 휴가가 아니고 영원히 휴가를 가 버린 격이지. 그래도 현충일이면 그 친구 국화꽃 한 송이 올려 주며 이기야~ 우리는 천천히 있다 갈게~

박병순 집에서 모임 있을 때

9.

　부상당하고 전사하고 우리 소대에 몇 명 보충병이 왔다. 나도 엊그제 배치받았지만 그래도 전쟁이란 게 무엇인지 알고는 있다. 오늘도 아침부터 작전이 시작돼 전후방 가릴 것 없이 여기저기 날아오는 우리 부대의 중심으로 방향도 알 수 없고 꽝꽝하고 터지는 박격포는 우리 포탄보다 짝짝 째지는 소리, 낮에도 조용한 숲속에 포탄이 마구 떨어지면 소름이 끼치는데 적의 총소리하고 우리 총소리는 확연히 다르지. 한참을 가다 내 앞에서 아군 총소리가 딱 한방 났다. 그러더니 어느 놈이 소리 지르고 쓰러져 있는 것이다. 절대로 적의 총소리는 아닌데 알고 보니 군인으로는 도저히 해서는 안 될 짓을 특히나 해병대에서 도저히 일어나서는 안 될 일이다. 덥고 힘들고 하지만 자기 발에 자기 총으로 부상을 내고 후송 가려고 우리 몇 명은 그냥 알았지만 그냥 눈 감고 말았다.

　참 그놈의 자식이 해병인데 그럴 수가 위생 하사가 가 보니 바로 자기 발이기 때문에 화상 입은 걸 그냥 알 수 있다. 이 하사는 화상 입은 것을 즉석에서 벗겨내 주고 바로 매드 백(후송)해 주었다. 만약 그대로 후송하면 그냥 알기 때문에 바로 영창감이지 사람을 죽이고 죽고 하는 전선이지만 자기 혼자 조그마한 부상을 일부러 당해 편히 후송 가려는 그 심보, 만약 지휘관이 안다면 그놈은~

　옛날 제2차 세계대전이나 6·25 때는 부상당하면 몇 명이서 들것에 들고 고생 많이 하지만 지금은 얼마나 현대전인가 어디서나 언제고 한 병이고 두 명이고 관계없이 부상당하면 헬기가 금방 오게 되어 있다. 적하고 우리하고는 하늘과 땅 차이지. 우리는 한참을 가다 야간 매복을 서게 되는데 이제는 매복도 한두 번이 아니고 주간 작전, 야간 매복하면 당황하지 않는다. 매복 준비를 다 하고 아마 깊은 밤 AM 1시 정도였을까 갑자기 수도 없이 박격포가 우리 진지로 마구 떨어지는데 저놈들이 우리 매복 지점을 정확히 알고 있는 것 같다.

우리는 숨죽이고 호에 철모 쓰고 머리 처박고 있는 게 상책이다. 한참 있다가 포 소리가 멈추더니 뭔가 약간의 인기척 소리가 난다. 아마도 VC지 싶다. 숨을 죽이고 한참을 유시하고 있노라니 몇 명이 우리 쪽으로 기어 오고 있다. 적이나 우리나 고도로 훈련받은 군인이고 저놈들은 게릴라전에 뛰어난 베트콩들이다. 우리도 숨소리 하나 없이 자라처럼 납작 엎드려 최대한 코앞까지 바짝 올 때까지 기다리다가 분대장이 발사 명령과 동시에 조명탄 띄우고 대낮처럼 밝지 그대로 방아쇠를 당기는데 얼마나 당기는지 몇 놈 쓰러지고 끌고 가고, 아마 뒤죽박죽이더라고. 적들도 우리한테 반격하느라 재수가 없는 놈은 뒤로 넘어져도 코가 깨진다고 그 총에 우리도 몇 명 당한 것이다. 조금 있으니 헬기가 바로 오는데 우리는 약 한 시간 정도 있다 살살 기어가 몇 놈 죽은 놈들을 확인하러 갔는데 우리 대원 몇 놈은 그놈들 호주머니를 마구 뒤지더라고 나는 별 관심 없고, 가지고 있는 무기라도 가지고 오려고 했더니 도망가는 놈들이 죄다 가지고 가고 없다. 무기는 별로 없고 죽은 베트콩뿐이고, 그냥 빈털터리로 오고 말았다. 그때 소대장은 누구인지 기억이 없고 내 동기생 박노근 분대장 얼굴은 살며시 기억하지만 그 외엔 별로 기억 못 한다. 정말 알고 보면 전선에서도 죽고 사는 놈은 팔자소관이다.

우리는 한 3일 정도 작전을 끝내고 중대 본부로 무사히 왔지만 그때도 몇 명 부상당하고 우리 전우도 몇 명 고별한 것 같다. 우리 분대나 우리 소대 아니면 부상자나 전사자나 별 신경 안 쓴다. 다음날 벙커에서 훌라하고 돈 내기를 하는데 웬 월남 지폐가 어디서 생겼느냐고 했더니 야 어젯밤에 벌었지 않아 아차 어젯밤에 호주머니 뒤진 놈들 참 기가 막힐 일이다. 그 순간에도 돈, 돈, 참 어이가 없더라고 아하~ 나도 그제야 알았다.

죽은 놈들 주머니를 왜 뒤지는지 이제 알겠더라고 그놈들은 VC들도 돈을 상당히 많이 가지고 다닌다는 것은 알았지만 죽은 놈 호주머니 뒤진 건 몰랐다. 우리 전번 문강신 소대장 소대 매복 설 때 물망에다 돈 몽땅 가지고 우리 앞에 죽은 놈 생각이 나더라고. 그 돈은 누가 몽땅 삼켰는지 죽고 사는 전선에서 돈이라면 사족을 못 쓴다. 암튼 그 돈이 어디로 갔을까 생각하니 이놈의 전선에서도 돈, 돈.

25중대 작전 중 호수마을

LVT맨하고 작전 중

10.

AM 7시쯤 중대 본부를 출발해 소대 작전으로 시작이 되었다. 국내로 말할 것 같으면 일 년 중 가장 덥다는 8월 초쯤 되었나 그날은 내가 후위 첨병을 서는 날이다. 장비는 한 짐 되지 날씨는 덥지 작전 중에 10분 쉬는 시간이 있다. 적의 별 저항도 없이 정해진 좌표대로 얼마만큼 갔는지 AM 10시쯤 10분간 쉬는 시간이다. 후위 첨병은 맨 뒤에서 따라오면서 후방을 경계하며 오는 게 후위 첨병이다. 보통 10분 쉬는 시간이 되면 그 시간은 은폐물을 찾아 그늘 밑을 찾기 마련이다. 나도 역시 은폐물 찾아 후미를 경계하면서 잠시 쉬었지.

그 순간 살짝 잠이 든 것이다. 그놈의 잠 때문에 몇 번의 죽을 고비를 넘겼는지 출발 신호를 못 듣고 있던 것이다. 바로 내 앞에 그 친구가 우리 동기생인데 도저히 이름이 기억이 나질 않아 동기생이라 참 친하게 지냈지. 바로 그 친구 뒤를 따라가야 할 내가 안 오니 나를 불렀던 모양이다. 나를 불러도 대답이 없어 내 은폐물 있는 쪽으로 살살 와 보니 참 어이없는 일이 벌어진다. 그 친구가 VC! 하고 소리쳤다. 나는 깜짝 놀라 눈을 떠 보니 여자 VC가 내 총을 막 잡고 있을 때 그 동기생이 소리를 지른 것이다.

한순간 그 동기생 안 왔다면 나는 영락없이 포로가 되거나 사살당했을 것이고 그렇다면 월남군에 생포되거나 현충원에 묻혔을 것이다. 그 여자 VC를 그냥 거기서 사살할까 했지만 바로 앞에 놓고 정말 방아쇠를 노서히 당기질 못했다. 그 동기생도 못 죽이고 그냥 우리는 분대장한테 데리고 갔다. 가는 도중 뭐라고 하는지 VC가 살려달라고 손으로 빌고 못 알아들을 말을 계속 지껄이는데 분대장 앞에 데리고 왔더니 분대장하고 김지록 선임병하고 나더러 계속 죽이라 다그치는데 하지만 방아쇠를 아무리 당겨도 손이 말을 안 듣는다. 바로 내 눈앞에 사람을 죽이라는데 그놈도 총을 들었다면 바로 사살해 버리지 근데 여자를 앞에 놓고 나더러 죽이라니 베트콩은 분명하다.

내가 못 죽이니 그 분대장이 바로 앞에서 사살해 버리더라 그래서 우리 둘은 얇은 구덩이에 넣고 나무 몇 가지 덮었다. 그 VC는 후위 첨병인 나를 계속 미행했던 것 같다. 참 한순간 내가 죽을 수 있는데 우리 동기생 때문에 지금 살아 이 글을 쓰고 있네. 그 친구 얼굴은 선명하게 기억하는데 이름이 도저히 기억 안 나 내가 그 친구를 찾으려고 해도 찾을 수가 있나. 그 친구는 전북이 고향이라는 것만 알고 동기생인 것은 확실한데 지금 죽었나 살았나 어떻게 찾을 길이 없다.

우리는 그길로 작전은 계속되어 어느 마을을 수색하는데, VC로 보이는 남녀 열 몇 명을 잡아 그때는 작전이 끝나갈 무렵이다. 몸을 수색해도 아무것도 없지만 그래도 작전구역이기 때문에 이들을 그대로 놔둘 수는 없지. 그렇다고 사살할 수도 없고 또 죽이자니 한두 놈도 아니고 죽이면 구덩이 파묻어야지 어떤 전우들은 이들이 부비트랩 묻고 설치하는 놈이니 사살하자고 하지만 그래도 죽일 수가 없어 중대로 끌고 들어왔다.

중대에도 월남어 하는 통역관이 있기 때문에 통역해 봤지만 자기들은 VC가 아니라고 하지만 우리가 볼 때 분명 VC는 맞다. 아마 중대에서 대대 본부로 포로로 넘긴 것 같다. 아무리 포로라도 앞에 놓고 죽이란 건 우리도 죄악이다. 분명히 말하면 살인이나 다름없다. 정말 도저히 죽이지 않으면 안 될 때는 눈 감고 당겨 버린다. 이게 여기서 글로 표현해서 그렇지 참 전쟁이란 건 얼마나 참혹한가. 옛날 우리 6·25 때도 경남 어디서 아군이 우리 민간인을 빨갱이로 간주하고 얼마나 많이 죽였던가. 민간인을 죽인다는 것은 아무리 공산주의자라도 분명 살인이다. 우리도 타국에서 민간인을 죽이기도 하지만 그건 분명 민간 베트콩이다. 그놈들이야 게릴라전이라 민간인복 입고 총 들면 베트콩이고 총 버리면 민간인이 된다.

아무리 그렇더라도 총 버린 민간인 죽이기가 그렇게 쉽지 않다. 바로 옆에 총 놔두고도 우리는 민간인이라고 하니 참 기가 막힐 일 아닌가. 그래, 죽여야지, 죽여야지 하면서도 막상 앞에 민간복 입으면 방아쇠 당기는 게 그리 쉽지 않아.

1968년 중대 본부 앞 25중대 부중대장과 대원들

11.

오늘은 안부 전화를 하니 하는 말이 그때 차라리 죽었으면 이렇게 고통이 없을 텐데 얼마나 고통이 심하면 그 말을 할까 그렇게 말한 김지록 씨 나 역시 그런 생각을 가끔 한답니다. 나이가 들면 기본이 암인 것 같아 그 친구는 전립선암이고 난 폐암이고 누구나 다 한 번은 죽기 마련일 걸 어찌하겠소. 우리가 얼마나 더 버티고 살아야 할지 그래서 누워 있는 전우들을 부러워할 때도 있지요.

우리 소대가 작전 갔다 온 지가 3~4일밖에 안 되는데 벌써 분대 매복을 나가라니 분대장이 오늘 밤 매복의 첨병은 나더러 하라는 것이다. 저녁 식사를 하는 둥 마는 둥 야간 매복 준비하느라 정신이 없었다. 어두컴컴할 때 매복을 나가기 위해 얼굴 포함 전신을 위장하고 한참을 기다리다 오늘 밤 나갈 좌표를 자세히 분대장이 분대원들을 모아놓고 상세히 설명한다. 나에게는 특히 좌표를 자세히 설명해 주며 내가 첨병이라 긴장도 되고 분대장이 지시하는 대로 중대 본부를 출발했다. 장비를 잔뜩 메고 나를 위시에서 매복 지점으로 출발했다~~

한참을 가다 느낌이 이상해서 손짓하며 '앉아'라는 신호를 했더니 풀잎같이 사뿐히 전후방을 봐 가며 잠시 앉은 자세로 전방을 살피고 다시 출발했다. 야간 매복 첨병은 처음이라 왠지 감이 이상하다. 한참을 가다 풀잎이 무릎 정도까지 자라 있는 길을 헤쳐 가는 중 야간에는 보이지 않은 실처럼 부비트랩은 거미줄처럼 줄로 있다는 것은 머릿속에 익히 알고 있다. 절대로 눈에 보일 수가 없지. 무조건 옷에 걸리면 바로 작살 난다. 정말 한 발, 한 발 온~ 심혈을 다해 앉았다 다시 가고 또 앉았다가 가고 반복을 몇 번 했는지. 이름 모를 벌레 울음소리와 온 세상이 움직이는 초식동물들 잠을 자야 할 이 시간에 목숨을 걸고 허허벌판에 분대원의 목숨을 담보로 맨 앞에 사뿐사뿐 한 발, 한 발 온 몸뚱이는 땀으로 범벅이고 아마 매복 지점이 다 왔지 싶다. 목적지에 다 왔는데 이상하게 예감이 좋지 않아. 내 옷에 감각이 앞발에 슬그머니 닿는 기분이 금방 부비트랩으로 직감적으로 판단하고 뒤로 연락을 했고 옷하고 부비트랩하고 딱 닿아 있는 느낌이다.

참 아찔하다. 조금만이라도 건드리면 천지가 진동하면서 나는 죽음의 꿈속으로 영원히 갈 것이고 어찌할꼬, 나는 꼼짝 않고 분명 부비트랩 줄이라고 나지막한 육성으로 뒤 분대로 전하고 앞뒤를 보니 줄이 사방에 육감으로 깔아 있다는 것으로 생각하고 옆이고 완전 지뢰밭이구나. 그대로 앉지도 못하고 서 있으면서 뒤로 연락을 해도 아무 소식이 없어 뒤를 쳐다보니 우리 분대가 한 놈도 안 보인다. 참 이상하다. 내가 목적지를 잘못 찾았나 하고 생각도 잠시 했지만 그건 아니다. 나는 움직이지도 않고 어떻게 해야 하나 이 줄을 조금이라도 건드리면 난 뼈도 못 찾는다.

한참을 생각하다가 그래도 뒤로 또 나지막한 소리로 불러 봤다. 아무리 불러도 인기척도 없고 왜 그럴까 그래도 내가 부비트랩에 걸려 있으니 어떻게 하는 방법이라도 알려줘야 할 텐데 혼비백산하고 좌우로 아무리 봐도 우리 대원은 몇 번을 나지막한 소리로 불러도 어느 놈 하나 인기척두 없이 참 환장할 노릇이고 땀은 비 오듯 흘러내리지, 아 그때야 나 혼자 해결할 수밖에 없는 실정이다. 누가 도울 수도 없고 앉지도 못하고 그렇다고 내가 마음대로 움직일 수가 있나. 내가 죽기 일보 직전이구나.

부비트랩 밟아 수도 없이 가는 전우를 한두 번도 아니고 이제 내 차례구나, 온몸은 바들바들 떨리지 참 난감한 순간들. 한참을 헤매다 혼자만이 외로이 어떻게 해야 살아갈까 그렇게 가만히 반 엉거주춤하는 사이 눈으로 그렇게 어두운 밤이라도 그 줄이 희미하게 보이더라고 참 기가 막힐 일이지. 그래서 발을 살며시 빼고 옆으로, 뒤로 참 귀신도 빠져나오기 어려운 꼼짝 못 할 지경 그래도 어떻게 내 눈에 줄이 보이다니 요리조리 줄을 피해 빠져나왔는지 생각도 기억도 없다.

나하고 같이 온 전우들은 인기척도 없고 정말 전우애라는 것은 전혀 없는 놈들! 세상에, 이럴 수가 있을까 분대장이고 전우이고 개새끼들이라고 그렇게 한참 뒤로 오는 길로 왔더니 참 이상하지 뒤로 아무리 와도 한 놈도 안 보이고 그 장비 메고 어떻게 기어 나왔는지 한참을 오다 보니 어디서 야 하는 소리가 귓전에 약간 들리더라. 총구를 돌리면 방아쇠를 당기려고 할 때 보니 분명 아군 목소리다. VC가 내 이름을 알 리는 없을 것이고 야 이 개새끼들 봐라. 은폐물에서 숨어 내가 어떻게 죽나 하고 구경하고 있었던 모양이다. 분대장한테 내가 하는 말이 전부 쏴 죽이고 싶다고 했더니 가부간 말 한마디 안 하더라고 그래서 지금 있는 곳에서 매복을 시작했다. 밤새도록 잠도 없고 다를 때 같으면 못 견딜 정도로 잠이 오는데 매복하면서 별의별 생각이 다 나더라고.

우리는 매복을 끝내고 중대로 무사히 귀환했다. 소대에 오니 분대장이와 좀 미안하게 생각하는 것 같더군. 그리고 자세히 설명을 하는데 야 생각해 봐라 네가 분대장이라도 그럴 수밖에 없을 것이다. 왜냐하면 그 부비트랩은 누가 도울 수 없지 않아 그러니 넌 섭섭할지 몰라도 우리 대원은 다치지 않아야 할 것 아니니. 죽으면 너만 죽지 다른 대원 다칠 수 없

지 않아. 그래서 뒤로 한참 빠진 것이지 등을 치면서 연신 미안하다고 하
는데 말을 듣고 생각해 보니 이제야 이해가 가는 기분이다. 살 놈은 그
어두운 밤에도 부비트랩 줄이 눈에 보이고 죽을 놈 같으면 거기서 난 가
루가 되었겠지. 은근히 승리의 쾌감이 들었다. 아, 나는 살아갈 수 있구
나. 지금까지 죽을 고비가 한두 번이 아니지 그 자리에 꼭 죽어야 할 장
소에 용케 살았다는 게 참 이상할 정도이다?

먼저 간 전우 앞 묵념하는 장교의 모습

12.

오늘은 중대 작전이 시작이다. 이 또한 2열 종대로 첨병을 서는데 우리 2소대가 맨 앞에 내가 첨병인 맨 앞줄에 약 6~7m 앞서간다. 더 멀리도 앞서갈 수도 있지 사항에 따라 어디를 가나 적에게 노출이 되어도 절대로 첨병은 건드리지 않는다. 그건 우리나 적이나 첨병의 상식이다. 왜냐면 첨병이 지나가고 나야 본대가 오기 때문에 항상 전투가 벌어지면 첨병이 지나가고 본대가 올 때 전투가 시작된다. 우리도 적의 첨병은 절대로 건드리지 않는다. 자기 앞 직선으로 들어올 때도 최대한 기다린다. 부비트랩만 조심하면 오히려 첨병이 더 안전하다고 볼 수 있지.

한참 작전을 하다 각 소대끼리 분리되어, 우리 2소대는 다른 방향으로 작전이 따로따로 분리되어 가게 되었다. AM 11시쯤일까 가다 쉬다 반복해 가며 근거리에 쪼그마한 절로 보이는데 약간은 허술하기도 하고 그래 우리 소대 정지를 시키고 서너 명이서 절을 한참 수색해 가며 보니 사람 산 흔적이 여기저기 보이더라고. 조심조심 절간을 뒤지다 물론 식량도 나오지만 항아리를 열어 보니 술이다. 금방 술이란 걸 알 것 같은데 월남 남주이다. 혹시 독이라도 탔나 생각도 해 봤지만 우리 대원이 조심히 살살 ~~ 마셔 보더니 독하지만 그래도 시원하기도 하고 나도 한 잔 마셔 봤지 우리 다 한 잔씩 마셔 보고 괜찮고 그래서 바로 몇 잔씩 했다 취하는 건 뒷전이고 수통에 물을 다 버리고 술을 잔뜩 담아 살살 ~~ 기어 나왔다.

거기서 몇 잔씩 먹었으니 취기가 상당히 오더라고 뒤로 보고하기는 뭐 아무것도 없다고 했더니 그대로 지나치고 말았다. 나는 명색이 첨병인데 술에 점점 더 취하고 나뿐 아니라 같이 먹던 대원도 모두 건들거리고 한 참을 가다 10분 쉬는데 술에 제법 취하고 다시 출발하니 장비는 무겁지 술 먹은 놈들은 모두가 취해서 건들거리는데 그래도 옆에서는 눈치를 못 채고 그런데 그 순간 어디서인지 AK자동소총이 따다닥 쏘아붙이는데 뭐 술 취한 놈들이 제일 먼저 어디로 튀어 버렸는지 비호같이 뒤를 보아도 한 놈도 안 보이고 앞을 유시해도 적은 안 보이지 본부로 연락해 우리 앞에다 포를 유도하고 총소리가 난 쪽으로 81mm로 마구 쏘아붙였다.

한참을 때리고 나니 조용해서 앞을 유심히 봐 가며 전진을 했었다. 그 때 그렇게 술에 취한 대원들이 멀쩡하고 참 그렇게 술에 취해 건들거리고 해도 총소리 한 방 나니 술 안 처먹은 놈들보다 동작은 더 빠르고 갑자기 취기가 전혀 없고 참 이상하다. 그렇게 술에 취해 첨병을 서면서 취했다고 혼이 났지만 말하자면 음주 작전하는 거지 알고 보면 이건 음주 운전보다 열 번, 백 번 위험하지 지금 국내에서 음주 단속한다고 하지만 음주 작전 단속하는 이는 없을 것이고 만약 잘못되면 그냥 한 방에 가 버리는 것이다 그렇게 술을 먹고 첨병을 설 수 있을까. 철모르는 20대 초반, 죽을지 살지 생각도 못 해 보고 건들거리며 첨병을 선다는 게 지금 생각하면 지옥 직행 길이지. 그래도 살 놈은 산단 말이야 우리 서너 놈 술 마셔도 총소리 몇 방에 그 취한 술이 단번에 깨고 나뿐 아니고 다들 멀쩡하더라고 술에 취해도 삶이 얼마나 강한가. 아무리 술에 취해도 자기 죽을 거 같으니 정말 비호같더군.

우리는 한참을 가다 목이 말라 수통에 물을 마시려고 수통 뚜껑을 열고 먹었던 이게 술이고 아까 수통에 물을 다 버리고 술 담은 기억이 없어 참 어찌할꼬. 옆에 놈도 다들 그러지 전선에서는 무기는 없으면 나눠 쓰고 C레이션도 나눠 먹지만 물은 안 준다. 또 될 수 있으면 남에게 물 달라 말은 잘 안 하지 자기도 목이 마른데 줄 리도 없어. 술과 물은 확연히 다르지 아무리 목이 마르다고 그 독한 남주를 마실 수도 없고 수통이 두 개나 되는데 두 개 다 술을 담았으니 목이 말라도 참고 견디는 수밖에 없다. 누구나 그때쯤이면 다들 물이 떨어지기 마련이지 한참 있으니 LVT에서 물이 보급되고 남들은 수통에 물을 담느라 정신없는데 아무리 물이 좋더라도 그 아까운 술을 버리지 못하고 그래서 아까 술을 먹었던 놈들끼리 모여, 야 우리 셋 중에 한 사람만 술을 버리고 물을 담자고 했더니 다들 안 버리려고 하는데 그럼 술이 여섯 개니까 두 개를 버리고 나머지 술은 공동으로 부대 들어가면 나눠 먹자고 제안을 했다. 그래서 내 후임병이 술을 버리고 물을 담기로 합의를 했다.

우리는 하룻밤을 작전 지역에서 보내고 다음 날 부대에 들어왔다. 부대에 들어오니 술이 얼마나 인기가 있는지 미처 몰랐다. 내 수통에 담긴 술로 우리 분대 회식을 했지 대원들이 물어 보더라고 그래서 어제 그 절에서 갖고 왔다 했더니 야 우리도 좀 부르지, 야 작전 지역 소대장이나 알면 안 되지 않아 그래도 전부 섭섭하게 생각하더군. 그래서 우리는 즐거운 남주로 회식을 멋지게 했다. 아무리 술에 취해도 총소리 한 방 나니 비호 같던데 나 자신이 믿기지가 않고?

충청도 영동에서

13.

 사선을 넘나드는 전선에서도 즐거움이 있고 단 하루라도 아니 단 한 시간이라도 긴장을 놓을 수 없는 때에도 쾌감과 승리감 터놓고 말할 수 있는 전우들. 나름대로 젊음을 만끽할 수 있는 그때 전우들의 모임이 있을 때마다 그 시절에 젖어 깊숙이 빠져 버리는 전우들 지금의 사회는 삭막하고 전선에 전운이 잡아 돌듯 냉정한 사회 가끔 TV를 보면 나이 들어 황혼 이혼을 하는 것을 보고 얼마 전까지만 해도 저런 미친놈들이라고 도저히 이해를 못 했건만 그 불똥이 내 앞에 온다는 거 누구나 나이 들면 올 수 있다는 거.

 가끔 수영강에 운동 나가면 내 나이 되는 이들이랑 어울리게 되면 썩 원만한 가정이 쉽지 않았다. 아~ 내 가정도 황혼이란 그 무서운 그림자도 가끔 눈에 보이며 여성이 사회적으로 지위가 높아지면서 경제권도 갖게 되어 내 나이 된 이들은 나부터 극복하지 못하여 황혼기를 이겨내지 못하고 서로 독거노인이 되는 이들이 의외로 많이 있다. 그놈의 내 주둥이를 재봉틀로 봉하던가 둘 중 하나의 주둥이는 용접해 버리던가 정말 속상해요~?? 가정의 행복은 인내이다. 인내를 세 번만 하면 가정은 행복할 수밖에~~

세상이 널 버렸다고 생각하지 말라.

세상은 널 가진 적이 없다.

어느 인생이나 잘못 태어난 인생은 없느니라.

딸자식 부모 품 떠나 어느 세월인지 기억도 없이 갈수록 병마와 시달리다가 하나 가 버리고 나머지 하나는 외로움과 슬픔을 이겨내지 못하고, 해서는 안 되는 자살로 억지스럽게 인생을 마감하는 이들이 어찌 보면 이 사회의 노령화가 짚고 넘어가야 할 짐이려니~~?

사회에서는 살인하면 사회 최대의 적이다. 전선에서는 옆 전우가 죽어가도 그때 그 순간뿐이지 도망가는 적을 보고 사격을 해서 나가떨어지면 그것같이 쾌감이 어디 있겠어. 적을 죽여야 내가 살고 몇 놈 죽여 놓고도 긴장을 풀지 못해 군대에서도 잔인하다고들 하지만 전선에 오래 기다 보면 나도 몰래 잔인해지고 적 하나 해치우고 나서도 눈 하나 깜박 안 한다. 신병 때에 사람 죽이라면 죽이겠어 개도 못 죽이고 마는데 아무리 훈련을 받고 또 받아도 실제 전선에서 죽이고 죽여 봐야 ㅣ도 몰래 잔인성이 나고 아마 신병들한테 적 잡아 놓고 죽이라고 하면 눈 멀뚱멀뚱 뜨고 있는 사람 죽일 수 있겠어 아무리 지휘관이 죽이라고 해도 못 죽인 전우들이 얼마나 많은데. 죽은 자는 신도 용서 안 해 죽이고 살아야 신도 용서하지.

144

14.

귀신 잡는 해병이라 적탄이 날아오는 전선에서 바윗덩어리라도 궁둥이로 비벼 파고들어 가면 바윗덩어리도 견뎌 내지 못하고 삶에 대한 욕망이 얼마나 깊고 강렬한지 누구나 죽음 앞에는 비굴하다. 대낮에 첨병이 지나가고 본대가 들어오니 본대에 집중사격이 시작됐다. 참 이상하지 그렇게 우수수 집중사격을 받아도 총알이 사람을 피해 간다. 저놈들은 사격을 잠깐 하고 바로 우리 155mm 포가 집중사격을 하니 금방 자리를 뜨기 마련이다.

그렇게 살려고 몸부림치다가 한 방 맞은 얼굴 보면 마음과 몸이 축~~ 처져 정신을 놓아 버린다. 뭐, 영화에 보면 총을 몇 방 맞고도 용감하게 뛰고 같은 전우에게 말도 남기고 정통으로 맞으면 말 한마디 못 하고 가 버린 것을 살아 있을 때 그렇게 살려고 가진 힘 다해 이리 뛰고 저리 뛰다가 한 방 맞으면 그 자리서 말 한마디 못 하고 가 버린다. 자기 분대 전우라도 부상당하고 매드 백 해 버리면 살았는지 죽었는지 그 이후는 별로 생각 안 한다. 소대에서 누가 전사했는지는 알 수 있지만 한 중대에서 몇 명 가도 우리 사병은 잘 모르지요. 가끔 살아 있을 거라고 생각도 하지만 현충원에 팻말이 있는 거 보고 아 저 친구가 죽었다는 걸 알게 될 때도 있지 그건 수십 년 흘러서~~

그날 밤 우리는 매복을 하는데 주간 작전도 그렇지만 특히 매복은 전후방이 없다. 그러니 항상 원형으로 매복하며 야심한 깊은 달밤에 달이 얼마나 밝던지 개미 한 마리도 보일 정도다. 철수할 무렵에는 오히려 달

145

이 넘어가기 때문에 어두컴컴할 때 철수를 마~악하려고 할 때 어디인지 적의 박격포가 와장창 우리 매복지로 마구 떨어지는 것이다. 박격포의 공세에는 몸을 피할 길이 없다.

한참 적의 포탄 속에 쥐구멍에라도 들어가야 할 판에 전후방 경계할 겨를이나 있겠어. 모가지 깊이 처박고 포탄 멈출 때까지 꼼짝 안고 있으니 뭐가 앞에서 신음을 낸다. 아니나 다를까 살금살금 기어가 보니 둘이나 당했다. 이번 작전이 마지막이라고 하면서 귀국길에 오른다고 좋아하던 전우가 쓰러져 있는 것이 아닌가. 둘이나 맞고 작살 났으니 죽은 자는 말이 없다. 우리는 은폐물에 바짝 붙어 적이 올 때까지 기다리다가 칠흑같은 어둠 속에 VC가 상당한 병력이 기어들어 오는 것이다. 최대한 앞까지 올 때까지 기다리다가 크레마 터트리고 조명탄 쏘아 올리고 번갯불에 콩 볶듯이 앞에다 얼마나 볶아지는지 야, 우리는 귀신 잡는 해병이다. 그때는 살겠다는 욕심이 아니고 우리도 몇 명 갔는데 목숨 따위 생각할 겨를이 있겠어. 전쟁이란 건 긴장이 풀리고 적이 안 보일 때 무섭고 두렵고 막상 붙으면 서로 죽고 죽이는 잔혹한 것 아니겠는가.

한 30분 정도 총성이 멈추고 조용할 때 앞에 살살 기어나가는데 그 순간에도 죽은 놈들 호주머니 뒤지느라 정신없는 전우 참 생각하면 아찔하지 원래 죽은 자는 말이 없다. 전쟁터에서 죽어 봐야 신도 용서 못 한다. 어떻게 된 판인지 꼭 무기는 갖고 달아난단 말이야. 지금까지 많은 전우가 전사하거나 부상당해도 이렇게까지 마음이 아프지 않았는데 정말 내 마음이 찡하더라고. 누구나 전선에 싸우다 죽을 수도 있지만 어찌 그럴 수가 있을까. 보통 귀국이 얼마 남지 않으면 작전도 매복도 아량으로 열외를 해 주는데 정말 맘이 아프더라. 매드 백 했으니 솔직히 죽었는지 살

앉는지는 알 수 없지만 정말 죽고 사는 건 전선에서도 팔자소관이란 게
뼈저리게 느껴지더라.

   언젠가 동작동 현충원에 묻혀 있나 봤지만 이름이 기억이 없어. 전선
에서도 요지경이라고 산 자는 뒤도 보지 않고 기어들어 오고 중대 들어
와서는 언제 죽이고 죽고 했는지 금방 까마득히 잊어버리고 죽은 자와
산 자는 백지장 한 장 차이지만 영원히 잊어버리고 지금 와서 가끔 적어
놓은 일지 그리고 그때 사진들 전부인데 기억이 생생한 것들은 이렇게
늦게나마 한 수 엮어 보지요.

대전 현충원 장군 묘 앞

147

내전 현충원에서

15.

 작전 나가서 좀 구질구질하더라도 적하고 덜 부딪치고 살아나갈 방법이 있다면 살고 봐야 한다. 최명신 주월 사령관 하셨던 말씀이 기억난다. 적 열 놈을 놓치더라도 우리 아군 하나가 다치지 않아야 한다는 것이나.

 월남인들은 사상이 정말 불투명하고 공산주의와 민주주의 구별을 못하는 것 같아. 형제간이라도 하나는 VC고 하나는 월남군이고 선진국 사회에서는 사상은 죄가 아니라고 한다. 우리나라는 동족끼리 사상이 달라 피를 흘리며 6·25가 일어나고 아무리 사상이 자유라지만 북한에 공산주의는 완전 일당 독재이고 나머지는 우두머리를 위해서 목숨을 바치는 공산주의 전쟁은 우두머리 몇 사람 때문에 일어나기 마련이다. 제1차 세계대전이나 제2차 세계대전도 다들 몇 사람 때문에 기록 영화를 보면 어찌나 그렇게들 잔인한지~~ 제2차 세계대전은 독일과 소련이 점령지에 병원 부상병까지 사살해 버리는 잔인성이 엿보인다. 전쟁에서 지면 신도 용서를 하지 않는다는데 모두 죽이는 게 능사인지.

 이제는 우기철이기도 하다. 날씨가 항상 찌뿌드드하고, 수시로 가랑비가 내리고, 적의 공세가 만만치 않다. 나 역시 오늘 첨병을 서며 앞서 우리 소대와 거리를 두고 주간 작전하는 중 지금 생각하니 중대장 이름이며 소대장 분대장까지 기억이 희미한 안갯속이다. 우리 동기들은 기억이 나지만 그마저 희미하고 기억이 없다. 어렴풋이 기억나는 게 또 절간 같은 게 보인다. 작전 중 집이나 건물이 있으면 반드시 수색을 하게 뇌어 있다. 나는 뒤로 연락해 또 절이라고 하는 곳을 수색하는데 아니 또 남주가 보인다.

이제는 한 번 경험이 있기 때문에 조심히 술맛을 내가 먼저 보니 이건 또 남주다. 몇 잔씩 마셔 가며 우리 4명은 수통에다 저번같이 물을 버리고 술로 가득 채워서 나왔다. 소대장과 분대장한테는 별 이상이 없다고 둘러대고 그래도 한 잔씩 했으니 덤덤하지만 날씨가 우기철이라 견딜 만하다. 한참을 가다 어느 마을을 수색하면서 또 민간인 듯 열 몇 명 이상을 잡고 몸수색을 하고 끌고 나왔다. 그곳은 민간인이 있으면 안 되는 곳이다. 그 지역은 VC가 아니면 첩자들이나 오히려 그 첩자들이 더 무섭다.

이리저리 쳐다보니 뭐라고 하지만 월남 통역관이 없기 때문에 손짓, 발짓을 하며 우리는 소대장한테 보고하고 중대 본부로 소대장이 보고하는 모양이다. 제대로 보고가 됐는지 안 됐는지 죽이라는 것인지 포로로 할 것인지 아무리 기다려도 돌아오는 대답은 없다. 근데 한두 놈이 어디서인지 얼굴이 구면인 것 같아. 내가 월남에서 아는 놈은 없는데 자꾸 얼굴이 익어 가만히 생각하니 앗 참 저번에 포로로 잡힌 놈이다. 그놈도 나를 보고 얼굴을 숨기는 기색이고 포로수용소에 있어야 할 놈이 여기 있으니 참 기가 막힐 일이군. 당장 죽이고 싶더라고. 분대장이 하는 말이 이 놈들은 생포하면 부대로 넘겨 월남 경찰에 넘긴다고 하더라고. 거기서 대강 벌금이나 약식으로 재판을 받고 나온다고 하더군. 참 한국 같으면 총살이나 평생 감옥에 갈 놈이 다시 나와 VC를 하다니 그래서 많이들 죽인다고 하던데 우리가 봐서는 애들이다.

우리 대원은 그놈들을 포로로 삼으면 또 나온다고 하니 죽이라고 끌고 나와 앞에 놓고 죽이라고 하는데 죽일 수가 있나. 몰래 보내 버릴까 참

150

기가 막힐 일이다. 알고 보면 이놈들이 부비트랩 같은 지뢰 전문가들이 틀림없다. 분명 VC는 틀림없는데 정말 앞에 사람 놓고 도저히 방아쇠를 당길 수 없어. 적과 교전할 땐 죽이고 죽고 하지만 정말 사람 앞에 놓고 방아쇠 당기는 게 쉽지 않아. 근데 갑자기 우리가 순간 설마 도망가리라고는 전혀 생각을 못 했다.

바로 옆 능선에 대밭이 있는데 그때 앞에서 도망가는 거야. 그래서 서라, 서라 몇 번 해도 튀는 거다. 김지록, 나, 분대장하고 누가 명령하는 것이 아니고 바로 방아쇠를 당겼다. 야, 이놈들 튀는 데는 정말 도가 튼 놈들이다. 아마 4, 5m 되었을 것이다. 몇 놈 꺼꾸러지고 3명은 도망가 버리고 방아쇠를 얼마나 잡아당겼는지 우리 소대에서는 교전이 붙는 줄 알고 포로가 도망간 놈 몇 놈 잡았습니다, 내가 알기로는 8명 죽고 3명 놓친 것 같다. 참 한순간이다. 아마 우리 생각에 저번에 한 번 잡혀 와서 죽일 것 같으니 튀는 것 같아. 암튼 앞뒤 경계를 하면서 이놈 3명이 도망갔으니 우리도 잽싸게 자리를 옮겼다. 우리 서너 명이서 해치웠는데 자식들 도망만 안 갔더라도 죽이지는 않았을 것인데.

그놈들 무기라도 있어야 전과라도 올리지 이 자식들 무기는 우리가 오니 죄다 감춰 버리고 없다. 죽은 놈들 대강 나뭇가지로 덮어 버리고 사실 그놈들을 어디 땅에다 묻을 시간도 없이 우리가 잡혔다고 생각해 봐. 우리보다 한술 더 뜰 놈들 죽어도 싸지. 가끔 김지록 씨하고 통화하면 그때 그런저런 생각에 술로 살았다고 하더라고. 사람은 아무리 적이라도 바로 앞에다 놓고 죽이는 일은 없다. 전쟁터라지만 도망가지 않는 이상은 죽이지 않는다.

취기는 있지만 작전을 계속했지. 술은 취하지 건들거리면서도 어디서 총 한 방 날아오면 번갯불보다 더 잽싸게 어디 바위틈에라도 비비고 들어간다. 여기 한국 같으면 음주운전하는 식이지 나중에 밤이 되니 술이 상당히 취하더라고 그래도 날씨가 선선하기 때문에 옆에서는 알 수가 없다. 우리 몇 놈 수통에 술 넣어둔 놈들은 살살 마셔 가며 뭐 안주 C레이션 있겠다, 그날 밤 매복을 넓게 잡고 분대장한테 술 있다고 했더니 그럼 같이 나눠 먹자기에 한 잔씩 해 가며 야외 작전이라 판초도 치고 은폐물에 기대고 잠도 잘 수 있어 C레이션이나 A레이션 까 가며 푸근히 한 잔씩 했지. 나도 아주 고참이 돼 후임병들하고 한잔하면서 다들 술 못 먹는 해병은 없어 보인다. 그래도 사회에서 한 가닥씩 하는 놈들 아닌가 술 못 먹는 전우는 없다.

작전이란 게 적하고 대치하고 있을 때 매복 서다 몇 놈이 걸리면 집중 사격을 해서 꼬꾸라지면 그것같이 통쾌할 수 있나. 전쟁터에서는 사람 죽이는 게 허락되지만 그래도 사람 앞에 놓고 죽이라고 하면 누구나 잘 못 죽인다. 어느 놈들은 바로 앞에다 놓고 총으로 긁어 버린 친구도 있지만 아무리 적이라도 앞에 놓고 죽이기엔? 그래도 잘들 죽인 놈들도 여러 번 봤다. 지휘관이 훈장에 눈이 멀면 자기 부하가 다치기 마련이다. 가끔 그런 소대장도 있더라고 어느 지휘관은 부하 목숨을 자기 목숨처럼 하는 이도 있지만 혹 그때 하사관 몸이 호리호리하고 눈이 크고 도저히 이름이 기억이 없어. 우리는 지금도 25중대 그 대원들이 기다리고 있답니다.

대전 현충원에서

16.

아침에 할 일이 없으니 늦잠을 자기 마련이다. 8시 경인가 갑자기 핸드폰이 울리기에 별로 신경 쓰지 않고 있다가 한참 동안 계속 울리기에 봤더니 아니 중대장님 아닌가. 첫 마디에 야 오늘 너하고 즐거운 대화를 하면서 하루를 보내려고 한다. 그래 너의 건강은 어떠냐고 네가 폐암 수술했으니 우리 대원들은 다들 나에게 전화하면 별일을 제쳐 놓고 나의 건강 먼저 물어보지, 뭐. 우리 나이에 어느 누구 약 안 먹는 이 있겠어.

다들 칠순이 넘거나 팔순이 다들 눈앞인데 내가 25중대 근무하며 작전하면서 生과 死를 넘나드는 전선에서 느낀 점이 전투에서도 죽는 게 정해진 것 같다. 아무리 총알 밭에서도 살 놈은 살더라, 총알이 사람을 피해 간다는 거. 죽을 놈은 작전 안 나가고 방석에 있어도 총 맞고, 포탄 맞고 죽는 경우를 한두 번 보았나. 역시 사람의 목숨은 운명에 달렸다는 것을 전투하면서 뼈저리게 느끼지. 혹, 훈장에 눈이 먼다든가 전과를 올리는 욕심이 있다든가 하면 그 친구는 유심히 보면 꼭 가더라고. 술에 취해 건들거려도 살 놈은 살아.

지금도 우리는 해후하는데 나는 작전 중에 그렇게 술 처먹고 첨병을 서 가며 부비트랩 건너뛰어 용~하게도 살아 부상 한번 안 당하고 지금 생각하니 목숨을 걸어 놓고 生과 死를 넘나든 게 즐거운 추억이고 지금도 만나면 50년 전 죽음의 그늘 속에 살아온 이야기들이 한잔 걸치면 어렴풋이 기억을 더듬어 얽고 술에 취하면 그때 그 시절에 작전했던 일들을 가지고 서로 네가 잘했네, 내가 잘했네 하고 얼굴에 불 켜면서 혼자 작전 다 한 것처럼, 특히 통신병은 우리보다 정보를 알기 때문에 자기들이 작전 다 한 것처럼 작전에 첨병 한번 안 서 본 친구들이 아는 척을 더 하더라고. 암튼 그 추억이 가기 전에 모두 모두 건강하기를 두 손 모아 빌어 마지않습니다. 이 글을 보신 분이나 혹 25중대 근무했던 이들 연락 바랍니다.

중대장님과 전우들 서울 현충원에서

17.

나는 정들었던 25중대를 떠나 대대 본부로 우연히 가게 되었다. 거기서 약 일주일 정도 편한 밥 잘~ 먹고 할 일도 근무 설 일도 없고 있을 만했다. 그때가 1969년 2~3월인가 기억은? 옛날 우리 소대장 문강신을 만나 우리한테 그렇게 모질게 했지만 그래도 반갑더군. 나는 사회에서도 한번 만났는데 나는 반가운데 자꾸 피하는 것 같다. 자기가 군대에서 양심의 가책을 느낀 것 아닌가 싶기도 하고 그래도 반가워했지만 자기가 피하는데 어쩔 수 없지.

나는 일주일 정도 있다가 27중대 106mm 무반동총에 배속빈았다. 다들 내가 빽이 있는 줄 알고 있다. 여기는 하사관 하나와 나와 둘이다. 나도 소총 소대에서 길~만치 기고 왔는데 나의 상급자니 또 나는 졸병이지. 작전 네다섯 번 했던가 하고 귀국한 것이다. 그래 혼자 한 이틀 있으니 육동근이란 하사관이 왔더군. 군대 생활로 따지면 한참 후임이지만 그래도 해병대 하사 아닌가. 육 하사하고 간단한 인사 정도 나누고 나한테 말을 못 놓더라고 항상 나를 부를 때 이 수병 하고 근데 106mm는 아무것도 모르고 그래 내가 사수하고 하사관이 부사수하고 첫 작전을 나가는데 독사 중대장이라고 소문이 자자하더군. 그 중대장은 106mm를 가만히 놔두질 않아. 27중대는 LVT에다 106mm를 싣고 나가는 부대였는데, 의심스러우면 무조건 쏘라고 했지만 정작 작전에 나가서는 하사관이 모든 것을 알아서 하는데 시시콜콜 간섭하다니 원래 작전에 나가면 지시는 받지만 아주 심할 정도다.

내가 그 106mm 때문에 양쪽 귀가 장애가 되고 말았다. 작전만 나가면 중대장이 그렇게 사람을 가만히 있는 걸 못 보는 습관이라 106mm 쏴야 할 때와 안 쏴야 할 때를 우리 하사관이 판단하는데 해도 해도 너무한 것 같더라고. 물론 중대장의 지시를 받는 건 알지만 한 번은 하사관 하나가 중대장하고 얼굴을 붉히며 큰소리로 무슨 말을 했는지, 하사관이 자기 말을 안 들어주니 바로 옆에 대고 M16을 다리 밑에다 발사하는 것 아닌가. 그 하사관도 보통이 넘는 하사관이었는지 지금도 그 하사관 기억이 뚜렷하다. 무표정으로 우리 쪽으로 오는데 바로 옆에다 근~ 실탄 한 창 정도를 다 발사했었는데 그 하사관은 끄떡없이 가더군. 총을 쏜 중대장보다 하사관이 더 빛이 나고 아무렴 죽일 순 없겠지, 독사 박○○.

그 사건 때문에 중대장이 화를 못 참고 전 중대를 비상을 시켜 잠을 못 자게 한 일화가 있었다. 나는 소총 소대인 25중대에서 잔뼈가 굵었는데 자기들 제법 전투 좀 했다고 으스대는데 27중대 와 보니 사병들이 내가 신병인 줄 착각하고 있다. 야, 까불지 말라. 나도 인마 25중대에서 첨병을 밥 먹듯이 섰다, 이놈들아. 그놈들은 내가 처음부터 106mm로 온 걸로 알더라고. 그래도 우리 동기생들이 많아 잘도 지냈지. 그런데 작전만 나가면 한 소대에서 5~6명씩 고꾸라지더군. 이름은 기억이 없어. 내 동기생인데 인물도 언사도 참 좋아 보이는 친구인데 작전이나 가기 전 우리 벙커로 왔더라고. 맥주 한 잔씩 하다 재미있는 이야기도 하고 여자 이야기도 하면서 야 나도 휴가 한번 갔으면 하는데 그때 하사관이 휴가 가는 이가 있었다. 그 친구 이름이 가물가물하는데 그 친구는 육 하사하고 잘 놀았다

그다음 날 전 중대 간 작전이 시작되었다. 내가 알기로는 통신병으로

알고 있는데 그때도 부비트랩 밟고 몇 놈 갔지. 작전이 끝나고 들어오는 길에 멀리 나무 위에서 정조준했던 모양이야. 머리를 정통으로 맞고 툭 ~~하고 쓰러지더군. LVT에 높이 있는 우리도 쏠 수 있을 텐데 하필이면 LVT 뒤에 따라온 놈이 그렇게 정통으로 말 한마디 못하고 영영 휴가 가고 말았다. 아마 통신병을 정조준한 것 같다. 아주 먼 거리인데 우리는 그쪽으로 쏘아대지만 어디로 갔는지 알 수도 없고 암튼 죽는 놈은 꼭 작전 나가기 전에 이상한 짓을 하더군. 죽은 놈만 서글프지. 그때도 부비트랩 몇 놈 받고 매드 백 했는데 뭐, 죽었는지 살았는지 알 수는~~~?

부상당하고 죽은 놈 빼면 멀쩡한 놈은 다 기어들어 오지. 우리끼리 저 중대장 누가 안 잡아가나 VC도 눈이 삐었지 얼마나 독하게 했으면 병사들이면 다들 하는 소리야. 불쌍한 병사들만 가는지 나는 무사히 벙커에 들어왔는데 아니 육 하사한테 편지가 하나 왔더라고 나는 무심코 뒤편을 보니 내가 펜팔한 여자인데 깜짝 놀라 편지를 안 주고 뜯어 봤지, 정말 어처구니가 없어. 알고 보니 육 하사가 내게 온 편지를 자기가 중간에 가로채 편지 답장을 했더라고. 평소에 육 하사는 해병대 하사관 같지가 않아 정말 점잖고 나에게 말도 조심하고 그럴 사람 같지 않았는데 아무리 생각해도 이해가 안 가.

한 이틀 정도 말을 안 하고 있다가 말을 꺼냈지 세상에 그럴 수가 있나 하고 물어 따졌더니 얼굴이 빨갛게 오르면서 한참 동안 말을 못 하더군. 미안하다고, 연신 미안하다고 그래서 나도 화를 참고 차분히 물어봤지. 아니나 다를까 내 편지를 보고 대신 답장했다고 미안하다는데 이건 누가 봐도 해서는 안 되는 일이지 편지를 가로챈 자체가 이해할 수 없는 것이지. 그 뒤로 그 여자하고 육 하사하고 서로 관계는 알 수 없다. 지금 생각하니 머나먼 추억이지 우리가 살아가는 추억이 언제까지 이어질지 언젠 가는 우리도 먼저 간 전우 당신들 옆으로.

　여기서 전사한 전우들의 나이가 보통 만 18세부터 22세 미만으로 알고 있다. 세상에 태어나 짧은 인생을 이역만리 월남에서 마지막을 보내는 젊은이들, 나라를 위하여 죽는다고 하지만 그건 듣기 좋은 소리 암튼 해 병대는 어쩔 수 없이 보병이면 의무적으로 와 군에 입대해 휴가 한번 가 보지 못하고 가는 전우 10대 후반이나 20대 초반 부모의 가슴속으로 가 는지. 자식이 죽으면 부모의 가슴에 묻히고 부모 돌아가시면 땅속에 묻 는다는 말이 있지. 평생을 살면서 죽은 어린 자식의 한을 생각하며 죽을 때까지 짐을 지고 가야 할 부모님들~~

대전 모임, 어느 사찰에서

18.

　적장이라도 영웅 대접을 받는 이가 있다. 그 유명한 에르빈 롬멜(Erwin Rommel, 1891.11.15~1944.10.14)은 아돌프 히틀러 암살에 동조했다는 죄목으로 재판 없이 자살하면 가족의 안전은 보장하겠다는 약속을 받고 스스로 목숨을 끊었다. 롬멜은 영국의 처칠 수상도 국회 연설 중 추켜세울 정도의 인물이었다. 사막의 여우란 별명을 들어 가며 전쟁은 정의로워야 한다며 식사 시간에는 항상 사병 식당에서 식사를 하고 사병과 생활을 같이했다고 한다. 사병을 자기 자식처럼~~

　한참 사막에서 전투를 하다가 독일군이 영국군 장교들과 사병들을 포로로 잡았는데 영국군의 한 장교가 롬멜 장군에게 무릎 꿇고 하는 말이 지금 영국군의 야전 병원에 물이 떨어졌다고 했더니 롬멜이 전차 한 대를 시켜 백기를 들고 영국군 기지로 물을 싣고 야전병원에 전해 준 일화가 있었다. 롬멜이 하는 말이 전쟁은 전쟁이고 적의 야전병원에 물이 떨어졌다니 부상병들을 생각해 보라는 일화가 있다. 거기서 처칠이 감동을 받은 것이다. 전쟁 포로를 절대로 고문하지 않고 제네바 협정에 따라 포로수용소에 보내고 1943년에 유대인 학살 소식을 접하고 그때부터 히틀러를 암살하려고 마음을 먹었다는 일화가 있다.

　그때 롬멜에게 포로로 잡힌 영군군 장교가 롬멜의 수기를 모아 이 책을 작성했다고 한다. 누가 적에게 물을 갖다줄 수 있을까? 나는 27중대 작전을 다~ 따라가지는 않는다. 가끔 안 갈 때도 있지만 가뭄에 콩 나듯 나가는 날에는 진지에 남아 빈둥빈둥 놀고 있지. 나가는 날은 무반동총을 LVT에다 실어야 하는데 중량이 약 4~5백 킬로 나가기 때문에 LVT 아니면 이동도 할 수 없다. 나는 미군하고 작전 시에는 항상 같이 생활하기 때문에 발짓 손짓해 가며 상당히 영어 실력이 늘었는데 제법 우리 사병과 어렴풋이 통역을 했었다. 한 2~3개월 정도 같이 근무하니 친한 미군 하나가 영어 하면서 손짓 하나하나 잘 가르쳐 줬지. 근데 지금은 잊어버리더라고 멍청하지요.

우리는 작전 나가면 주로 물을 많이 공급했다. 일주일 이상 미군이 LVT만 우리에게 공급해 준다. 작전 중 몇 소대인지 몰라도 소대장 주두 멍이라는 이름이 있었다. 근데 어느 사병이 주두멍이나 쥐구멍이나 똑같다며 그냥 편하게 쥐구멍이라고 하다 그 소대장이 듣고 그 사병을 작전 중에 쥐어 패고 화를 못 참더군. 소대장이 그 사병을 마구 때리고 있으니 하사관 하나가 말리다가 그 하사관하고 싸움이 크게 붙고 말았다. 중대장이 부를 때 주 소위 하면 우리가 거기서 웃고 낄낄거리고 했지.

야간에 중대는 원형으로 근무를 하지만 우리는 미군하고 같이 LVT 안에서 놀고 그러니 영어를 제법 배웠지. 그때 지나니 까맣게 잊어버리더라고. 가끔 한밤에 중대 본부로 포가 마구 떨어지는데 한참 동안 저놈들이 우리 중대를 보고 그렇게 쏘아붙였는데 나는 생각이 또 몇 명 가지 않겠나 했지만 한 놈도 부상 없이 마치 포가 우리를 피해 떨어지는 것 같더군. 우리는 연일 작전이 계속되어도 별로 힘든 느낌도 없고 27중대 대원들이 나를 얼마나 부러워하는지. 야, 인마 나도 25중대에서 주·야간 작전을 신물이 나게 기었다, 이놈들아~~

작전 나가면 신병들은 겁도 없고 오히려 고참들이 겁을 내더군. 아무래도 작전을 많이 해 보면 잘 알겠지. 그래서 겁은 고참들이 많이 내지. 나야 LVT를 타고 다니니 뭐 부비트랩 걱정은 없고 저놈들이 전차 지뢰는 없는 걸로 알고 있다. 우리는 약 일주일 작전을 끝내고 들어와 보니 한 서너 명 매드 백 한 것이다. 죽었는지 살았는지 별 신경 안 쓰지 이대로만 가면 나는 귀국할 때까지 완전한 것 아닌가 혹 모르지 LVT 위로 한 방 맞으면 작살 나는 거지 그때 박상희 중대장하고 같이 작전한 이들 있으면 연락 바람. 유동근 씨는 국내에서 작고했다는 소식을 들었다.

대전 모임에서 한잔 걸치고 기분 좋은 전우들

19.

　인생역전의 꿈을 꾸기 위해 매주 로또를 사는 이들이 국민 다섯 사람 중 한 명이 있다는 통계가 있더군. 로또 한 장 뒷주머니에 넣고 다니면 그래도 혹시 하고 일주일에 한 번씩 꿈을 기대하는 이들이 너나 할 것 없이 나도 매주 한 장 사 보지만 기대만큼 매주 실망도 하기 마련이다. 지금으로부터 800여 년 전 유목민의 칭기즈칸은 전쟁터에서 휘하에 있던 장수가 전사하면 그 자식이 성장할 때까지 책임지고 길러 주었다고 한다.

　칭기즈칸은 다른 나라를 침범할 때 미리 가서 너희들이 항복하면 주어진 주권을 인정해 준다고 기회를 준 뒤 항복한 나라는 주권을 인정해 주고 만약 항복을 안 하면 무지막지하고 잔인하게 점령을 해 버렸다고 한다. 나라의 힘이 강해지면 자연히 이웃 나라를 침범하고, 약하면 잡아먹히고 부하들이 장수를 따르는 이유가 다 있기 마련이더군. 그 장수의 눈에 보이지 않는 깊은 덕망이라고 할 수 있지요.

　며칠 작전 없이 쉬었지만 내일부터 작전이 시작된다. 나도 무반동총 정비를 다 하고 포탄을 몇 발이나 가지고 갈까 대부분 육 하사하고 상의를 한다. 워낙 무게가 있기 때문에 준비가 끝나고 벙커에 있으니 동기생 하나가 어디서 가져왔는지 월남 남주를 한 수통 가져왔다. 참, 웬 떡이야. 우리는 항상 안주는 걱정 안 한다. 언제고 C레이션이 있기 때문에 우리 동기생쯤 되면 고참이지. 한 잔씩을 퍼마셔 가며 귀국 날짜 기다리고 육 하사는 늦게 왔기 때문에 귀국하고는 거리가 멀다. 주거니 받거니 밤새도록 한잔하면서 남주가 떨어지니 육 하사한테 숨겨둔 캔맥주가 있더라고 남주하고 맥주하고 짬뽕했으니 어지간히 술이 되었지. 그래도 그때 한창이라 술을 못 이기고 그러진 않았다.

AM 7시경 작전이 시작돼 무반동총 신고 포탄 LVT에다 엄청 준비를 다 하는데 술이 어떻게 취하는지 맨날 음주 작전이 되기 마련이다. 미군들은 LVT에 캔맥주를 항상 갖고 다닌다. 그 녀석들은 목이 마르면 캔맥주 하나 마시는 게 기본이다. 어딘가 한참 별 저항도 없이 가는데 독사 중대장이 와서 또 괴롭힌다. 어디다 대고 쏘라는지, 우리는 항상 중대 본부하고 근거리기 때문에 중대장 지시를 수시로 받기 마련이다.

LVT맨이 우리더러 너의 캡틴(중대장)은 막가는 개자식이라고 미군들도 싫어한다. 아마 독사 중의 독사다. 이번에 저 중대장 VC가 정조준해서 천국에 보내면 안 되나 얼마나 독했으면 27중대 대원이면 다들 생각하고 있지. 가다 보면 애먼 놈만 부비트랩 밟고 간단 말이야. 아니, 제발 중대장 부상이라도 당하고 매드 백 했으면~~

나는 제대하고 박○○하고 통화를 한번 했다. 정말 저런 인간이 있나. 저런 사람이 어떻게 해사를 나왔을까 의심을 할 정도이다. 그 106mm 때문에 양쪽 귀가 장애가 되어 변호사를 선임해 보훈청과 법정 다툼을 한참 진행 중이었다. 변호사가 나더러 작전을 함께한 사람 중에 증인으로 세울 사람이 있느냐 하기에 27중대 통신병을 인터넷으로 찾아 같이 근무했던 이용제 씨를 천안에 사는데 증인을 세웠다. 또 그때 중대장을 찾아 증인을 세우면 큰 도움이 될 거라고 그래서 해군 본부를 여기저기 이 잡듯이 정말 어렵사리 찾아 마산에 산다는 것을 알고 전화로 사정을 해 봤

165

지. 내가 그때 106mm 때문에 이렇게 양쪽 귀가 장애가 되었다고 하고 사정을 하며 전화를 했더니 인간성이 다시 보인다. 그래서 마산까지 찾아가 사정을 하려고 갔더니 집안 형편이 말이 아니다. 통화를 해도 만나 주질 않아 속으로 에이, 저 인간 그리고 재판에 지고 2심까지 갔지만 결국 패소하고 말았다.

27중대 귀국 동기생이 몇 명 있는데 어떻게 괴롭히든지 거꾸로 매달아 놓아도 두 달은 견디겠지. 귀국 날은 점점 가까워지고 작전 나가기도 이젠 겁도 나고 어떻게든 살아가야겠다는 생각뿐이다. 옛날 25중대 대원들은 잘 있는지 알 수도 없고, 가끔 보고도 싶고 그 전우들하고 생사고락을 같이했는데 아무 일 없이 잘 있는지 지금이야 이름도 성도 기억이 없지만 정말 세월이 유수와 같구먼.

월남에 온 지가 바로 엊그제 같은데 이제는 귀국 날짜를 손꼽아 기다리다니 월남 땅에서 생사고락을 같이한 25중대 2소대 대원들은 별일 없는지 나 혼자만 좋은 특과에 무슨 빽이 있는 것도 아니고 배속을 받았는데 그때의 그 전우들이 머릿속에 아롱아롱 스쳐 가고 2소대 대원들을 한 번이라도 만날 수 있을까 하는 생각이다. 귀국 날이 눈앞에 오니 머릿속이 점점 복잡해지고 매복 작전 주·야간 작전하다 죽고 다치고 매드 백 하는 이들이 죽었는지 살았는지 알 수가 있나?

이화출 준장 묘 앞

20.

나이가 들면 어린아이가 된다는 말이 맞는 것 같아. 5살 난 내 외손녀가 하는 말이 그렇게 섭섭한지 나이는 5살이라지만 두세 살 때 하던 일을 기억하고 있다. 보통 아이보다 지능 지수 월등한 것 같다. 어른이 틀린 말을 하면 즉시 꼬집어 말을 한다. 아무리 생각해도 보통 아이는 아닌 것 같아. 나는 그 애가 원하면 돈이 좀 들어가도 뜻을 다 받아 주지만 아쉬울 때만 나를 좋아하는 것 같아. 그래도 사랑을 아끼지 않고 혼신의 힘을 다한다. 말로 표현을 다 할 수 없지만, 노인은 얼마 못 산다는 것을 알고 있다. 지금 애들이야 지능 지수가 높다고 하지만 만 5세가 안 되는데도 이런 사실을 다 알기는 어렵지.

우리 나이 정도면 나라에서도 의료비 많이 들어가지 가정에서도 쓸모없는 존재이지. 아니, 귀찮은 존재이지. 자꾸 뉴스를 보면 65세 이상에게 의료비가 많이 들어간다고 떠드는데 정말 그 소리 듣기 싫어. 자동차도 오래 쓰면 폐차시키지만, 노인을 무슨 자동차로 생각하는 건지 국가에서도 우리 65세 이상 국가 근대 발전의 초석이 되는 것을 아득히 잊었을까.

27중대 이야기를 하는 중이었지만 몇 가지 빠진 것 같아서 25중대 이야기로 다시 돌아가야 할 것 같다. 중대 작전인지 소대 작전인지 기억은 가물가물한데 주간에 밀림에서 작전을 하다 적과 우리하고 정면으로 붙었다. 근거리인데 한참 교전을 하는데 상당히 장시간이다. 원래 VC는 잠깐 교전하다 바로 도망가기 일쑤인데 이번만큼은 아니다. 보통 VC가 장시간 교전을 안 하는 이유는 우리가 금방 포를 유도하기 때문에 장소를 금방금방 옮기기 마련인데, 토치카로 보이는 곳에서 이상할 정도로 장시간 교전을 끄는 것이다. 기관총이 고정되어 우리를 향하여 있는 것을 보았는데, 우리도 저놈들 못지않게 사격을 계속하지만 좀처럼 물러설 기미를 보이지 않아 박격포를 날려도 소용이 없이 아마 상당한 병력인 것 같다.

　우리도 몇 명 다친 것 같은데 나하고 같이 있던 대원이 귀국 얼마 남지 않았는데 갑자기 옆구리가 저리다고 왼쪽이라고 하기에 옆에서 봐도 괜찮다고 했더니 맞았다고 소리를 치는 것이다. 정통으로 안 맞으면 자기가 총 맞은 줄 금방은 모른다. 또 피도 안 나고 맞고 이삼십 초 감을 잡지 못한다. 자기는 왼쪽이라고 하지만 오른쪽 옆구리 쪽으로 피가 갑자기 많이 나오더라고. 피가 너무 많이 나와 압박 붕대로 그 자리를 틀어막고 위생병을 불렀지만 한창 교전이 진행 중이어서 그랬는지 좀처럼 안 오더군. 그래도 지혈을 멈추기 위해서 압박 붕대로 응급조치를 하는데 아, 그 친구가 얼굴이 노랗게 변해 말도 못 하는데 한참이 지난 뒤에야 위생병이 와. 그때 위생병이 이진규가 아니고 다른 사람인 것 같아. 이 친구 점점 의식이 없어 보이던데 내가 알기로는 약 30분 정도 있다가 헬기가 와서 싣고 갔는데 죽었는지 살았는지 알 수는 없다.

충청도 영동 모임에서

충청도 영동 모임에서

21.

엊그제는 5살 난 우리 외손녀하고 인천으로 외할머님 제사를 지내러 갔다. 말하자면 나의 외가지. 누가 말하기를 뭐 외할머니 제사를 지내러 다니느냐고 하지만 다~ 사연이 있어요. 나는 아버지 제사는 안 다녀도 외할머님 제사는 특별한 일 외엔 외삼촌도 계시니 참석한다. 아니면 매년 외할머님 산소라도 찾아다니고 어디를 가나 내 외손녀를 꼭 대동하고 다닌다. 남들이 생각할 땐 귀찮게 데리고 다니느냐고 하지만 나는 그게 낙이다.

내가 죽으면 대전 현충원에 묻힌다고 했더니 내 외손녀 지수하고 수시로 4번을 갔다 왔다. 그때마다 외손녀 지수하가 하는 말이 하부(할아버지를 하부라 부른다.) 나도 죽으면 하부 옆으로 갈게 하면 가슴이 뭉클해지고 눈물을 글썽이기도 한다. 하부 죽고 나면 하부 앞에다 돗자리 깔아 놓고 맛있는 거 많이 놓아 줄게. 하부 하늘나라에서 맛있게 먹어. 우리 손녀가 말이 5살이지 말을 하면 열 몇 살 먹는 아이보다 훨씬 철이 들어 보이지요. 현충원 가면 돗자리 깔아 놓고 제사를 지내는 것을 많이 봤기 때문에 이 어린 나이에 이런 말을 할 정도니 그 애 뜻을 안 받아 줄 수가 있나. 그 애 뜻이 100이라면 99 이상을 들어주려고 한다. 그러려면 돈이 필요하기 마련이지만 돈이 들어가도 다 들어준다. 그러니 나이 5살짜리 아이에게 나는 약속을 잘 지키는 하부가 되었다.

혹 월남 작전 비밀을 폭로한다고 법에 저촉은 안 되나 대통령 기록물도 30년이 지나면 법에 저촉 안 된다는데 나야 50여 년이 지나서 괜찮겠지. 27중대 근무하면서도 자꾸 25중대 생각이 난다. 말하자면 너무 편하게 있으니 여기 중대는 먹고 땡 치는 곳이고 술도 먹어 가며 중대장 부러울 게 없지. 뭐 작전이나 나가면 무반동총 싣고 포탄 몇 개 실으면 작전 끝이지 작전 나갈 때도 LVT 타고 나가지 남들이 땅바닥에 중대장 이하 빡빡 기지. 여기저기 지뢰 밟고 터져서 가는 놈도 있다. 나야 적하고 바로 대치할 일 없지요. 아무튼 조용히 들어오는 날은 극히 드물고 사고 없는 날은 오발 사고라도 나서 한두 놈 매드 백 하지. 전쟁터라 그렇다지만 먼 나라에 와서 살아가는 게 목적이지 아군이고 적이고 재수 없으면 지옥 가는 거지요.

열외시켜 놓으면 중대 방석에서도 포탄마저 가는 전우 있는가 하면 소대장 전령이라고 물 뜨러 가다 지뢰 밟고 가는 대원들 어디 한두 전우 봤나. 나야 누구 전령도 아니고 안전하지. 고참에다 월남 남주 수통에다 감추어 두었다가 한 모금씩 설설~ 마셔 가며 어느 놈 나 술 마신 줄 아는 놈 있나~~!! 미군 애들 캔맥주 따 마셔 가며 작전이 붙어도 별 신경 안 쓴다. 그쪽 대고 중대장이 쏘라면 몇 발 갈기면 우리 임무는 끝이다. 그래도 병들이 나를 보고 혹 저놈 빽이 좋아서 106mm에 있는 줄 알더라고. 야, 미친 개자식아 인마 나도 너보다 더 기구한 소총 소대에서 길~만큼 기고 첨병을 밥 먹듯이 섰다. 이 자식들아 인마 내 얼굴을 봐라. 발목 지뢰 밟아 보고 적에게 포위되어서도 중대장까지 부상을 당해도 인마 생각해 봐라. 그 작전이 얼마나 치열했겠나. 내가 얼마나 용맹스럽게 적하고 싸웠다고.

나도 첨병 많이 서 봤지만 사실 사지가 벌~벌 떨린다. 그래도 지나고 나면 작전 혼자 다 한 것처럼 큰소리치고 떠벌리는 게 기본이지. 그래도 소총 소대 있을 때 첨병도 매복도 스릴도 나고 옆에 놈 푹푹 쓰러지고 이야깃거리가 많고 위험스러운 경험 다 하고 운 좋게 넘기고 여기로 왔는지 이것 또한 팔자소관 아니겠어~ 작전 끝날 무렵 돌아오는 길에 누가 지뢰 밟아 터진 소리가 나. 참 지지리도 운 없는 놈, 차라리 중대장이나 밟아 터져 버렸으면 온 중대가 회식 한 번 할 걸 말이야. 아이고, 애꿎은 사병만 가다니?

22.

나에게도 꿈이 있다, 우리에게도 꿈이 있다.

그 유명한 마틴 루터 킹 목사(1929.01.15.~1968.04.04.)가 한 말이다. 나에게도 그런 꿈이라도 있는지?

내가 귀국하기까지 아마 정확히는 몰라도 한 달도 안 남아 있는 것 같아. 소총 소대 같으면 열외로 빼 줄 텐데 아마 나는 내일 귀국해도 인원 보충이 안 되면 작전은 계속 나갈 것 같다. 그 독사 중대장하고 얼마나 더 작전을 할지 왠지 우리 하사관하고 나하고 작전만 나가면 쫓아다니며 못 살게 한 그 중대장. 오늘도 작전이 시작되어 어디인지 갑자기 비는 오지요. 판초(비옷) 입고 어느 강물을 지나다 우리 LVT가 늪지대에 빠지고 말았다. 움직이면 점점 더 빠지고 아무리 몸부림쳐도 움직이지를 않고 이거 보통 일이 아니더군. 뭐 이건 미군 잘못도 아니고 중대장 지시대로 하다 그랬으니 중대장 얼굴이 사자가 뭐 잡아먹을 인상 쓰고 그 성질 고래고래 소리쳐 봐야 안 되지, LVT는 꼼짝 안 하지, 참 미치고 환장할 노릇이지. 이럴 때 저놈들이 알고 공격하면 꼼짝없이 당할 것이다. 그냥 놔두고 갈 수도 있지만 얼마나 지났을까 LVT 두 대가 왔다. 아마 끌어낼 모양이다.

야, 저거 저런 늪지대에서 나올까. 거기다 106mm 실려 있지 안에 포탄 여러 가지 잔뜩 실려 있는데 한참 쇠고랑을 이중으로 매고 앞에서 누대로 끌어내는데 정말 대단하더라고. 그 늪지대 깊이도 빠져 있는 LVT

가 거뜬히 나오는 것이 참 대단하고 아무리 생각해도 그렇게 쉽게 나올 줄이야, 역시 미군들 장비는 내단하다며 감탄할 뿐이다. 우리는 그날 밤 그 근방에서 매복을 하면서 하룻밤을 보내는데 역시 VC는 그냥 밤을 점잖게 안 보내 주더군. 어찌 된 판인지 AM 12시 넘었을까 말까 계속 박격포 쏘아대면서 밤새도록 괴롭히더라고. 아무리 포 유도를 해도 이놈들이 여기저기 옮겨 가며 우리야 밤이라서 옮길 수도 없고 밤에는 될 수 있으면 무반동총은 사용 안 한다. 불빛이 노출되면 표적이 되기 때문에 낮에는 움직이지만 개자식들이 아침까지 지랄들이야. 솔직히 말해서 우리는 LVT 안에 들어가 안전하지만 LVT맨이 바깥 상황을 이야기는 해 준다.

오늘도 중대장은 살아 있지 싶다. 멀리서나마 소름 끼치는 소리가 들리는 거 보니 말이다. 꼭 이상하게 철수하다 몇 놈씩 간단 말이야. 헬기가 오고 가는 것을 보면 죽었는지 부상인지 팔자소관이겠지. 누가 누구인지는 모르지만 우리야 소대도 아니고 중대도 아니고 원칙은 대대 소속이다. 암튼 대대 본부에는 LVT가 이틀이 멀다 하고 드나드는지 아마 무슨 보급품인가 106mm 내려놓기 싫으니 그냥 대대 본부 같이 들어갈 때가 많다.

물도 실어 나르고 암튼 여러 가지 보급품 그래도 우린 대대 본부도 가고 오고 뭐 어떻게 돌아가는 줄은 대강 알고는 있다. 물론 귀국 때문에 보충병이 오기도 하지만 전사자 또한 부상자 때문에 보충병이 시도 때도 없이 오는 것 같다. 헬기 타고 가면 죽었는지 살았는지 알 수도 없고, 가는 놈은 가야 하고 다들 그런 거지. 우리나라도 아니고 타국인데 어떻게든 살려고 아등바등하다 죽기도 하고 용케 살아도 일장춘몽이로구나?

23.

여보게~~ 친구, 어쩌다 말다툼 한번 했다고 등질 수 있나.
여보게~~ 당신, 어쩌다 말다툼 한번 했다고 등질 수 있나.

이 노래 부른 이 박상규도 얼마 전에 세상을 떴다. 어쩌다 당신하고 말다툼 한번 했다고 등 질 수 있나. 부부간에 말다툼이 끝나면 정말 미세한 일, 가정의 행복은 인내라고 한다. 아무것도 아닌 일들 가끔 어떤 이들 이야기를 들어 보면 부부간에 평생 싸움 한번 안 하고 살았다는 것을 자랑하면 물론 있겠지. 어찌 평생을 살면서 말다툼 한번 안 할 수 있나.

27중대는 우리 25중대보다 분위기가 좀 살벌하다. 제일 우두머리가 성격이 짓궂으니 좋을 수가 없지요. 나야 106mm지만 어떻게 된 판인지 중대장이 밤이고 낮이고 설치는데 참 그 자식 잠도 없나 시도 때도 없이 슬슬 여기저기 진돗개처럼 기어 다니면서 주먹이 왔다 갔다 하지. 세상에 사병들이고 하사관이고 하물며 소대장들도 괴로워 죽을 지경이지요. 작전 안 나가면 그 시간이나 편하게 해 줘야 할 거 아닌가. 장교치고 정말 이상한 중대장이다. 꼭 정신병자 같아. 옛날 미국에서 있었던 일인데 제2차 세계대전 때 함장이 부하들한테 어떻게 못 살게 하던지, 하물며 취사장에 다니며 파인애플 개수를 세어 놓고 꼬투리를 잡았다고 한다. 그 영화 제목이 뭐의 반란이란 영화인데 앞의 기억이 가물거린다. 그 영화를 보고 꼭 우리 중대장하고 눈금 하나 틀리지 않아. 어떻게 저런 사람이 장교가 되었을까.

그 함장이 소령이지 싶은데 견디다 못해 장교들 몇 명이서 말하자면 반란을 일으켜 함장 자격을 박탈시키고 항구로 들어와 군 법정 싸움이 벌어졌다. 그 함장하고 장교들하고 재판이 얼마나 치열한지 참, 그 영화 내용을 보니 계급은 무시하지 못하겠더라. 물론 군 재판을 해서 밑에 부하들이 이기긴 했지만 그 재판 과정이 기가 막히더군. 부하들도 반란죄로 큰일 날 뻔했다. 끝나긴 했지만 참 끔찍한 재판이더군. 그 함장도 밤낮없이 함대를 구석구석 다니며 그렇게 괴롭히는데 꼭 우리 중대장하고 일맥상통하다.

아무튼 그 함장이나 중대장이 대표적인 케이스지. 염병할 귀국 날짜는 그렇게 안 오고 맨날 작전만 점점 많아지는지 아마 내가 내 명에 살아갈지 의심스럽군. 뭐 인명은 재천이라고 죽는 놈은 귀국 명령받고도 포 맞고 가는 거 어디 한두 번 봤나 아무튼 될 대로 되겠지?

서울 현충원 먼저 간 전우 앞에서

24.

땅바닥을 빡빡 기다 27중대 온 때가 엊그제인데 벌써 귀국한다니 아무튼 보충병이 와야지 막판에 맨날 작전만 나가는지. 뭐 중대장이 대대 본부에다 작전 나갈 일 있으면 27중대로 배당해 달라고 하는지 하루가 멀다 하고 25중대 있을 땐 그래도 며칠씩 쉬어 가는데 이놈의 중대장은 자청해서 나가는지 나는 작전 나갈 때마다 아, 이게 마지막이겠지 하고 있으면 또 나가고 육 하사야 아직 까마득히 남았으니 별 신경 안 쓰지만 나는 속이 타 죽겠더라고. 갈 때마다 몇 놈씩 꼬꾸라지고 106mm 옆 벙커 친구들이 작전 나가면 몇 놈씩 매드 백(후송) 하면 죽었는지 살았는지 감감무소식이다. 작전 나가 밤하늘 쳐다보면 할머니, 외힐머니, 이보, 내 동생 생각이 났는데, 솔직히 부모 생각은 전혀~~~

말이 작전 나가기 전에 이상한 짓 하면 죽는다는 직언이 있으니 항상 작전 나가면 말도 조심하고 아니나 다를까 죽을 놈은 작전 나가기 꼭 전에 없던 짓을 한단 말이야. 군이건 사회이건 죽을 놈은 팔자소관인 것 같아. 꼭 죽고 나면 그 전우 하던 말이 생각하면 이상해. 아~~ 오늘도 이 불쌍한 인간 지금까지 잘 버텨 왔는데 VC에게 두 손 모아 기도한다. 나 정조준하지 말아라!!?

25.

아~~ 그렇게 그리던 귀국 명령이 왔다. 꿈이야 생시야. 소총 소대에 있었다면 자동으로 대대 본부 가서 며칠 있다 귀국했겠지만 나는 106mm가 특과라서 그랬는지 보충이 늦었다. 아마 내일 작전이 마지막이지 싶다. 소총 소대면 당연히 열외지만 나는 내일 작전 나가기 위해서 한참 준비하는데 육 하사가 하는 말이 그래도 정이 들었다고 전날 술 한잔하자는데 나는 귀국 준비도 해야 하고 내일 작전 때문에 이거저거 준비하느라 정신없다. 그래도 한잔하자기에 한 잔, 두 잔 하다가 어디서 남주를 구해 오는지 소총 소대 전우들이 잘 갖다준다. 내가 25중대 있을 때 절에서 많이 구했지만 27중에서는 내게는 해당이 아니다.

나처럼 절이나 민가에서 가져오겠지, 뭐. 해병대가 못하는 게 있나 미군하고 작전 끝나면 먹다 남은 술들을 더러 주고 간다. 미군 애들은 작전 없는 날은 자기들 본대로 들어가고 내가 25중대 있을 때 LVT를 한 번도 못 봤는데 여기 27중대는 육로가 있어서 그런지 매회 작전하면 전차가 항상 나오더군. 이번 작전은 아마 3일 정도, 육 하사하고 장비 다 싣고 작전이 시작되었다. 제발 3일만 VC가 봐주면 되는데 한참 별 저항 없이 가는 중 어디서인지 AK자동소총의 총알이 여기저기 날아와 나는 모래포대 뒤에 바짝 붙어 포 쏠 생각도 없고 육 하사더러 하라 하고 나는 무조건 머리 처박고 있는 거지. 아니나 다를까 중대장이 노발대발 염병 지랄하고 꼭 호랑이 같은 상판을 하고 오는데 방향도 알 수 없이 총알은 빗발치지 우리 앞 토치카에 쏘라고 불호령을 떨어뜨리는 것이 아닌가. 그래서 그쪽 대고 조준이고 뭐고 필요 없이 몇 발 쏘아댔다.

보통 쏠 때는 좌우를 조준해 쏘지만 대강 눈으로 보고 쏘아붙이는데 명중이 될 수 있나. 한참 교전을 하다 미군 Pen-Tum(포격기)이 우리 쪽으로 오인사격을 하는 것 같더라고. 가끔 오인사격을 할 때가 있다 갑자기 중대장이 통신병을 갑자기 구타하고 난리가 났다. 암튼 뭐가 잘못된 모양이야. 보통 보면 연막탄을 쏜 다음에 Pen-Tum기가 오는데 오늘은 그게 아니더군. Pen-Tum이 우리 바로 앞에다가 마~악 폭격을 하는데 통신병이 연락을 잘못 봤나 그래도 아군들이 당하지 않아 다행이지 큰일 날 뻔했다. 내가 25중대 있을 때도 한번 오인사격 해서 우리 동기생이 당한 거 한번 봤는데 왠지 금방 Pen-Tum기가 사격을 멈추었다. 누가 잘못했는지 우리는 작전을 계속하면서 나는 될 수 있으면 전차 안으로 기어 들어 가 육 하사 혼자 남기고 살려고 가진 수단 방법을 다 동원한다. 좀 비겁하기도 하고 내가 처음에 소총 소대 배치될 때도 그놈의 고참들이 왜 겁이 많은가 했더니 내가 그쪽 났다. 다 된 밥에 한 방 맞으면 황천길 가고 지금까지 살려고 몸부림친 게 허사가 되지 않아. 그놈의 중대장 안 볼 날이 내일까지다. 아이고 저 인간~~

어디서 포로들도 몇 잡고 제법 전과도 올린 모양이다. 가만히 생각하면 그놈의 중대장이 훈장에 눈이 먼 것 같아. 우리 최명신 사령관이 말을 했지 적 열 명 잡으려고 하지 말고 아군 목숨 하나 더 살리라고 그랬는데 이 중대장은 정반대로 가는 모양이야 어떻게 된 게 작전만 나가면 몇 놈씩 간단 말이야. 우리 25중대 있을 때 5·3사태 빼고는 그렇게 많이 당하질 않았는데 말이야.

내가 귀국하고 어렴풋이 듣던 이야기인데 박○○ 중대장이 영창 갔다고 한다. 그 중대장은 욕으로 시작해서 욕으로 끝이 나니 참, 주둥이치고 더럽지. 우리나라의 해사는 최고의 엘리트인데 내가 귀국해서 백령도 있을 때도 해군 부대 근무할 때 해군 대위가 있었는데 그 장교도 입이 더럽더라고. 뭐 해병대야 어찌 말로 표현할 수 있나.

영동 모임에서

26.

人生은 一張瑃夢이로구나.

   난 육 하사하고 바로 옆 벙커 동기생들하고 간단한 송별식 겸 저녁에
한 잔씩 했다. 육 하사와 동기생들에게 여기서 죽어 봐야 개죽음이니 정
말 몸조심해라, 내 경험으로 봐서 죽은 적군 호주머니 절대로 뒤지지 말
아라, 가끔 죽은 놈 몸속에 지뢰를 설치할 때도 있더라. 목숨 구걸했던 월
남 전선 떠나 무사히 고국으로 돌아왔다~~

대전 현충원에서 우리 손녀 멋지지요?

3부

1.

무지에서 뭘 해야 하나

사회에서 뭘 해야 하나 이제 서울에는 연고도 없고 이리저리 생각하다 운전면허증이나 따야겠다 해서 이모부께 부탁해 자동차 조수 생활하면서 배우는 수밖에 없어 몇 개월 운전을 배워 어렵게 운전면허를 취득해 내가 조수 생활하던 회사의 삼륜차를 운전하게 되었다.

그때만 해도 그 차가 상당히 인기도 있고 수입도 괜찮아 주로 외할머님 집이나 이모 집에서 왔다 갔다 생활을 하다 방을 따로 얻어 생활하기 시작했다. 그때부터는 대형차를 운전했는데 주로 서울 왔다 갔다 했다. 그때만 해도 호남 고속 도로가 처음 개통되고 대부분 왕복 2차선 광주에서 서울이나 주로 채소를 싣고 용산 시장 아니면 중부 시장 보통 빨리 가야 7~8시간 정도 걸린다. 화물차는 대부분 옛날 구형이고 서울에 갈 때마다 차들이 말썽을 부리고 참 고생 많이도 했다. 나는 1년쯤 하다 회사 배차하는 분인 최 과장의 집으로 이사를 했는데 그때 1년에 방세가 2만 원이었던가. 내 기억으론 급여가 2만5천 원 아니면 3만 원 정도? 그 외 수입도 월급 못지않았다. 내 나이가 20대 후반이 넘어가니 외할머님은 애를 태우신다. 빨리 장가가라고 해서 맞선도 많이 보기도 하고 내가 퇴짜 놓기도 하고 퇴짜 맞기도 하는 일의 연속이었다. 그때는 운전 직업이 공무원보다 급여가 훨씬 많았으니 꽤 괜찮았다.

나는 맞선을 몇 번 보았는지 아무든 상당히 많이 본 셈이다. 우리 나이에 한참 결혼을 할 나이니, 그때는 연애란 게 없었고 그냥 맞선 보는 것

189

이다. 나의 친구들 결혼식장에도 많이 다니고 결혼식 끝나면 신붓집으로 들어가 신랑에게 장난을 심하게 치기도 하고 한번은 친구 신붓집으로 갔더니 아니 나하고 맞선 본 여자가 내 친구하고 결혼을 한 것이다. 나하고 식사도 한 번 했던 여자인데 둘 다 어찌나 서로 민망한지 참, 이런 일도 있구나. 그래서 나는 그만 나오고 말았다. 원수는 외나무다리에서 만난다고~~~!!

운전을 하면서 이런저런 생각도! 또한, 결혼할 나이도 되고 외할머님께서는 나를 장가 못 보내 애간장 다 녹이셨는데 우리 집 아버지나 계모는 나에 대해 별 관심도 없고 장가를 가든 말든 오히려 방해를 놓는 것이다. 한번은 이런 일도 있었다. 배차 보신 최 과장님 집에서 지금은 결혼한 여자하고 선을 보는데 그래도 부모라고 외할머님께서 우리 부모를 불러 놓고 상대방의 여자를 보는데 무조건 안 된다고 하는 것을 보고 외할머님께서 너의 딸년 얼마나 잘났냐면서 네 딸보다 백번 낫다 하시면서 호통을 치셨다. 그래도 부모라고 불러 상식을 갖추려고 했던 외할머, 특히 우리 외할머님께서는 하도 나를 다그쳐~~ 여기저기 맞선을 봤지만 나는 솔직히 모아 둔 돈도 없고 운전의 장래가 별 볼 일 없다고 생각하고 조금 있는 돈으로 동생이 자꾸 부산으로 오라고 해. 그때는 동생은 그런대로 잘나갔던 모양이다.

큰 꿈을 갖고 부산으로 갔지만, 뭐 부산에 가면 모든 것이 잘될 거라고는 생각하지 않았다. 이것저것 식당을 몇 번 했는지 뭐 경험도 돈도 없으니 그렇게 까먹을 것도 없이 동생 덕으로 몇 개월 버티며 생활하다 지금으로 말할 것 같으면 허허벌판 부산역에서 어떤 중국 사람이 장사하다 안 되어 나더러 하라고 해서 가 보았더니 이건 식당도 아니고 무슨 양아치 소굴 같이 생긴 것 아닌가. 해야 할까 말아야 할까 고민을 하는데 동생은 부산역 앞이니 한번 해 보라는 것이다. 처음엔 중국집을 하려고 갔지만 앞집이 곰탕집을 하는데 엄청 잘되는 것이다. 저 집이 잘되니 흘러 들어 오는 손님이라도 있겠지 하고 덜컥 한식 겸 곰탕집을 열었다. 하루에 몇 그릇도 못 팔고 한 달 버티다가 접고 결국 중국집을 하기 위해 며칠 준비하면서 하루에 매상을 만오천 원 정도 올리면 되겠다고 생각했다. 가게 시설은 형편없는데 만약 이것도 안 되면 쪽박 차고 다음 일 생각할 여유도 없었다.

그런데 하루 만오천 원만 매상하면 성공이라고 했는데 아니 첫날 약 오만 원 정도 매상이 오른 것이다. 그때 5만 원이면 대단히 큰돈이다. 아~~ 살 일 났다 싶어. 그때 자장면 한 그릇에 2백 원 아니면 3백 원 정도 했는데 점점 갈수록 매상은 올랐다. 집이야 양아치 같고 중국집이라고 하기에는 지저분하지만 아침에 문만 열면 손님이 꾸역꾸역 들어오는 것이다. 내가 장사하는 곳이 텍사스 골목이라 장사가 잘되니 거기서 노는 놈들이 왔다 갔다 하면서 텃세를 하는 것 같아. 한번은 내 나이보다 한참 어려 보이는 놈이 와 여기 맘대로 장사하는 곳이 아니라며 협박하는데 그래도 한참 옥신각신하다 뭐 자기가 해병대에서 제대했다며 속으로 너 잘됐다 너 해병 몇 기야 했더니 갑자기 이놈이 꼬리를 내리더라고. 사백 몇 기라든가. 기수를 따져 보니 나하고 300기 이상 차이가 나서 나는 몇 기라고 하면서 월남을 청룡 2기로 갔다 왔다고 했더니 그 녀석이 부동자세로 경례를 하면서 정말 선배님 몰라 봬서 죄송합니다 하는 것이다. 나도 왕년에 서울 종로2가에서 좀 놀았다고 했더니 해병대는 제대를 하고도 서로 선후배를 따지는 게 한 번 해병이면 영원한 해병이라고 그래서 조용히 마무리하고 다음부터는 우리 집 얼씬도 못 했다.

옛날에는 그 골목에 거칠고 노는 아이들이 많았지. 몇 달을 했는지 장사는 의외로 잘되고 광주까지 돈 잘 번다는 소문이나 났던지 맞선 보라고 전화 오고 정말 날마다 즐겁고 좌우지간 문만 열면 음식은 둘째이며 손님이 미어터지는 것이다. 손님이 너무 많아 힘이 벅차 손님이 와도 반가운 것도 아니고, 종업원들도 자기가 일하는 가게에서 밥을 먹지 못하고 밥때 되면 교대로 옆집이나 앞집에 밥을 사 먹으러 다녀 이걸 누가 이해하겠어요. 부산에서도 내가 잘나가니 나더러 맞선을 보라며 혼사 제의는 여기저기서 들어오지 광주에 이모, 외할머님 그리고 옛날에 화물 회사 배차 보신 분이 좋은 여자 있다고 자꾸 오라는 것이다. 그때가 나의 전성기였던 모양이지. 돈을 잘 버니 부산에도 여기저기 선을 보라고 하는 사람들이 밀려 있고 광주에서도 맞선 보라고 난리다.

특히 외할머님 말씀은 아주 엄하셨다. 외할머님 말씀은 거절할 수 없어 광주에 갔는데 그때는 내가 인기가 좋았고 돈도 잘 벌겠다 뭐, 걱정되는 것이 있나. 이모 집이고 우리 큰이모 집에서도 선을 보라지, 옛날에 배차 보신 분께서 맞선을 보라고 하지, 참 어느 장단에 춤을 춰야 할지 욕심 같아서는 보는 여자들 다 같이 살았으면 인기가 하늘을 찌를 듯하다.

이모가 권해서 맞선을 하루에 두 번을 보고 큰이모가 권한 선도 보고 옛날에 화물회사 본 그분이 권해서 보고 아마 그때 광주 가서 몇 번을 봤지만, 생각 같아서는 보는 여자마다 다 솔직히 나보다 나은 여자들이다. 하지만 개중에 골라야 하는데 특히 외할머님께서 목메 하신다. 그때 나는 전남대 사대 나온 사람이 학벌도 있고 해서 그쪽을 택했는데 외할머님께서 화물차 배차 보신 그쪽이 제일 좋다고 하시면서 아주 나에게 강압적으로 하시기에 할머니 나도 쪼금은 생각할 여유를 주세요, 했더니 이놈 말이 많다며 재촉을 하셨다. 그때 월급쟁이는 먹고살기 힘들 때이다. 사연이야 여간 많이 있겠지만 일단 부산으로 내려왔다. 부산에서도 여기저기 혼수가 나는데 참 난감하기가 짝이 없다. 하루가 멀다고 외할머님 전화는 오지 여기저기 그놈의 맞선을 보는 것도 한두 번이어야지. 지금 생각해 보면 내 인생의 전성기인 줄 모르고 내 인생이 항상 그러겠지 라고 날뛰었던 그 시절, 외할머님은 화물차 배차 소개한 분을 권하고 나는 큰이모가 권한 교편 잡은 여자를 생각하고 있었다. 그런데 외할머님은 자꾸 배차 보신 분 쪽 여자를 억지로 권하는 것을 보고 나 역시 그렇게 싫지는 않았지만 배차하신 분이 소개한 여자도 보고 했는데 자꾸 외할머님이 권하는 쪽으로 기우는 것이다.

내 의견은 낼 수도 없고 알고 보니 배차 보신 최강길 씨라고 그분은 자기 외조카를 소개했던 것이다. 이모님의 큰딸 희숙이가 숙명 사대 다닐 때였던가, 내가 전남대 사대 나온 여자를 택했더니 희숙이가 직접 사대 나온 여자를 봤던가 오빠 이쪽이 훨씬 좋다고 하면서 설득하기에 외할머님 등쌀까지 한몫하여 최강길 씨가 소개한 사람과 결혼을 하게 되었다. 내가 생각해도 키도 날씬하고 보기 드문 미인 축에 들어갔다. 누가 봐도 욕심낼 여자이다. 솔직히 그 여자의 집안은 우리와 비교도 할수 없는 현모양처(賢母良妻) 집안에서 곱게 자란 여자인데 내 외모나 어디 험잡을 데 없는 집안이다. 그러나 어린 시절 부모에게 사랑을 받지 못한 사람은 나이가 들수록 더욱 채워지지 못한 사랑에 집착하기 마련이라고 과연 이 여인이 나에게 그동안 못 받은 사랑을 베풀 수 있는 지성을 가지고 있는지 의문을 갖기 마련이다. 모성애가 꼭 필요한 나!! 나는 광주에서 결혼을 했다. 그레시 그러지 부산 쪽 지인들은 내가 결혼한 줄 모르는 것 같았다. 젊은 여자가 우리 집 계산대를 보는데도 나의 안사람을 여동생으로 착각을 하고 선보라는 사람들이 그렇게 많았다. 버젓이 결혼했는데도 막역한 사이라서 말도 못 하고 떠밀리다시피 선을 한두 번 본 적도 있다. 참 생각하니 선을 보고 와서 아니 얼굴을 한 번 쳐다보면서 참 미안하기도! 우선 양심이 허락지 않아 아는 분들에게나 결혼했다고 선포하고 실망하신 분도 계시고 내가 그만큼 인기가 있었나.

옛날에 우리 할머니와 재미있는 일화도 많이 있다. 할머님께서 나이 드시니 입이 약간 삐뚤어져 내가 할머님 입을 흉내를 내며 놀리고 했더니 할머님 하신 말씀이 야 이놈아 너도 나이 들어 입이나 삐뚤어져 버려라, 하신 말씀. 할머님 집이 가난하니 우리 집 같은 데로 왔다고 핀잔을 주기도 했는데 야 이놈아 너희 집만 못 한 집이 어디 있느냐고 오히려 화를 내신다.

그래 언젠가 부산에서 집으로 명절을 지내러 갔더니 그때만 해도 자가용 가진 사람이 별로 없어 나는 자가용을 가지고 광주를 가~~ 할머님께서 나더러 할머님 친정으로 가자기에 가 보니 정말 이해를 못 하겠더라고. 이렇게 부잣집에 기와집에다 사랑채, 안채 집 안에 몇 채 있는데 왜 이런 부잣집에서 우리 집으로 오셨을까 의심이 가기도 했다. 그때만 해도 양반과 상놈이란 것이 있었는데 우리 집은 전주 이씨라서 왕 집안이라고 해도 별 볼 일 없는 집 단순히 양반집이었고 참, 할머님 집이 정말 부잣집이었다. 우리 외할머니 집도 머슴이 셋이나 있고 아주 부잣집인데 우리 할머님은 정말 대궐 집이었다(아마 하동 최 진사 댁같이 크고 넓고 그런 집 처음 봤다).

나 역시 큰집 사 남에게 세도 주고 그런데 사람이 자기 잘나갈 때 자기

194

분수를 모르고 언제든지 이렇게 돈은 벌겠지 생각이 잘못이다. 그때는 부산역 앞이 허허벌판이라 나더러 그쪽 땅을 사라고 토개공에서 몇 차례 왔지만 허허벌판인 땅을 왜 사지 참 지금 생각하면 왜 그렇게 땅에 어두 웠는지? 세월 참 이렇게 빨리 가다니 무엇이든 내 위주로 하고 지난날을 뒤돌아볼 여지도 없이 세월이 흐를 줄이야.

2.
잘나갈 때 자신은 몰라요

　듣기 좋게 말하는 것보다 진실하게 말하라. 사람은 앞모습과 옆모습보다 뒷모습에서 그 사람의 인품과 진심이 보이고 사람 감정에 따라 다르겠지만~ 나의 외할머님 나를 두고 어린 시절 가실 때마다 뒷모습을 보며 혼자 앉아 왜 나는 두 분 할머님의 치마폭에 내 마음이 사로잡혀 있는지 물론 엄마가 없이 자라 두 분 할머님 그늘에서 자랐기 때문이기도 하다. (외로움은 남과 같이 할 수 있지만 그리움은 혼자만의 고통이지요. 우리 외할머님은 정말 보기 드문 미인이시다 술 한 잔 하시면 늘 하신 말씀이 잘난 자식은 다 죽고 못난 자식만 남아 내속을 썩힌다고 하신 말씀 지금도 귀전에 들입니다~~~)

　사람은 잘나갈 때 자기 분수를 모른 채로 분에 넘치는 생각을 해서 과분한 욕심으로 불행을 초래하는 경우가 종종 있지만, 어차피 태어났으니 누구나 불행보다 행복을 찾는다지만 가는 길을 멈춰 서서 뒤를 돌아보면 지난 세월을 생각할 때는 이미 한참 늦은 것이다. 나 역시 富도 약간은 쌓였지만 지금 생각하면 버는 것보다 관리하는 것이 얼마나 중요한지, 돈을 아무리 잘 벌어도 관리를 잘못하면 오래 가지 못한다는 것을 뼈저리게 생각하게 된다. 부산역에도 건물이 하나씩 들어서더니 장사는 옛날 같지 않아 가면 갈수록 매상이 반 토막이 나기 시작하고 이정도가 되면 빨리 정리도 해야 하는데 그래도 애착이 있다고 그 가게에서 7~8년 했나 나는 결국 가게를 정리하고 말았다.

우리 집 가까이 복덕방 할아버지들이 땅 사라고 조르다시피 했지만 내가 시골에 가서 땅을 사서 농사를 지을까요. 그분들 말 한두 번만 들었어도 지금쯤 괜찮을 텐데 그게 나의 운명이려니 치부하기도 하고 난 어느 친구의 건의로 나이트클럽을 시작했다. 그때만 해도 규모도 약간 크고 시작한 날부터 아는 놈이 와서 외상 다 처먹고 가니 이게 될 일인가 경험도 없이 얼마 안 가서 서널 나고 말았다.

사람이 사업에 실패하면 몸과 정신까지 상처를 받아 말하자면 우울증으로 한참 고생을 하기도 하고 점점 위기에 처하게 되면 약자에게 가혹하고 잔인하다는 걸 누구보다 잘 알고 있는 나~~~!! 지금 생각하면 죽을 자리를 일부러 찾아다니는 꼴이 되었다. 한때는 교회를 열심히 다니기도 하고 성경책도 열심히 보았지만, 옆 좌석 눈치 봐 가며 하나님께 사랑받기보다 사람에게 사랑받기를 원하고 사람하고 약속은 지키면서 하나님하고 약속은 차일피일 미루는 것이 신도들의 마음인 것 같다. 어린 시절 부모로부터 사랑을 받고 자란 자는 용감하고 사랑을 받지 못한 자는 그렇지 못한다는 말이 있다.

나는 자식 셋을 낳아 가르쳤는데, 장사로 먹고살았기 때문에 아침에 늦게 일어나고 밤에 늦게 들어와서 자식 교육은 형편없었다. 나는 공부도 좀 하는 줄 알았는데 대학 갈 때 보니 지금까지 지들 공부 잘한다고 하기에 철석같이 믿었건만 그냥 장사에만 신경 쓰느라 대학 시험 보는 놈마다 낙방을 하고 전·후기를 다 떨어지니 그때 가서 후회하고 대학을 한 번에 합격한 자식은 하나도 없다. 남들은 일류 대학을 어디를 가니 자랑들 히지민 나는 이비 늦었구나.

내가 주로 집에 있으면서 한문을 가르친다고 했지만 다 지난 세월~~~ 솔직히 지금까지도 자식들 직장생활은 하고 있지만, 대학이 시원치 않으니 진급도 못 하고 겉돌고 있는 것 같다. 나는 클럽을 하다 실패를 해 집에서 당분간 쉬면서 아이들 고등학교와 대학 등록금 셋을 한꺼번에 낼 때는 감당하기가 여간 힘들었다. 그렇다고 공부나 잘한다면 마음이나 위안이 되지. 나는 하는 것마다 쫄딱 망하고 말았다. 형편이 말이 아니다. 옛 속담에 버는 것은 한 세월이고 쓰는 것은 한순간이란 말이 있듯이 이것저것 다 해 봐도 이슬비에 옷 젖는다는 말이 있지요, 하는 것마다 실패의 연속이다. 내가 사람을 쓰면서 그렇게 야박하게 하지도 않아서 옛날 종업원들 만나면 그래도 반갑게 하고 내가 무슨 갑부나 되는 줄 알고 있었다.

내가 아무것도 안 하고 있을 때였는데, 그때 광주에 있는 6촌 동생이 건물을 하나 짓는다고 지하에서 나이트클럽을 한번 해 보지 않겠느냐고 제의를 해 와 임대료도 쌀 것이라 생각 들어서 고민 끝에 광주로 가서 집까지 팔아 6촌 동생 건물에서 가게를 시작했지만 재기할 수 없을 정도로 실패를 하고 말았다. 역시 거기도 고향 친구들이 문제였다. 선후배나 옛날 친구들이 와 팔아주기도 하지만 그 친구들이 골병들게 했기 때문에 나는 1년을 못 버티고 보따리를 싸고 말았다. 처가에서 부산에 갈 여비와 방을 얻어 줘 간신이 부산으로 갔지만, 남부민동에서 한 방에 다섯 식구 먹고사는 것도 어려운데 남의 빚은 여기저기 있지요~~ 실패의 원인 중에 자신을 알지 못하는 것보다 더 큰 잘못이 없을 것이다.

독자 여러분께서 그렇게 갑자기 망할 수 있나 하지만 돈을 버는 것은 한 세월이고 망하는 것은 한순간이란 말이 있지요. 방 하나에 다섯 식구 무엇을 해야 하나. 아내는 우선 입에 풀칠이라도 해야지 할 수 없이 여기저기 일을 다니면서 한나절 일하면 삼천 원, 하루 뼈 빠지게 일하면 육천 원, 나는 여기저기 뭘 해야 하나 나를 아는 사람이면 저 사람이 저렇게 되었나 믿기지 않아 궁리 끝에 배운 게 운전할 수밖에 없다. 그때는 택시 운전도 취직하기 여간 힘들었다. 여기저기 알아봐도 택시 기사도 여간 어려워서 나는 아무리 생각해도 살아갈 힘도 능력도 없다. 살아야겠다는 자신감도 상실해 버리고 어린 시절 외로워하던 사람은 쉽게 외로워진단 말이 있듯이 외로움과 불안이 밀려올 때는 그것이 저 사람 때문이 아니라 모두 내 안에 있다고 생각하며 외로움을 이겨내지 못했다.

결국, 아내가 여기저기 돌아다니면서 어느 택시 회사를 들어가 무턱대고 택시 할 수 있느냐고 했던 모양이다. 배차 본 분이 얼굴도 예쁘장하고 해서 우리 아내가 하는 줄 알고 오케이 했던 모양이다. 남편이 한다고 말도 안 하고 나는 다음 날 아침 일찍 그 택시 회사에 갔더니 아니 여자가 한다고 했는데 당신이 나오느냐고 그 시간에 기사들이 부족했던 모양이다. 그렇게 나는 땜빵으로 운전을 하게 되었다. 부산에 오래 살았지만, 택시 한 첫날 지리도 모르지 정말 하루를 어떻게 보냈는지 보통 처음 택시를 하려면 하루, 이틀이라도 교육을 받아야지 그냥 내보내니 말로 표현할 수 없지요. 옛날에는 택시 타기는 했지만 막상 내가 하려고 하니 정식 기사도 아니고 대타로 그날 결근한 기사들 대리해서 하는데 그것도 순서대로 아침 새벽에 나가서 순번을 받아야 한다. 아니면 공치는 날도 더러 있고, 한 달 일하면 월급이 13만 원 참 겨우겨우 입에 풀칠하기도 어려운 일이지 아무튼 한 3개월 정도 하면 뭐 어떻게 되겠지 그렇다고 무슨 대책이 있나.

한 달 정도 근무하니 정식 기사가 되었다. 자기 시간대에 서로 집 근처에 있는 기사하고 짝을 맞춰 준다. 처음에 3개월만 한다는 게 3년을 했다. 나는 피우던 담배도, 먹던 술도 일절 끊고 광주에서 실패하고 부산으로 올 때 남은 빚이 천만 원 정도 되었다.

돈을 빌릴 때 전혀 모르는 사람에게 빌릴 수는 없지요. 그래서 대부분 친인척에게 돈을 빌렸는데, 내가 실패하고 부산으로 갈 때 이모가 내 돈 언제 갚을 거냐고 묻는데 참 기가 막히더군. 아침에 이삿짐을 한참 차에 싣는데 이모가 오시기에 내가 어려우니 좀 도와주겠지 했는데 세상에 내 돈 언제 줄 거냐고~~ 나는 지금까지 이모가 엄마처럼 나를 거두어 주는 줄 알았는데 내 신세가 이리 되니.

나는 이모가 캐나다 딸네 집 가신다기에 비행기 요금 하시라고 이백만 원도 드리고 때때로 용돈도 많이 드렸는데 세상에 저럴까, 돈이 삼십만 원인데. 우리 애들 선호 초등학교 3학년, 영미가 1학년, 진호는 코흘리개 였는데 사탕 사 먹으라고 백 원짜리 한 닢 안 준 이모.

내가 부산에서도 빌린 돈이 백만 원이 있었는데 나에게 돈을 빌려준 할아버지가 돌아가셔서 그분 아들에게 돈을 갚으려고 하니 우리는 목욕 탕도 경영하여 괜찮다고 자꾸 사양했다. 하지만 내 마음이 편하지 않습니다, 하고 아들에게도 빚을 갚았다. 그분도 지금쯤 내 나이 되었겠지 그 말 한마디가 지금 생각나네요~ (나는 지금도 이모를 붙들어 잡고 마음 속으로 한없이 울었던 순간들~~ 이모는 현재 내 가슴속에 2/3는 내 마음 을 사로잡고 있는 것은 사실이다, 그 상처가 너무 깊고 너무 커 쉽게 잊 을 수가 없다 그 상처를 어찌 말로 다 할 수 있겠나. 이모 집에서 먹고 자 고 이모가 엄마처럼 나에게 베푼 사랑이 그 무엇과 바꿀 수 없었던 일들이 한순간에 무너져 버린 내 마음을 어찌 달랠 수 있겠나, 그래도 내 마음 한구석에는 이모를 잊을 수가 있나 엄마처럼 사랑하는 마음은 변할 수가 없지요!! 그에 비하면 이모부께서는 선행과 사랑을 많이 베푸신 분~~ 그 사랑과 선행을 말로 다~ 표현할 수 있겠나. 나더러 세상에서 가장 존경하는 분이 누구시냐 하면 이모부이시다. 이모부께서는 학식과 인품 덕망도 두루 겸하신 분으로써 주위에서 존경받으신 분이시다.) (이모 집 자녀들은 나에게는 가장 친근하고 특히 큰딸 희숙이 하고는 흉금을 털어 놓고 말할 수 있는 유일한 동생인데 안타깝지만~~) 혹 이 책을 보면 나에게 섭섭하겠지만 앞과 같이 나는 사실대로 했을 뿐이다.

나는 그럭저럭 3년이 넘도록 운전을 하면서 인생을 한 수 배웠다. 나의 아내는 주로 남의 일도 다니고 하루 종일 일하면 육천 원 정도를 벌었는데, 일을 못 하게도 했지만 내가 조금 더 고생하면 된다고 아무튼 둘이서 삼 년을 고생했다. 그때 부산에 도로 사정이 안 좋아 차가 밀리면 택시는 병산제도 아니고 아무리 밀려도 요금은 그대로였다. 그때 택시 하는 우리 같은 젊은이들은 대부분 사업에 실패한 사람들 손님도 이런저런 손님 중간에 돈이 약간 부족하면 단념하고 내가 그렇게 손해 보는 것도 아니다. 얼굴도 기억 없는 손님들이 선행을 베푸는 일들도 많이 있었는데 지금도 잊지 못할 그 선행 밤늦게 주로 술 취한 손님이 대부분이었는데, 언젠가 내 차를 탄 어떤 손님이 술에 취해 미안합니다, 우리는 술을 먹고 이렇게 노는데 기사님은 열심히 하시는 것을 보니 미안하다면서 그때 요금이 1,000원 정도 나왔나 2,000원을 보태 주면서 기사님 집에 갈 때 아이들 맛있는 거 사 주라고 말해 주는 참 좋은 손님도 많았다. 내가 살아 보니 주는 진설과 사랑은 절대로 밑진 적이 없다는 말이 실감이 나더군. 받는 이는 영원히 잊지 못할 것이다!!

또 한 번은 70대 중반쯤 되어 보이는 분께서 말하자면 지금 내 나이다. 내가 하는 말이 어르신 어디를 가시느냐고 했더니 아, 그래요 하시면서 하신 말씀이 지금도 기억이 난다. 젊은 기사 양반 인생은 금방입니다, 지금 택시 한다고 대강 살지 말고 목표를 가지고 살아가세요, 금방 내 나이 됩니다. 그때 내 생각에 내 귀에는 안 들어왔지만 지금 생각하니 참 좋은 말씀 인생은 시~처럼 살다 시~처럼 가 버린다는 말 한마디.

이제는 약간 요령도 생기고 세월이 흘러 택시 하면서 그 많은 빚을 다 갚았다. 정말 그때는 회사 사납금보다 집에 가지고 온 돈이 한두 배가 많았지요. 사납금만 맞추면 회사에서 나오는 월급은 십사오만 원이다. 내가 따로 벌어들인 돈이 그 몇 배이니 방도 조금 큰 데로 옮기고 장사 밑천도 준비해서 여기저기 다시 장사하겠다고 근근이 밑천을 준비해 부평동 쪽 가게를 보게 되었는데, 잘 안되는 곳이었으나 예전에 만두 장사를 했던 기억이 나서 만두 장사를 시작하기로 했다. 정말 사람 왕래도 없는 곳이다. 누구나 무슨 장사가 되겠냐고 다들 반대했지만, 아무튼 맛으로 승부한다고 역시 맛으로 승부했다. 그 동네는 우리 만두집 때문에 사람들이 오고 가고 몇 달을 했는지 이름이 여기저기 알려져 대학 병원에까지 그렇게 소문이 나 의사들, 인턴들 엄청 많이도 와. 우리가 장사가 잘되니 옆집에서 질투가 났는지 별 해코지를 했다.

한번은 우리 집 만두를 사러 온 손님의 차를 펑크를 내지 않나, 양옆의 가게가 우리를 못 잡아먹어서 안달이었다. 그 위치가 누구나 허가증이 없어 대부분 무허가로 장사했는데 우리 다~~ 똑같이 무허가인데 옆집에서 고발한 모양이다. 벌금도 몇 번씩 내고 파출소에서 관여할 일도 아닌데 거기다가 신고해서 순경들이 와서 괴롭히지, 식당 조합에서 괴롭히지, 참 무허가로 벌금도 몇 번 내고 아주 골치가 아팠다. 저들도 무허가인데 우리는 설마 했지만 참 그때만 해도 어두운 세상이지.

내 경험으로 봐서 산꼭대기에다 음식 장사를 해도 맛만 있으면 어디든지 찾아온다는 말이 있다. 너무 자리 좋은 데 비싼 임대료 지불하고 아무리 자리가 좋아도 음식이 맛없으면 안 된다. 가게는 장소가 중요한 게 아니고 맛에 승부를 걸어야 한다. 또한, 손님을 장삿속으로 대하면 안 된다. 항상 내가 밑지는 장사를 하면 언제든지 그 손님이 나에게 덕을 준다는 말이 있지요. 사람이 살면서 선행과 사랑을 베풀면 절대로 밑지지 않는다. 얻어먹는 거지도 적은 돈을 공손하게 주면 고맙게 받아 가지만 약간 많은 돈을 줘도 던져 주면 나가면서 속으로 더러운 자식이라고~~

요즘은 그런 사람 없지만 그때만 해도 몇 입 얻으려고 다니고 잡상인들이 많이 왔다 갔다 하는 때이다. 보통 다른 집들은 못 들어오게 하지만 나는 절대로 그렇게 안 했다. 그래서 우리 집은 얻어먹는 사람이나 잡상인들도 특히 많이 오기도 하고 우리 막내하고 종업원 등 아내까지 장사를 하면서 잡상인이 몇 입 얻으러 오면 나는 그냥 안 보낸다. 막내 녀석 하는 말은 아빠 자꾸 주면 또 온다고 그래서 혼냈지. 야 너는 밥 한 번 먹고 마니 절대로 그러지 말아라, 얻어먹는 사람도 먹고살아야 할 거 아니냐. 있든 없든 선행을 주는 사람은 있을 수 있지만 받는 사람은 영원히 잊지 못한다고 한다, 인생은 약간 손해 보듯 살아야 한다. 지금 내 자식들한테도 너희는 앞으로 살날이 많으니 선행을 베풀고 살라고, 선행과 사랑은 절대로 밑지는 장사는 아니라고 말하고는 한다.

3.
다 지나간 일들

　나는 부평동 만두집에서 자꾸 말썽이 생겨 결국 법원 앞으로 가게를 옮겼다. 지금 새로 들어간 가게와 가까운 곳으로 대학 병원, 검찰청, 법원 손님 등 옛날 그대로였다.

　법원 앞에서 장사를 해 보니 별의별 사람들을 다 보게 된다. 법원이나 검찰청이란 게 엄격하게 법을 집행하는 곳 아닌가. 법원 앞에 브로커들이 얼마나 많은지 특히 시어머니와 며느리, 아들과 엄마 등 아니면 형제 간 가족 간에 재산 싸움이 대부분~~ 어떻게 며느리 아니면 형, 동생, 아들하고 엄마 또는 남자의 세컨드 우리 건물주도 형하고 재판을 하는데 변호사 사무장들이 하는 말들이 법원이나 변호사들이 그런 거 없으면 밥 못 먹고 살 거라고 물론 다른 사건들도 있지만 대부분 친가족끼리다.

　그 재판을 빼면 형사 재판은 극히 드물고 거기서 느낀 친족이 100~90%라고 하던데요. 나도 아버지가 시골에 있던 땅을 팔아서 어느 날 갑자기 너의 아들 대학 가는데 학비 한번 대주겠는 것이다. 참~~ 세상 살다 이런 일이 있나 싶어 무조건 은행 계좌를 가르쳐 달라는데 믿을 수가 없어. 아무리 생각을 해 봐도 내가 가지고 있던 땅은 내 앞으로 있으니 아버지 맘대로 안 될 것이고 솔직히 땅에 대한 걱정은 없다. 며칠 있으니 통장에 천만 원이란 아주 거금이 왔다.

　그 땅은 내가 월남에 있을 때 보내 준 돈으로 산 것인데 다 써 버리고 내가 귀국해 올 때쯤 나를 보기 미안해서 사 놓은 땅인데 그때 시세로 보리 세 말로 샀다고만 들었지 난 솔직히 그 땅이 어디인지도 몰랐는데 그 땅이 개발 지역으로 들어간 모양이다. 사실 그때 집으로 돈을 보내고 싶어서 보낸 것은 아니고 의무적으로 보내게 되었다. 그렇게 통장에 돈이 들어온 즉시 땅을 팔았다고 그래서 어이가 없어 물어봤더니 5천만 원에 팔았다는 것이다. 세상에 나는 도저히 이해가 안 된다고 인감을 안 내주고 버티기를 상당히 오래 버티었다.

그래서 법원에서 가족 간에 재판을 하는구나 싶었지요. 나는 많이 버티다가 보니 내가 인감을 안 주면 아버지가 사기죄로 입건된다는 것이다. 그래서 할 수 없이 인감을 보내 주었으나 도저히 해서는 안 될 일을 한 것 같은 기분이 들었다. 혹시나 하는 마음에 이것 때문에 세금을 내야하는 것 아니냐고 물어봤더니 절대 그런 일은 없다는 대답을 들었다. 그러나 그 말이 무색하게 몇 달 뒤에 우리 집에 세금 내라는 고지서가 도착했다. 자그마치 1,750만 원 내가 받은 돈이 1,000만 원인데 도저히 이해할 수 없는 금액이었다. 그렇게 집으로 연락을 했더니 혹 내가 무슨 수작을 하는지 의심을 하더라고 내 동생이 제일은행 광주에서 다니던 때라 그쪽 아들한테 물어보니 사실이라고 하니 어찌할꼬. 내가 받았던 돈과 집에서 보내온 돈 750만 원을 가지고 세무서에 갔더니 이게 기한이 지나 과태료가 엄청 많이 나와서 에라 못 내겠다, 하고 버티고 말았다.

한참 장사를 잘하고 있는데 무통장 카드로 현금을 찾는 은행이 유행이 되어 우리 가게를 은행에서 자꾸 넘기라는 제의를 해 왔다. 나는 잘되는 가게를 넘기고 지금까지 빈 돈으로 아파트도 준비하고 그냥 몇 달을 놀다 음식 하는 것이 힘도 들고 뭐 다른 직업을 알아보려고 몇 달을 생각하다 벼룩시장의 광고를 보니 주차장에 1억 2천만 원을 투자하면 한 달에 4 백씩 준다기에 영도에 가서 계약을 하게 되었는데 알고 보면 정말 사연이 복잡하다. 설마 공직에도 근무한 사람이 나쁜 마음이야 먹었을까 했지만 계약해 놓고 보니 완전 사기나 다름없었고, 그 사람 역시 그 땅을 주차장으로 공사하면서 돈도 많이 들었는데 그 땅이 다른 사람에게 팔렸으니 나가라는 판이다. 그러던 중 내가 들어간 것이고 알고 보니 완전 내가 결과적으로 사기를 당한 것이나 다름없게 되었다. 원래 토개공 땅일 때 시설을 했던 모양인데 돈이 일이 천도 아니고 나에게는 거액이었다. 그렇게 여기저기 경찰서도 찾아가서 알아봐도 상대방이 가진 돈이 없으면 돌려받을 수 없다는 것이다.

사실 상대가 돈이 없으면 내 돈이 떼이는 것이지. 한두 달 있으면서 그 시련은 말할 수가 없지만 받을 길이 아무리 생각해도 없어 막가는 생각을 해 보기도 하고, 영도 자살 바위에 자살을 하려고 몇 번 가 보기도!! 아무튼 술이라도 먹고 죽으려고 생각하고 솔직히 뛰어내리려고 몇 번을 시도해도 밑을 보면 무섭고 자살하는 사람들이 보통 독한 마음을 먹는 것이 아니구나, 굉장히 무섭고 겁도 나던데 뭐 죽는 사람이 그런 걸 생각하겠어. 매일 술 아니면 잠을 이룰 수가 없고 술이 아니면 견딜 수가 없다. 지금 나의 삶은 솔직히 사랑하지도 않고 그렇다고 부정하지도 않고 그냥 현실을 받아들일뿐이다.

그 주차장 주인은 어떻게 해서든지 한번 해 보자는 것이다. 지금 생각하면 고맙지. 옛날처럼 벼룩시장에 광고를 내 보자고 하니 나는 별 기대도 없이 그러자고 했는데 생각지 않게 몇 사람 왔었다. 그래도 의외의 일이 벌어져 쪼개서 5천만 원씩 세 사람이 왔는데 나는 하늘이 구했는지 세 번으로 쪼개 그 돈을 다 받게 되었다. 결국, 그 주차장 주인이 다른 사람에게 사기를 친 것과 다름없는 방법으로 나를 구해 준 것이다.

내 돈 다 받고 결국 부도나고 말았지만, 투자하는 사람들이 가만히 있겠나. 고발도 하고, 하루가 멀다고 찾아와서 그 돈이 어디로 갔냐고 묻는데 성화를 못 이긴 주차장 주인이 나에게 다 줬다고 실토를 해서 결국 경찰에서 문제가 생기고 말았다. 나는 솔직히 내 돈 들어간 것 받은 것뿐이라고 그 사람이 사기를 치기는 했지만 내 돈을 받은 것은 죄가 될 수가 있나. 둘이서 사기를 친 것도 아니고 그분이 광고 내서 받은 돈을 내게 준 것뿐이다. 나는 아슬아슬하게 그 순간을 모면했지만~~~ 지옥에서 천국으로 온 기분 참 세상은 죽으라는 법은 없는 것 같군요.

4.
나와 약속

　나는 나름대로 확고한 철학이랄 것을 가슴속에 가지고 있었다. 지금까지 살아오면서 나와 내 마음과 약속을 철저히 지키고 살아간다. 누구나 마음과 육체는 따로 있지만 남과의 약속도 중요하지만 내 마음과 약속을 정말로 중요시하는 편이다. 말하자면 담배를 끊는다든지 또한 술을 끊는다든지 좋은 책을 한번 보면 날을 새워서라도 끝을 보는 것. 그래서 지금 내 눈에 피로도가 심해 여간 어려움을 느끼고 있다. 마음의 약속은 여러 가지가 있지만, 특히 무슨 일이든지 뭐를 해야겠다는 결심을 하면 어떠한 일이 있어도 절대 내일로 미루지 않는 것이 특징이다. 그러니 내 육체가 피곤해지고 나의 아내가 피곤해할 때가 한두 번이 아니다. 말하자면 상대방이 봤을 땐 고집이라고 하지만 절대로 그건 아니다. 가끔 그 일로 아내하고 다투기도 하고 나는 내 마음과 약속을 굉장히 중요시하지만, 지금 생각해 보면 대강대강 사는 사람도 많이 있지요. 역시 그런 사람들이 알고 보면 서둘지 않고 차분한 성격 탓이라고 생각한다.

　세월은 누구나 똑같이 강물처럼 흐르는데~~ 세상은 요지경이란 노래가 한참 유행일 때도 있었지요. 지금 생각하면 사람은 천천히 여유를 가져야 하는데, 살면서 어디 좋은 길만 택할 수 있나요. 행복을 찾기 위해서 죄 속에 허덕이며 비탈길만 택할 수밖에 없었던 내 삶, 나같이 딱딱한 사람은 늘 따돌림을 받기 마련이다.

　내가 식당을 그만두고 주차장에다 근~~ 1년의 허송세월을 보내고 아마 한 2년쯤 공백기가 있었던 것 같은데 송충이는 솔잎만 먹고 산다는 말이 있듯이 다른 직업이 그리 쉽지 않아 보인다. 부동산을 하는 홍기학 씨는 내가 어떤 음식 장사를 해야 하는지를 알기 때문에 부탁을 했더니 한 달이나 되었나, 서면에서 술 한잔하자며 만나 이런저런 이야기를 하던 중 우연히 전화로 다른 사람에게 가게를 소개하기에 어떤 가게냐고 물었더니, 서면1번가에 있는 족발집이라며 한번 해 보겠느냐 제안을 해 와서 나는 그럼 한번 가 봅시다 하고 그 가게에 가 봤지요.

직접 눈으로 보니 꽤 괜찮은 가게라는 생각이 들어서 며칠을 고민해 보니 내가 한 2년 이상 쉬었기 때문인지 자신감이 안 생겼다. 족발집 주인을 만나서 직접 얘기해 보니 장사는 아주 잘되는 편이었으나 그 주인이 너무 오래 해서 싫증 나서 그만둔다는 이야기였다. 내가 조금 망설이는 것 같았는지 족발집 주인은 며칠간 일을 해 보고 판단해 보라고 했다. 하루쯤 일을 해 보니 손님이 어떻게나 많은지 미처 감당할 수 있겠나 생각도 들었지만 일단 계약을 하고 중도금, 잔금 약속을 잡았는데 며칠이 지나니 건물주가 승낙을 안 해 준다는 것이다. 더 기다려도 안 된다는 말만 듣고 참다못해 내가 직접 건물주에게 전화를 해 봤더니 계약을 하려면 직접 방문하라는 의외 말이다.

그래서 족발집 주인하고 우리 아내하고 셋이서 혹 계약을 할 수 있으면 마무리 지으려고 보증금까지 다 준비해서 건물주를 만났더니 그럼 돈은 준비했습니까 해서 네 하고 그 자리에서 계약이 성립되고 2, 3일 후 인수를 받았다. 바로 옆집도 족발집이라 우리하고 경쟁이 여간 치열해서 맛으로 승부하자고 결심하고, 그렇지만 2년 넘게 공백기가 있으니 내가 감당할 수 있나 싶기도 하지만 그래도 전 족발집 주인이 수시로 부부간에 도와주기도 하고 매상도 만만치 않아 그때 하루 매상이 150~200만 원 정도이다. 여태 장사하면서 이렇게 잘되는 것은 처음이다. 그 주인은 장사를 7, 8년 했다니 얼마나 돈을 많이 벌었겠나 싶기도 하고 그때만 해도 카드가 있지만 카드 사용이 가끔 한 번씩이고 전부 현금 매출이니 매일 그 현금을 집에 가지고 오니 7, 8개월 만에 내가 투자한 1억 2천만 원을 충당을 해서 한 달 수입이 보통 천5백 아니면 2천 가까이 되었지요. 이렇게 매상이 많이 오른 집은 처음이라 전 주인이 가게를 팔고 후회를 많이 한 모양이다. 2층 복층인데 30석이 다 차면 손님이 밖에서 기다리는 지경까지 이르렀다. 그렇게 족발집을 몇 달 해 보니 시간의 여유도 생기고 못다 한 공부라도 할 거라고 학원도 여기저기 많이 다니면서 개인 교습도 하고 조금이라도 젊었을 때 배우려고 학원을 다니다 보니 여기보다 수준 높은 학원도 선택해 다니고 내가 하고 싶은 것은 다~~~ 한 셈이다.

장사가 완전히 자리를 잡고 난 후에는 내가 오전에 와서 준비하고, 저녁에 한창 바쁠 때만 봐주고 남는 시간에는 개인 교습을 받거나 학원도 여기저기 다니면서 공부를 하며 조금이라도 더 배우겠다고 학원 강사에게 용돈도 충분히 따로 주어 가면서 부단히 노력했고, 학원에 가 보면 대부분 막내아들보다도 더 어린 학생들하고 어깨를 나란히 하고 공부하는 학생들이 고3 학생들이 제법 있더라고. 야, 그래도 내가 고3 학생들하고 공부를 같이하다니 나중에 안 일이지만 강사한테 물어봤더니 고3이지만 학교 전교에서 끝에서 1, 2등 하는 학생들이라고 강사 하는 말이다~~!! 그래도 옛날에 종로학원에서 고등학교 수업도 약간 듣던 게 상당히 도움이 되었다.

배운다는 것은 아름다운 일입니다.

배우지 못하면 무지한 사람이라고 합니다.

(배우지 못한 내가 무지한 사람인가.)

학교에서 배우는 것은 지식이지만,

사람에게 배우는 것은 지혜라고 합니다.

책을 보는 것은 마음을 다스리는 길이요,

사람이 만들어지는 과정이요, 겸손을 배우는 것이라고 했습니다.

나는 내가 본 책은 차례대로 잘 보관해야 책의 제목을 보면 책 내용을 기억하거든요.

학원에서 수업 중에 강사님 하는 말이 너희들은 저 아버님만도 실력이 못하느냐 고3 학생들한테 말하면 그래서 나도 할 수 있겠구나. 제법 수준이 있는 학원도 다니고, 학원에 내 나이하고 비슷한 수강생이 있나 봤지만 그래도 중년들은 제법 있었는데 그 학원 다니면서 우리 가게 온 학생들이 참 많이 있었다. 내 나이가 60대 중반이니 주로 재수생들 아니면 대학 진학할 학생들 참 아들보다 훨씬 어린 학생들하고 공부를 한다는 것이 마음도 뿌듯하기도 하고 나는 어느 학원을 가도 담임 강사에게 항상 학원비의 배 이상으로 용돈을 따로 주기도 한다. 하나라도 더 배울 욕심으로 수업이 끝나고 시간이 나면 어떻게든지 나를 더 신경 써 준다. 돈은 들어가지만 많은 도움이 되기도 하고 우리 아내도 내가 배우려고 하기 때문에 돈 쓰는 것도 시간도 나에게 여유를 많이 주는 편이다~~

이렇게라도 배움에 길이 있으니 솔직히 아무리 노력해도 제일 못한 학생들을 못 따라가는 편이지만 어디 배움이란 게 때를 놓치면 어려운 일인데 또한 내가 옛날에 학교 다닐 때도 머리가 안 좋아 반에서 중긴도 못 끼고 그때 사실 밥 먹기도 힘들 내이고 계모한테 심한 구박을 받았으니 무슨 공부를 하겠어. 이렇게라도 한다는 것이 천만다행이지 돈이 있어도 시간이 없으면 안 되는데 나는 시간도 돈도 그럭저럭 된다. 컴퓨터 학원도 다니는데 강사가 너무 어려서 말을 붙일 수가 있나 그래도 컴퓨터 학원은 우리 나이도 있고 중년들도 많이 있어 참 다행이구나 싶기도 하고 그 대신 어린 학생들은 한두 명 뭐 지금 학생들이 컴퓨터 못하는 학생들이 있겠어. 나는 고등학교 검정고시 꿈은 이뤘지만 내 나이에 별 의미가 있겠는가.

5.
늘 자신만 상처받고

누구든지 자기만의 길이 있다.

길에서 사람은 자라고

길에서 사람은 만드는 것도 길이요,

죽음도 길에서 죽는다.

돈을 벌기 위해서 건강도 잃고 건강을 찾기 위해서 그 돈을 다 잃고 만다. 늘 자신만 상처받고 다들 이기주의만 선택하고 나만큼 고생한 사람 있나 그런 사람은 항상 위를 보고 살기 때문이랍니다. 한편 내 뒤를 보면 나보다 더 많은 고생을 하는 사람도 얼마든지 있지요. 없는 사람은 일을 하면서 구박을 받지만 있는 사람은 정의를 실천하지도 않고 박수갈채를 받는 이도 있습니다. 가난하면서도 비굴하지 않고 부유하면서도 겸손함과 예를 갖추는 사람이 되리라 누구나 이런 다짐은 하겠죠.

노인이 되면 행복은 불행 뒤로 흔적도 없이 사라진다고 하던데, 마음의 상처는 흔적을 남긴다고 했다. 우리 몸이 아무리 복잡할지라도 사람의 마음만큼 세심할 수는 없습니다. 열 길 물속을 아는 것보다 내 몸속 한 뼘 안에 자리 잡은 우리를 이해하기가 더 어려운 법일 것이다. 내가 시간이 되어 이런저런 책을 많이 보는 편인데 우연히 철학자들의 책을 보게 된다. 그래 철학이란 무슨 뜻인가 정의 실천이지만 원래 더 깊이 들어가 보면 기원전 그리스어로 Philo & Sophia 사랑과 지혜라는 것이고 우리 동양어로는 애지(愛知) 600년 전에 최초의 철학자 탈레스라는 사람이 있었다고 한다!! 본격적으로 철학이 절정에 이를 때는 소크라테스 때부터다.

보통 철학의 역사책을 보면 자기가 책을 낸 것이 아니고 그다음 세대에서 그 사람의 기록과 행적과 내역을 찾아 책이 펼쳐진 것들이다. 본인이 쓴 책들은 모두가 자가 자청하는 것이고, 소크라테스의 행적은 제자인 플라톤이 책을 내고 공자의 기록은 맹자가 책을 내고 예수도 본인이 글 한 편 남기지 않았다 합니다. 최근에는 제2차 세계대전의 롬멜의 책도 그 반대인 영국의 장교가 그의 행적을 추적해 낸 책이라고 합니다. 세계의 노벨 문학자들에게 어떤 분을 제일 존경하느냐 설문 조사를 했더니 의외로 공자가 일위였다고 합니다. 지구상에서 가장 추앙받는 삼대신은 예수 부처 공자 이분들은 사람이 해야 할 일과 해서는 안 되는 일을 구분했기 때문이다. 사람의 겉만 보고 한두 마디에 그 사람의 전체를 평가하지 말라는 격언이 있듯이 우리는 서로서로 상대를 인정하고 타 종교 역시 인정해야 한다. 예수가 십자가에 죽었는지 21세기~~ 신은 인간의 생활 방식을 규제하는 존재가 아니다. 인간이 만들어 놓은 법률이고 신도 그 법률에 따라 생활 방식을 스스로 규제하는 인간을 보호하고 그 노력을 돕는 존재에 지나지 않는다.

어느 종교이든 사회 불안을 일으킨 종교는 인간의 법률에 따라야 할 것이다. 영국의 어느 선교사가 미국에 들어가 정치와 종교를 분리시키고 선교사가 나라를 세우는 큰 역할을 했다고 한다. 미국의 나라가 종교에 우리나라처럼 정치에 좌지우지하는 일은 한 번도 없다고 한다. 나 역시 기독교인이라고 한때는 자부했다. 하나님께 자신의 소원을 빌면 대체로 그 소원이 이루어진다고 알고 있지만, 솔직히 하나님께 소원을 빌기 전에 자기의 행동과 몸가짐과 그 소원을 비는 뜻과 일치되어야만 하지 않나 싶기도 합니다. 하나님은 정성껏 제물을 올려 제사를 지내면 되었지 지나친 요구를 하는 것은 올바르게 하나님을 섬기는 것이 아니지 싶다. 옷을 잘 입든 못 입든 사람의 가치에는 변화가 없다. 행동이 옷에 따라 달라지는 것은 아니다.

사람에게는 세 가지의 걱정이 있다.
굶주린 자가 먹을 것을 얻지 못하고,
헐벗은 자가 옷을 얻지 못하고,
고생하는 자가 쉬지를 못하는 것이다.

네 가지의 편안함이 있다.
몸은 편안함을 알고,
입은 단 것을 알고,
눈은 아름다움을 알고,
귀는 즐거움을 아는 것이다.

옛날 중국의 어느 천한 학자가 궁에 들어갈 일이 있어 임금님께 제가 쓴 책이 있으니 한번 보십사 하고 직언했더니 밑에 있던 신하들이 천한 사람의 책을 읽지 마십시오, 라며 만류하였다. 학자는 그 모습을 보며 그럼 시골에 천한 농사꾼이 지은 농산물로 제사를 지내면 안 되지 않습니까? 라고 말했다고 한다. 높고 낮음을 떠나서 남을 인정해야 하고, 진정한 종교인이라면 내가 믿지 않는 종교라도 배려를 해 주는 미덕도 갖추어야 하지 않나 싶다. 배려는 남을 위한 배려지만 또한 자신을 위한 배려이기도 하다. 앞을 못보는 사람이 밤에 등불을 들고 길을 걷자 그와 마주

친 사람이 '당신은 앞을 보지도 못하면서 정말 어리석군요.' 했다. 그가 말했다 '당신이 나와 부딪치지 않기 위해서 내가 당신을 위해서요.'

어쩜 배려와 경쟁은 이율배반적이지만 삶을 지탱해 주는 게임에 기본일 것이다. 옛날 로마인은 다른 나라를 침범해도 그 나라의 종교와 법을 인정해 주어 천년 넘게 유지할 수 있었다.

혹 기독교인들이 나를 핍박할지 모르지만 유독 기독교인은 다른 종교를 인정하지 않는 것 같습니다. 그 많은 설교를 들어봐도 단 한 번이라도 그런 뉘앙스는 없었다. 기원전이나 기원후에도 로마인이 다른 민족을 볼 때 항상 산적으로 취급했지만 그들에게 그리스 문화가 주입되면서 게르만 민족 등 타민족의 도덕적 가치가 주입되고, 로마도 그리스를 점령했지만 문화는 그리스가 로마를 점령했던 것이다. 신약성경에 이런 말이 있다. 너희 중에 누구든지 크고자 하는 자는 자신을 섬기고 너희 중에 으뜸이 되고자 하 는자는 자신의 종이 되어라. 즉 남에게 대접을 받고자 한다면 먼저 남을 대접하라는 의미일 것이다. 사람은 한 사람, 한 사람 사귀어 보지만 사나운 사람은 없다. 그러나 잇속이 걸리면 사람의 본심이 나오는 것이 어느 사람이고 잇속은 남에게 양보하는 사람은 없을 것이다. 사람은 살아온 과정도 중요하지만 결국 결과론을 훨씬 중요시한다. 살아온 과정이 아무리 좋았다고 하더라도 대부분 결과론으로 인정하니 지금의 현실일 것이다. 알고 보면 살아온 과정이 얼마나 중요한지요.

나는 여전히 사업은 그런대로 되는 편이지만 배워야겠다는 욕심이 과했던지 자꾸 위만 생각하고 나 자신은 현실을 택하지 못하고 집에서 혼자 가정교사를 두면서도 공부를 하면 그때는 공부가 되는 편이지만 하루 이틀 지나면 긴가민가하고 아무리 학원비를 많이 지불해도 배울 때뿐이다.

족발집에서 장사하면서 이런 좋은 기회가 어디 있겠냐 싶지만 학원 다니는 것도 싫증이 나기 시작한다. 솔직히 따지면 몇 년 학원을 다녔지만 밤잠을 안 자면서 때로는 날이 밝을 때까지 어디 수능 시험 보는 것도 아닌데 오죽했으면 아내가 그렇게 밤새워 가며 공부하면서 그런 노력이면 공부 박사 되겠다고 핀잔을 주기도 하지요. 에이 그만한다고 했지만 그래도 틈나는 대로 열심히 해도 원래 머리가 따라가지 않는 편이다. 나는 족발집을 2년 넘도록 했지만 이것도 옛날 같지 않아 보인다. 그런데 어느 날 족발집을 나에게 매매했던 사람이 도로 건너편에다 나와 똑같은 장사를 시작한 것이다. 그렇게 나하고 좋은 관계를 유지하고 하루에 한두 번씩 왔다 갔다 하면서 처음은 반대편에서 우리하고는 같은 메뉴가 아닌 것을 시작을 했는데 점점 안되니 어느 날 갑자기 우리와 똑같은 족발집을 시작한 모양이다. 그래도 주위 사람들이 나에게 하는 말이 전 주인보다 족발 맛이 더 좋다는 소문이 있다고 사실 장사는 맛으로 승부한다는 나의 철학~~ 우리한테 팔고 간 동영수 씨가 하는 말이 장사가 너무 안돼서 족발집을 차린다고 하기에 마음은 편치 않다고 생각했지만 뭐 맛으로 승부를 해야겠다는 생각뿐이다.

그러나 나와 그렇게 좋게 지낸 동영수 어쩐지 찝찝하고 서로 좋은 관계를 유지하기 위해서 나름대로 노력했지만 나에게 권리금 받고 팔아 다시 건너편에 차린 자체는 정말 잘못된 것이지요. 그래도 섭섭하지만 그대로 좋은 관계를 유지하려고 노력하고, 어느 날 우연히 벼룩시장 광고를 봤더니 옛날에 우리 집 간판을 넣어 광고가 나와 그래서 쫓아가서 사실 우리 광고까지 내면 안 되지요 이렇게 사실을 말했다. 내가 내 돈 가지고 내가 광고 내는데 무슨 상관이야 하는 식으로 말하기에 며칠을 뜸을 들이다가 결국 도저히 말을 안 들어 경고를 했다. 안 되면 법적으로 하겠다고 그 말을 듣는 둥 마는 둥 그래 할 수 없이 변호사를 선임해 법적 대응을 하게 되었다. 그쪽에서 합의를 하자고 하면 언제든지 그만둘까 했지만 그리고 변호사비를 변상하면 취하하겠다 해도 들은 체 만 체한다. 그러니 법적 대응을 할 수밖에~

상법을 보면 권리금을 받고 팔면 못한다는 법적 근거가 자세히 나와 있어 결국 재판 가기도 전에 그쪽에서 손들고 우리가 원한 손해 배상을 받고 재판을 취하했지만 결국 그 사람하고 원수가 되고 말았다. 어쩔 수 없는 현실이다. 참, 사람 좋은 관계였는데 서운하기도 하고 나는 그 사람하고 그렇게 되고 나서 동영수란 사람하고 참 껄끄럽게 되고 말았다.

나는 이런저런 생각을 하다 부동산에서 권리금을 많이 줄 테니 자꾸 팔라는 것이다. 그럴수록 마음이 흔들리고 내 아내는 반대를 하고 옥신각신하다 결국 권리금을 좀 많이 받고 팔고 말았다. 사실 팔 때부터 이거 내가 잘못한 거 아닌가, 싶었지만 이미 기약까지 했는데 엎질러진 물이니 많은 미련을 남기고 가게를 떠나게 되었다. 이게 나의 운명이로구나. 팔고 나서 후회도 많이 하고 장사를 하기 위해서 가게를 찾아보아도 그런 곳은 쉽지 않아 또 몇 개월을 놀다 우연찮게 여기저기 찾아 한두 번도 아니고 몇 번의 실패를 거듭하면서 가랑비에 옷 젖는다고 가지고 있는 돈을 반 토막 내고 말았다. 나는 대신동에서 좋다는 해운대로 내가 살던 아파트보다 훨씬 좋은 곳으로 와 여기는 살기도 좋았지만 현재 무직이니 여기저기 많이 돌아다니면서 돈 다 없애고 달랑 집 한 채만 남고 말았다. 그래서 아무리 고생을 했더라도 결과론이란 것이 뼈저리게 느껴집니다.

6.
마음의 상처도 치료할 수도 있는지

과연 불행을 없애면 행복할 줄 알았는데 세월이 지나면 무엇이 행복인지 알 수가 없네요. 그러니 항상 사람은 고민이 없으면 사는 보람이 없다는 것이지요. 사람은 죽는 날까지 일을 해야 한다는 말이 있지요. 노는 것이 목적이 아니고 일하는 보람으로 살아야 하지 않나 싶기도 합니다. 돈을 아무리 잘 벌었다고 한들 관리를 못 하면 말짱 헛일이라는 말이 꼭 나에게 와닿는 말이다. 나는 일 년에 두 번 해병 모임이 있는데 전에 월남에 전우들과 가을에 무주 구천동으로 모임을 갔더니 옛날에 몇 번 무주를 가기는 했지만 정말 이렇게 장관일 수 있나.

늦은 가을 산이 어떻게나 경치가 좋아서 나만 구경하고 오니 아내에게 미안하기도 하고 모임이 끝나고 부부간에 같이 와야겠다 싶어 집에 와서 이야기를 했더니 참 좋아해서 그렇게 며칠 있다가 둘이서 오붓하게 무주에 가 여기저기 돌아다니며 구경을 하다 내가 몇 년 전에 교통사고를 당해 갈비뼈가 두 대 나간 적이 있었는데 갑자기 옆구리가 저려 이상하다 싶어 집에 가면 병원에 한번 가 봐야겠다, 하고 그래 잘~ 구경하고 집으로 왔다. 이삼일 있다가 별로 아픈 데도 없었지만 종합 진찰을 한번 하려고 병원을 여기저기 가 봐도 시일이 걸린다고 하기에 동네에 있는 대동 병원에 갔더니 다행히 금방 검사를 할 수 있다기에 CT 한번 찍는 데 40만 원이라 한다. 결과를 보더니 폐에 점이 세 개 있는데 염증이리고 하면서 두 달 있다가 대학 병원에 가서 다시 한번 찍어 보라는 것이다. 그래 아무 생각 없이 두 달을 기다리다가 대학 병원에 가 저번에 찍은 CT를 보여 주었더니 전과 같이 폐에 염증이지 싶다고 하면서 별 의미를 두지 않고 이왕 왔으니 CT를 한번 찍고 가라는 것이다.

우리 아파트가 23층까지 있는데 평소에 하루에 꼭 한 번씩 오르며 운동을 했으니 무슨 일이야 있겠어 하며 그냥 병원 정문으로 나왔지만, 아무리 생각해도 찜찜했다. 아내는 CT 한번 찍는 데 4~50만 원인데 돈이 아깝다고 그냥 가자고 했다. 나 또한 돈이 아깝기는 했지만, 의사 말을 허투루 넘길 수 없어 다시 병원으로 들어가 사진을 찍자고 했다. 그렇게 CT를 찍고 나서 일주일 후에 진료 예약을 하고 집에 왔다. 그러더니 홍기학 씨한테 전화가 와서 옛날에 내가 했던 족발집을 다시 해 보라는 것이다. 아내하고 상의를 했더니 그렇게 싫지 않았던 모양이다. 그래서 기약 날짜를 잡았는데 공교롭게도 내가 병원에 가는 날이다.

그럼 그날 병원에 갔다 와서 계약합시다, 병원 예약 날짜가 7월 13일 오후 2시쯤인가 예약이 되었는데 그날 오후에 시간을 맞추어 그럼 오후에 족발집을 계약하기로 하고 오후 2시 이후 시간은 넉넉하게 남아 있어 집에 왔다. 다음 병원 가는 날 아침에 병원에서 전화가 온 것이다. 오전에 일찍 내원하라는 것이다. 진료를 오후 2시로 예약을 했는데 왜 오전에 오라고 하는지 불안했지만, 의사에게 사정이 생겨 진료 시간이 변경되었나 보다 하고 무심코 오전에 아내하고 아무 생각 없이 병원으로 갔다. 나는 내 차례가 되어 아무 생각 없이 들어가 의사와 대면을 하는데 담당 의사가 한참 뜸을 들이더니 하는 말이 이거는 수술을 해야 합니다, 그러기에 아니 무슨 수술을 해야 합니까 했더니 아무튼 수술을 해야 한다며 별말도 없이 흉부외과로 가라는 것이다.

우리 내외는 아무 생각 없이 흉부외과로 가서 의사 이름은 기억이 가물거리지만, 그때 부산대 부교수라는 의사는 CT를 보더니 한참 동안 전 의사와 같이 뜸을 들이더니 무조건 수술을 해야 한다고만 반복하면서 나는 무심코 암입니까 하고 물었더니 암일 가능성이 90%라고 한다. 내가 한참을 멍하니 듣다가 혹 내가 잘못 들었나 싶어 다시 물어봤다. 의사 하는 말이 물론 조직 검사를 해 봐야 하지만 암일 가능성이 크다고 하는데.

허허, 참 내가 무엇 때문에 그것도 폐암이라니 아니 내가 담배도 안 피우고 술도 별로 안 먹는데 왜 그럴까요. 의사에게 따지듯 물어봤더니 그래도 암에 걸리는 사람이 많습니다, 나는 그 말을 듣고 한참 생각하다 의사 하는 말이 아주 수술 날짜를 잡읍시다. 그날 7월 13일이니 의사가 한참 달력을 보더니 20일경 입원을 해서 23일로 합시다, 그러고 나는 병원을 나오면서 드는 생각이 내가 지금까지 교회도 열심히 나가고 뭐 담배는 40대 초반에 끊었는데 뭐가 잘못했을까 하고 병원 나오는데 다리가 휘청거리며 발을 자꾸 헛디디고 몸도 휘청거리고 평소에 뉴스를 보면 폐암 환자가 생존할 가능성이 15%밖에 안 된다는 뉴스를 여러 번 봐 왔다. 또한, 수술하고서도 재발률이 50%라고 하더라고. 나는 암 이야기만 나오면 먼 나라 일로만 생각했는데 바로 나의 앞에 아니, 내 몸에 암이 있다니. 우리는 집에 와서 아무리 생각해도 내가 지금까지 인생을 어떻게 살았는지 회한이 들 뿐이었다.

내 자신이 자포자기 생각이 나서 내외간에 이제 나는 죽을 거야 하면서 신얼장에 있는 양주를 꺼내 연거푸 아내와 같이 몇 잔을 마셨다. 평소에 술이 약했지만 아무리 먹어도 술기도 없었다. 우리 아파트는 공원처럼 산책로가 많이 있고 여기저기 나무가 우거져 바로 나가면 걷기도 좋은 곳인데 이것도 이젠 마지막인가 싶기도 하고 죽는 게 겁도 나고 무섭기도 했다. 나는 아는 지인들께도 이제 나는 죽는다며 이별 전화를 여기저기 했다. 다들 의외로 깜짝 놀라고 전화 받는 지인들도 어쩔 줄 모른다. 울면서 하소연하듯 나는 그 일주일을 지내면서 이런저런 생각을 해 봐도 세상에 어찌 나한테 이런 일이 있나 마음에 안정을 찾으려고 하면서 생각도 하고 자식들 아내에게도 이것저것 당부도 하고 내가 죽으면 당신은 독한 마음 단단히 먹고 모든 세상이 끝난 것처럼 나의 삶이 여기서 끝나는구나. 미국 어느 학자의 책을 볼 때 목숨은 지구하고도 안 바꾼다는 말이 있다. 그렇게 생명이 귀한 것이고 죽으면 재생할 수 없는 생명 우리 모임의 해병 전우들께도 알리고 이제 마지막 죽을 것처럼 이별의 메일도 남기고 내 메일을 내가 죽은 다음에 누가 읽어 볼까.

나는 20일 날 병원 입원 수속을 하고 대학 병원에 입원했다. 6인실인데 환자들하고 이야기를 해 봤더니 그래도 당신은 수술을 할 수 있는 기회가 있으니 천만다행이네요, 왜냐고 했더니 암 말기면 칼도 못 대고 이렇게 죽어 가는 사람이 얼마나 많은데요. 여기는 나보다 훨씬 중환자도 많이 있고 폐암 환자가 나뿐이 아니고 또한 폐암이 뼈까지 전이되어 모두 자가 진단을 하더군. 그 환자들은 희망도 안 보이는 사람들 지금쯤 그 사람들이 살아 있을까 하는 생각도 나는 3일 동안 검사를 이것저것 받고 수술실 가기 전에 의사 하는 말이 가족을 모이라고 하면서 최선을 다하겠다고 하는 것이다.

나는 서약서를 쓰면서 죽어도 의사 책임은 없다는 약정서도 쓰고 수술실 앞까지 가족 내 동생 자식들 마지막처럼 안부를 전하고 침대 밑 바퀴 돌아가는 소리가 요란하게 나면서 수술실에 들어갔다. 눈을 가만히 떠

보니 간호사들이 파란 가운, 하얀 가운 입고 원형으로 서 있었다. 내가 거기서 맨정신으로 있는 시간이 약 10분 정도 됐는데 그 시간이 내 마음을 이런 생각 저런 생각으로 가득 차게 했으며, 지난 세월을 기적같이 살아온 내 인생은 여기가 종착역인가 하는 마음이 들어 만감이 교차되는 순간. 이 수술실을 다녀간 사람들은 나와 똑같은 생각을 했을까. 옛날에 조봉암 선생님의 책 구절 중 하나가 생각이 났다. 형장의 이슬로 사라지기 전 감방 벽에다 악법도 법이니 나는 악법에 의해 희생되지만 다음은 이런 희생자가 없으면 하는 생각이다. 마지막 가는 길에 막걸리 한 잔 주면 안 되나 담배 한 대 피우면 안 되나 교도소 간수에게 부탁했더니 지금 말하면 청와대 옛날에는 이화장이란 곳이다. 이화장에서 그것까지 외면했다고 한다. 차라리 죽음을 피할 수 없다면 웃으면서 떠나갈 수 있도록 삶에 매달리다 비겁하게 보이지 않게 가는 것도 순리가 아닌가.

내가 듣기에는 수술 시간은 약 3시간 정도 걸린다고 하는데, 나는 순간 마취되어 모르지만 수술을 하고 있는지 죽었는지 살아 있는지 나의 감각은 전혀 없고 눈을 뜨고 정신을 차리라고 나를 수술했던 그 의사가 코에 산소마스크를 제거하고 자체적으로 숨을 쉬라고 한다. 눈을 뜨고 보니 밖에는 침침하고 벌써 밤인가요. 아침부터 하루 종일 수술을 했나 보구나. 야 이렇게 숨쉬기가 어려운지 의사 하는 말이 그래도 혼자 숨 쉬는 연습을 해야 합니다, 그러더니 아내와 동생이 들어왔는데 당신 수술하다 잘못되나 생각했다고 한다.

밖에서 기다린 사람은 수술이 잘못됐다고 생각한 모양이다. 저렇게 약속 시간보다 한두 시간이 아니고 한참이나 지났으니 아마 틀림없이 잘못된 것 아닌가 불안했을 것이다. 가족은 애를 태우고 수술 중에 내 폐를 떼어 낸 것을 접시에다 가족에게 보이면서 설명을 자세히 했다고 한다. 사람의 폐를 떼어 낸 것을 보는 가족의 마음이야, 나보다 밖에서 기다린 사람들 심정은~~!! 왜 이렇게 수술 시간이 오래 걸렸느냐고 가족이 물었더니 폐에 암 덩어리가 한 군데가 아니고 세 군데라 시간이 그렇게 걸릴 수밖에 없다고 또한 천식 환자들은 다른 사람보다 수술에 어려움이 있다고 하면서 그래도 그런대로 했습니다.

잘했단 말은 안 하고 폐는 다른 암보다 재발률이 높다면서 수술 잘했다고 하지 않는 모양이다. 중환자실에서 하루나 이틀을 지내고 일반 병동으로 왔는데 나는 그때부터 일반 병동에서 같은 환자들과 생활을 시작했다. 6인실인데 대부분 암 환자들이다. 또한, 재발이 되어 재수술을 기다리고 바로 옆에 환자는 폐에서 뼈로 전이되어 천장만 쳐다보면서 하는 말이 처음 폐암 수술할 때만 해도 희망을 갖고 있었다고 하면서 그래도 내가 들어오니 박수를 쳐 주고 아마 전선에서 부상당하고 수술한 느낌이 들어 꼭 개선장군처럼 주위 환자분들께서 고생 많이 하셨죠. 그 환자들은 재수술을 기다린 환자들이다. 그래도 선생님은 초기에 알아 수술해 다행이라며 그 환자 중 내가 제일 가벼운 환자로 취급한다.

7.
한 뼘도 안 되는 내 몸속을 알 수 없듯이

열 길 물속은 알 수 있지만, 한 뼘도 안 된 내 몸의 죽을병을 알 수 없듯이!! 어차피 사람은 죽음을 피할 수 없겠지만 그래도 조금이라도 더 살려고 아등바등하는 내 자신을 보면 안쓰럽기도 하고 비겁하기도 하지 않나 싶기도! 나는 그 병동에서 매일 나의 암 상태를 점검하면서 조석으로 폐를 촬영하며 상태를 보는데 아직까지 별 이상이 없다는 것이다. 그러나 의사의 말이 암이란 진단은 조직 검사가 나와야 한다고 그 조직 검사가 보통 일주일이면 결과가 나온다는데 나는 10여 일이 지나도 소식이 없다. 의사한테 물어봤더니 글쎄요 좀 정밀검사를 하는 모양입니다, 가끔 암이라고 판단하고 수술을 하다 검사 결과 암 판정이 아닌 경우도 종종 있다는 말을 들었다. 8월 4일인가 폐암 판정을 받고 의사한테 혹 월남에 고엽제로 인해서 암이 발생할 수 있습니까, 물었더니 예 그럴 수도 있지요 나는 검사 결과를 가지고 아내에게 보훈청을 가 보도록 했다. 보훈청에서 결과를 보려면 최소 몇 개월 걸린다고 한다. 병원에서는 치료비가 많으니 중간 지불을 하라는 통보가 왔다. 치료비가 2천만 원이 넘어간다는데 혹 돈이 없어 지불 못 할까 해서 미리 돈을 받는 것이다.

입원한 지 20여 일 정도 있으니 퇴원을 해도 좋다는 진단이 나왔다. 솔직히 난 어릴 때부터 천식이 있어 항상 남들보다 숨이 가빠 돌아가신 할머님께서 하신 말씀이 기억이 난다. 어렸을 때 일인데 하신 말씀이 너는 늙으면 그렇게 숨이 가빠서 어떻게 살아갈래, 하신 말씀이 생각난다. 그래도 군 생활까지 잘 마무리했는데, 암 수술하기 몇 년 전부터 천식 진단

225

을 받았지만, 그때 의사한테 당신은 죽을 때까지 천식약을 먹어야 한다는 말을 듣고 한 달에 한 번씩 천식약을 지어 먹었다. 그러다가 암에 걸린 것이다. 나는 폐암 걸리기 전에도 천식 때문에 이름깨나 있는 병원에서 정기적으로 검진을 받았다. 그 일을 잠깐 소개하면, 암 판정을 받고 나서 항상 폐의 사진을 찍어 가면서 천식 치료를 했던 그 병원에 따지려고 갔다. 그 의사도 이름깨나 있는 분인데 왜 몰랐을까 싶어서 그 병원에 가 나를 진료해 주던 의사를 찾았다. 근데 의사 명패가 있어야 할 그 자리에 다른 의사 명패가 있는 것이 아닌가. 그래도 다짜고짜 들어가서 물었더니 옛날에 찍은 영상을 보여 주면서 보세요. 아무 이상이 없지 않습니다. 내가 본다고 알 수 있나요, 하고 말았다.

내 생각엔 CT는 세밀하니 발견했겠지 단념하고 나오려고 하는데 간호사한테 왜 옛날 담당 의사는 어디로 갔습니까. 했더니 한참 뜸을 들이더니 돌아가셨습니다. 그분이 대학 병원 교수로 재직도 했는데 아니 얼마 전에 나를 진찰도 했는데 왜 갑자기 죽었답니까. 암으로 갔답니다, 참 기가 막힐 일이다. 자기 암은 발견 못 하고 남의 암만 진찰하는 분이 알고 보니 암 중에 아주 말기에 발견하자마자 죽었다는 것이다. 참 어찌 수많은 암 환자를 진찰하면서 자기 몸은 등한시했는지, 참 세상 오래 사는 것은 선택할 수 없지만 보람 있게 사는 것은 선택할 수 있을까.

나는 퇴원해서 20여 일 만에 집에 와 내가 살아왔다니 안도의 생각도 들지만, 사실 퇴원 전에 재발률이 반반이라는 말은 많이 들었다. 아 그래서 폐암은 생존율이 15%밖에 안 된다는 것이구나. 집에서 통원 치료를 하면서 가끔 밤에 열도 나고 그러면 남들은 평생에 한 번도 타지 못한 구급차를 수시로 타고 가다니 갑자기 폐렴이라 다시 입원을 반복하며 서 또 한때는 재발이라고 다시 입원하기도 하고 입으로 넣어 폐 채취를 해 다시 조직 검사를 하고 몇 번의 재발 판정을 그때마다 다행히 좀 두고 봅시다. 한 달 아니면 길게는 3개월마다 지금도 CT 촬영을 하고 있다. 폐암은 절대로 완치가 없다고 하니 지금도 약을 그렇게도 많이 먹어 가며 치료를 계속하고 있다. 이제는 체력도 달리고 때로는 보훈병원 아니면 의탁병원 나는 약에 골병들지 폐 채취하는 데 골병들지 병원 치료에 체력 소모가 다 되어 가는 것 같다.

이런 말을 하면 추물이라고 할지 모르겠네요. 내가 30대 중반이었던가, 처가에 할아버지께서 우리 집에 놀러 오셨는데 할아버지 저는 발에 땀이 많이 나 냄새 때문에 죽을 지경이네요 했더니 하시는 말씀이 야야~ 발에 땀 날 때가 한창이다 그때는 이해를 못 했지만 지금 처가 할아버지 말씀이 이제 와서 자꾸 생각나네요. 이제 제 나이가 그때 할아버지 나이가 되니 발에 땀이 전혀 안 납니다, 그래 양말을 2, 3일 신어도 땀이 나지 않으니 냄새도 안 나고 발바닥이 습기 하나도 없을 땐 일부러 자다 일어나 발을 물에 한 번 담그고 하지요.

또한, 옛날 우리 할머님께서는 밤이 이렇게 길다 하시는 말씀에 뜬눈으로 잠을 못 주무신다고 하기에 우리는 눕기가 무섭게 잠이 오는데 근데 할머님 잠 못 자시면 할머님 잠까지 내가 자 드릴게요, 우리 두 분 할머님 돌아가실 때 아프시면 약 한 번 못 드시고 병원은 생각조차 할 수 없는 그저 집에서 이제 돌아가시는구나 하고 숨만 거두시기를 기다리는 그 시대 지금 두 분 할머님 연세가 내가 그 나이가 되었네요. 지금 노인들은 조금만 아파도 병원에 가기 바쁘지 나 역시 의학이 발달되어 지금까지 살아 있지요. 아니면 10여 년 전에 죽어도 몇 번 더 죽었지요.

이 글을 쓰면서 체력도 달리고 눈도 필요하고 옛날 기적 같은 지난 세월을 되새기니 피곤해서 잠자리에 들어가면 눈을 감아도 잠을 못 이루고 먹어서는 안 될 술 아니면 수면제도 복용하고 내 나이에 대부분 밤에 잠을 못 이루는 것이 어디 나쁜 아니겠지요. 병원에서 의사를 수없이 대면하고 대화도 하고 그래도 옛날보다 친절이 많이 개선됐다고 하지만 지금도 불친절한 의사가 병원마다 한둘씩 있던데요, 약보다 의사들 좋은 말 한마디가 환자한테는 그렇게 도움이 될 때도 많이 있습니다. 옛날에 대형 병원에 아침에 일찍 나가 한나절을 기다리다가 의사와 대화는 길어야 1, 2분 뭐 질문할 기회도 없이 다음 대기 환자 들어오세요. 내가 나가기 전에 다음 환자가 옵니다. 그에 비하면 지금은 정말로 많이 개선됐지요.

순전히 어느 병원에 가 보면 보험 안 되는 물리 치료가 있다고 그거 한번 해 보세요. 딱 5분 정도에 6만 원이라고 그거 하면 좋다고 합니다. 그래 의사가 권해서 해 보면 효과가 아니고 매상을 올리는구나. 그런 것들이 많이 있던데요, 보통 물리 치료는 보험도 되고 아주 저렴하게 치료를 받을 수 있지만 또한 불친절한 의사의 심정은 알겠지만 밀려 있는 환자를 다 소화하려면 그럴 수도 있겠구나 하지만 환자의 입장에는 병원에 치료를 하러 왔다가 약 몇 개 처방받고 기분만 상하고 온 환자도 더러 있다.

어느 유명한 의사 한 분이 하시는 말이 참 마음속에 와닿는다. 유명한 의사는 얼마든지 될 수 있지만 좋은 의사 되기가 어렵답니다. 지금은 옛날같이 병이 단순한 게 아니고 과가 몇 개씩 있는지, 과마다 의사가 지어 주는 약을 다 먹자면 하루에 한 주먹을 먹어도 남을 것입니다. 하루에 세번 병원 진료를 보기도 하고 아니면 한 병원에 이 과, 저 과는 보통이고

요 저는 아주 친절한 의사에게는 뇌물은 아니고 책을 선물하지요. 책을 권할 때 내가 보고 공감이 가면 우선 이런 책을 봤습니까 물어보고 안 봤다면 권하면서 책 볼 시간이 있는지요 그래 그 책을 받고 참 좋은 책이더군요, 책 잘 봤습니다, 하면 책에 보람을 느끼지요.

최근에는 정신과 신경과 신경외과 따로따로 갑니다. 그럼 여기저기 약을 짓다가 보면 똑같은 약들이 가끔 있지요. 우리가 처방전을 보면 알 수 있나요. 지어 온 약들을 정리하면 약에 새겨진 것과 아니면 색깔이 똑같은 크기도 우리가 봐도 알 수 있는 동일한 약들이 있지요. 솔직히 약을 지어 와도 그 약을 다 먹을 수 없습니다. 그래 내가 알아서 가려 먹기도 하고 아니면 동네 약국에 가서 사정 이야기를 하고 약 종류를 말하면 이 약은 독한 약이니 하고 설명도 듣고 이제는 지어 주는 약은 의사의 지시는 받지만 약 종류마다 다 먹는 것은 환자가 약사가 되어야 합니다. 이거는 어디까지나 내 기준으로 합니다.

내가 암 환자라 암 환자들과 같이 소통하는 암 환자도 몇 있는데 의사의 권유로 항암제를 먹으면서 발톱 손톱까지 다 빠지고 그 환자는 위암 수술을 했는데, 검사를 계속 받으면 CT도 몇 번 촬영했겠지요. 그런데 담당 의사는 암이 뼈까지 전이되었다고 항암 투약을 계속했던 모양인데 그 환자가 항암에 지쳐 다른 병원으로 옮긴 모양이다. 그런데 거기서도 전이가 되었다 하니 지금까지 항암을 얼마나 투약했는지 알고 보니 약에 사람이 골 병든 모양이다. 결국 운명하고 말았다. 내가 절친한 부동산하는 홍기학 씨 그 친구 유명하고 말았나!! 주로 병원마다 다니는 과가 6과이다. 호흡기내과, 일반내과, 비뇨기과, 정형외과, 신경과, 정신과… 솔직히 노인들은 아마 이 정도는 아니겠지만 3, 4과 약은 보통 먹을 거라고 생각된다. 삶의 욕망이란 게 보통 노인들이 하는 말들이 빨리 죽어야겠다. 하지만 그게 전부 거짓말 아니겠어요. 그래도 살려고 아등바등하는 우리 노인들이~~ 좋은 세상에 말입니다. 신은 사람이 죽으면 천국 간다고 하지만 누구나 천국 가는 것은 불투명하지 않습니까. 살아 있는 지금이 천국 아니겠어요.

8.
내가   얼마나   더   살아야   하지

　이제는 오는 전화도 없고 그렇다고 누구한테 전화를 할 사람도 없다. 하루 종일 문자 하나 카톡 하나 올 사람 없다. 가끔 혹시 나에게 전화 와서 못 받는 전화가 있나 전원을 켜 봐도 민짜다. 아무도 오고 간 전화도 없다. 어쩌다 보면 죽음을 까맣게 잊고 있다가 내 주위 사람이 죽었다고 하면 그 죽음이 내 등을 탁탁 치는 느낌도 있답니다. 부부간이라도 서로가 뭐 할 말이 있나요. 방을 따로 쓴 지도 몇 년인가 저의 아내도 내 병간호하느라 몇 년째인지 지치기도 하지요. 이런 말이 있지요, 병간호 삼 년 효자 효부 없다고.

　아침에 일어나면 냉장고 열어 뭐 먹을 거 있나 끼니를 때우고, TV를 켜 봐도 별로이고 가까운 산에나 그것도 따로따로 우리가 부부인가 아니면 모르는 할멈이 와서 사는지 온종일 있어도 할 말이 있나. 그래도 아내는 여기저기 주고받는 전화도 있지만 자식들도 지 엄마하고는 통화를 해도 아버지는 원수가 졌나 마지못해서 하는 전화 아빠 건강하세요, 지가 내 건강 한번 챙기는 놈인가. 병원에 입원해도 엄마가 아빠 입원했으니 전화 한번 해 보라 하면 멀리 있다는 핑계로 그 또한 마지못해 자식들 병원비 한번 보내 준 자식 없고 그렇다고 불효하는 자식도 없다. 막내 진호는 마음이 애저서 눈물이 많아 내가 조금만 아파도 달구똥만한 눈물을 흘리곤 한다. 아무래도 막내가 애착이 더 가기 마련이다. 먹고 살기 위해 히덕다 보니 자식들에게 애정을 주지 못하고 부모의 말은 옳고 자식의 의견은 무시해 버리는 이기주의 식이다~ 지난일로 치부하기에는 미안한 마음이다 혹 이 책을 본다면 아비로서 정식으로 사과하마 자식들아.

    나는 보훈청에 신청한 지 1년쯤 되니 국가 유공자로 선정되어 우리 아파트 문에 국가 유공자라는 팻말이 붙어 있지만 우리가 특별히 나라를 위해서 한 일은 없다. 전선에서 나라를 위해서가 아니고 내가 살기 위해서 그저 싸웠을 뿐이다. 남은 게 있다면 국경일은 잊지 않고 태극기를 게양하는 것~~ 그 또한 늙은이 마지막 국가관이다.

    보통 국기를 올릴 때는 웅장한 의장대의 악단 소리에 맞추어 국기를 게양하는데 세계에서 최고의 강국인 미국은 성조기가 올라갈 때는 나팔 소리 하나에 초라하게 올라간다. 그 이유는 미국의 남북 전쟁 때 일인데 북군 장교가 남군 사병 포로가 하나 잡았는데 부상이 심해 아침에 죽었다고 한다. 지나는 길에 북군의 장교가 남군의 죽은 포로를 우연히 보게 되었는데 자세히 보니 자기 아들이었던 것이다. 그래 북군 엘리콤 대위 아버지가 자식을 잡고 울면서 아들의 주머니에 있던 소지품인 악보를 발견했다. 그것은 음악을 전공했던 아들이 만든 진혼곡(죽은 이를 위한 미사곡 또는 안식)이었다. 장례식이나 치러야겠다 싶어 의장대를 부르니 남군 병사라고 한 사람도 안 왔다고 한다. 그때 어떤 나팔수 하나가 와 아들이 가지고 있던 악보대로 불어 준 나팔 소리 장엄하지도 않고 그래서 미국의 국기를 게양할 때 나팔 하나만 부는 이유가 여기에 있다고 한다.

    우리 사회는 유명한 사람보다 좋은 사람이 훨씬 순수하고 자연스럽지만, 사람들은 좋은 사람보다 유명한 사람을 더 좋아한다. 누구나 배 속에서 태어나 눈망울을 보면 애틋하고 착하고 귀엽고 나머지 흠잡을 것 없는 아이의 눈 삶이 변해 가면서 순하면서 포악해지며 선악이 교차되는 우리 인간들.

9.
마지막 비망록

내 살아온 운명은 나를 허락하지 않았지만 운명이 이끄는 대로 살아야하나 세상은 갈등 속에 살아가면서 영글어 가는 것이기도 하다. 또한, 세상에서 나를 구한 것은 용기와 지혜와 신도 아니다. 오직 사랑이다. 사랑은 기적을 낳을 수 있다. 그 어려운 시절에도 나쁜 짓 하는 내 주위 사람을 미워하지 않고 아무리 어려워도 눈으로 말하고 눈으로 사랑했다.

이 글은 깊은 고독 속에서 고요함과 쓸쓸함에 이겨내지 못한 궁여지책이다. 한편 고독은 마음의 평화를 주는 원천이기도 일종의 미덕이라고도 생각한다. 가장 엄중한 존엄과 가치, 배고픔보다 불공정한 것이 울화가 치밀어 옴이요 사람의 목표는 지능개발이 아니라 바람직한 인품의 형성일 것이다. 그러나 인생은 고달픈 것이다. 어느 부모나 자식 사랑은 지극하다. 훌륭한 부모가 되려거든 결코 자녀들이 말하는 것을 무시하거나 자식의 소망을 경시하지 않아야 한다.

인간은 시처럼 살다 시처럼 가 버리는 것이 우리의 삶 아니겠어요. 사람은 산소를 만들 수 없고 오직 나무와 풀잎만 산소를 우리 인간에게 공급할 수 있는 자연 항상 그 자연을 고맙게 생각해야죠.

요즘 100세 시대라고 하지만 70대가 되면 젊은이들이 흔히 생각하는 것이 장애인 취급을 할 때도 있지요. 사회에서도 집에서도 존재 가치가 멀어지고 사람에 따라 고독 속에 빠져들어 한 세월 살아온 뒤만 마음속에 그

림처럼 그려가며 누구하고 대화 상대도, 없어지고 자식들하고 이야기하다 보면 하는 말이 자꾸 되풀이 말을 하면 아까 말하지 않아요. 이럴 때는 작고한 황수관 웃음 박사 생각이 난다. 지금 코로나 정국에 그분 웃음소리가 우리 곁에 있었다면 하는 생각이 드네요~~ 그날 하루 한 번이라도 웃음이 없다면 오늘은 실패한 날이라고 얼굴의 모양은 선택할 수 없지만 표정은 선택할 수 있다. 이 나이 되면 약 안 먹는 노인들이 있겠어요. 약을 먹고 나서도 내가 약을 먹었는지 안 먹었는지 때로는 그 약을 두 번 먹을 때도 내가 치매가 오는지 의심도 가고 밤이면 잠을 이루지 못하는 때에는 옛날 할머님 하신 말씀이 생각이 나기도 한다. 왜 그렇게 밤이 기~느냐고.

한평생 살면서 가장 싸우고 다툼이 많은 사람은 누구를 꼽겠습니까. 조용히 싸우지 않고 살수도 있겠지만 아마 자기 배우자하고 가장 많이 싸우고 때에 따라서는 등도 돌리고 옛날에는 남자들의 존재가 우세했지만 요즘은 각종 여론 조사를 해 보면 여자가 훨씬 우세하다고 합니다. 최근 대학 입학생도 여자가 남자를 앞질렀다고 합니다. 각 직장도 여성이 앞서간다고 하지요. 나는 3개월에 한 번씩 CT 촬영하며 폐에 이상이 있는지를 알아본다. 얼마 전부터는 6개월에 한 번씩 검진을 하는데 재발이 의심된다는 의사의 소견에 병원에 입원을 해 조직 검사를 했더니 나의 담당 의사의 소견이 희망이 없는 눈치로 해석되는 느낌을 받았다. 사실 폐암 수술이 8년 전인데 이제는 다 나았다고 생각했지만 이게 웬일일까 의사의 표정과 소견 내용을 들어 보니 희망 섞인 말을 한마디도 없고 나보다 아내가 더 충격을 받고 걸음을 제대로 걷기 힘들 정도로 여보 사람은 누구나 죽음을 피할 수 없지 않아.

인생은 누구나 한편의 시처럼 살아가며 삶과 죽음의 갈림길에서 조금 빨리 죽고 늦게 죽을 뿐이지 않아 차를 타고 오면서 창가를 보며 눈물을 자꾸 흘리는 나의 아내 안쓰럽기도 하고 나 혼자 어떻게 살아가란 말인가~~ 며칠 있다 입원하라는 말을 남기고 의사와 등을 돌리고 오는 우리의 부부는 말 한마디 하지 않고 집에 왔다. 우리 외손녀가 초등학교 5학년인데 자기 엄마한테 말을 들었는지 하부, 하부 하면서 어떻게 붙들어 잡고 우는지 하부 내 폐라도 떼서 하부에게 달면 살 수 있다고 하면서 하부 절대로 죽으면 안 된다고, 그 울음 속에 우리 부부도 덩달아 눈물이 나오는데 외손녀는 엄마 배 속에 태어나 우리 집에서 내내 자랐으니 그럴 수도 있겠지. 이제 그만 울어라, 지금 하부 살아 있지 않아.

정밀검사 진단도 폐암이 머리까지 전이되어 재발했다는 진단이라니 혹 다른 데 번져 있는지 알 수 없으니 이제부터는 항암치료를 한다니 내 주위에 항암치료 중에 견디지 못하고 운명한 사람이 한두 사람이 아니다. 이제는 몸이 아파 이 병원 저 병원 목숨을 구걸하러 다니는 것도 해방이 되어 찾아다닐 일도 없지 싶다. 집에 와 누워 천장을 쳐다보고 한번 생각을 해 보았다.

내~~ 기적 같은 세월 살아온 지난날을 생각하면서 나무와 풀잎도 가을이 되면 저마다 이별을 다소곳이 준비하는데 우리 인생도 삶에 대한 애착이야 있겠지만 그래도 시간이 오면 나무와 풀잎처럼 미련 없이 아름답게 떠나는 것도 마지막 보람이 아니겠나 싶기도 하네요. 솔직히 내가 이 책을 보고 갈지 그러나 나의 삶이 내 곁을 떠날 때까지 삶의 끈을 놓을 수 없누 우리 노인네들 저의 책을 보아 주신 분들께 진정 어린 마음으로 감사합니다.

이메일 : marine0804@naver.com

235